Si fragiles et si forts

Éditions Eyrolles
61, bd Saint-Germain
75240 Paris Cedex 05
www.editions-eyrolles.com

Cet ouvrage est paru pour la première fois en 2021 dans la collection « Pop'Littérature ».

En application de la loi du 11 mars 1957, il est interdit de reproduire intégralement ou partiellement le présent ouvrage, sur quelque support que ce soit, sans autorisation de l'éditeur ou du Centre français d'exploitation du droit de copie, 20, rue des Grands-Augustins, 75006 Paris.

© Éditions Eyrolles, 2021
© Éditions Eyrolles, 2022, pour la présente édition
ISBN : 978-2-416-00771-2

ÉLISABETH SEGARD

Si fragiles et si forts

Roman
EYROLLES

Du même auteur

Les Pépètes du cacatoès, City, 2019
Une certaine idée du paradis, Calmann-Lévy, 2020
Si fragiles et si forts, Eyrolles, 2021

À Élodie, sans qui cette histoire n'existerait pas
À Marjorie et Alex, pour leur soutien inconditionnel

À ceux qui restent et à ceux qui les accompagnent

« *Mourir n'est rien, c'est vivre qui est difficile.* »

Adam Mickiewicz,
in « Les maximes et sentences » (1798-1855)

Avertissement

Les personnages et les événements, hormis ceux historiques, sont fictifs.
Toutes les notes sont de l'auteure.

Partie 1

« L'intelligence ne se mesure pas des pieds à la tête mais de la tête au ciel. »

Napoléon Bonaparte

16 juin 1815

*50° 30' 44" nord, 4° 34' 30" est,
Bataille de Fleurus*

Napoléon sauta de cheval et atterrit dans une flaque de boue. Ses bottes s'enfoncèrent avec un gargouillis écœurant. Quel bled pourri, pensa l'Empereur, qui avait rapporté un vocabulaire exotique de la campagne d'Égypte. Heureusement, on était au début de l'été, la bouillasse finirait par sécher. Et cette histoire avec les Prussiens serait réglée d'ici ce soir. Dans deux jours, il serait à Waterloo et boxerait Wellington. Les pieds au sec.

Pensée pour moi-même, se dit-il : demander à Quéruel de créer un produit imperméabilisant. Pensée bis pour moi-même : la noter avant d'oublier.

— Bertrand !

Où était passé ce damné Berrichon ? Depuis la maladie de Méneval, son secrétaire particulier, l'Empereur n'avait pas réussi à lui trouver un remplaçant correct : ils écrivaient comme des escargots ou confondaient tout. Seul Las Cases tenait à peu près la route, mais il était en Angleterre. En attendant son retour, Napoléon avait dû se rabattre sur Bertrand. Il était lent mais il écrivait sans fautes et dessinait très bien les ponts. C'était toujours ça.

— Bertrand ! hurla-t-il pour couvrir le vacarme des chariots.

L'aide de camp arriva en courant, sa cape lui battant les jambes. Ce n'était pas Bertrand, mais il ferait l'affaire.

— Je suis là, Votre Majesté.

— Notez. « Demander à Quéruel d'inventer un produit imperméabilisant. Ou déperlant. Bref, quelque chose qui préserve mes bottes et tiens, on pourrait aussi l'utiliser sur les bonnets de la Garde et les tentes de bivouac. » Notez, Armand.

— C'est noté, Votre Majesté.

Le moral de Napoléon remonta. Le jour se levait à peine. Il se frotta les mains, puis examina le village niché au loin. Ligny. Voilà un nom dont ces fichus Prussiens se rappelleraient. Et s'il gagnait, il ferait baptiser une gare. Il se retourna vers l'aide de camp, toujours debout, son cahier à la main.

— « Penser à créer des trains pour lesquels on imaginera des gares. » Notez, Armand.

— C'est noté, Votre Majesté.

— Fort bien. Et maintenant, déjeunons. Nous avons trois corps d'armée à zigouiller, je veux avoir l'estomac bien plein pour fesser von Thielmann !

Dix heures plus tard, Napoléon se tenait le ventre. Il avait mangé trop d'œufs crus et l'aide de camp avait encore disparu. Ça tirait, ça soufflait, aucun des bleus ni des rouges n'était à la place prévue ; les troupes s'égaillaient à droite et à gauche, Ney avait encore tout compris de travers et Grouchy râlait. Quant à Drouet d'Erlon, il se croyait à une partie de campagne. Une batterie avait tiré dans le mauvais sens et un boulet français avait frôlé la voiture de campagne de l'Empereur, voiture à laquelle celui-ci tenait comme à la semelle de ses bottes : elle possédait un magnifique toit ouvrant, aménagé exprès dans la capote pour lui permettre de dominer le champ de bataille. Cet outil lui offrait une supériorité technologique indéniable sur ses adversaires et il n'en possédait que deux modèles.

Napoléon décida de reprendre les choses en main. Il repéra la cape rouge et noire de son secrétaire, qu'il rejoignit au trot.

— On va réaligner tout ça. Faites jouer les tambours !

— Nous n'en avons plus, Votre Majesté. La clique a été décimée.

— Comment ça, décimée ?

Le colonel passa rapidement la main sous son menton.

— Couic. Plus de tambours, plus de clairons. Les boulets les ont ratatinés.

— C'est fâcheux, dit Napoléon en se massant l'estomac.

— Je vous l'accorde, Votre Majesté.

— Il n'en reste même pas un seul dans un petit coin ?

— Si, le plus jeune, envoyé par Ney.

— Amenez-le-moi.

Le garçon était haut comme trois pommes, couvert de boue et sans souliers. Il venait de courir quinze kilomètres, sa caisse accrochée dans le dos. Napoléon, très à cheval sur la propreté et l'ordre, ravala son agacement. Il se radoucit en voyant le petit se mettre au garde-à-vous.

— Comment t'appelles-tu ?

— Charles Faugère, Votre Majesté.

— Bien. Charles Faugère, tu vas jouer la charge.

Et comme le petit le regardait avec des yeux vides, l'Empereur croisa les bras.

— Tu sais jouer la charge ?

— Oui, Votre Majesté, mais je suis tout seul.

— Ce n'est pas la quantité mais la qualité qui compte : à tambour valeureux, rien d'impossible. Alors en avant, marche ! Place-toi au premier rang, je te suis.

Charles Faugère décrocha son tambour, le plaça sur son ventre et se faufila à travers les lignes entre les grenadiers et les artilleurs titubants. Et il se mit à jouer. Ça manquait de fifres et de cuivres, mais il tapait de toutes ses forces, il tapait à s'en faire péter les baguettes. Il tapa si fort que le maréchal Ney l'entendit et fit demi-tour.

11 mai 2017
Paris

1

Le jour d'avant

Quatre minutes d'attente. Isabelle détourna les yeux du panneau lumineux et resserra son manteau. Le vent s'était levé, des gouttes d'eau glacée s'engouffraient sous l'abribus, se glissant entre son cou et le col en agneau. Elle frissonna. Il fallait qu'elle s'achète un nouveau pardessus : celui-ci était tellement usé qu'il ne la protégeait plus de rien, le cuir était devenu fin et fripé comme une peau de vieille. Machinalement, elle caressa les coutures du bout des doigts : les fils s'étaient fondus dans le cuir au cours du temps. Vieux, mais fait à son corps. Souple. Plein d'histoires. Elle l'avait porté lors du concert des Pink Floyd au château de Versailles, le 22 juin 1988. C'était son premier concert. Elle avait quatorze ans et des goûts un peu bizarres pour son âge, avait trouvé le manteau dans une friperie et l'avait tout de suite adoré, persuadée qu'il la vieillissait et qu'il lui donnait une allure dingue. En réalité, il la faisait plutôt ressembler à un nazillon avec un chouchou dans les cheveux. Son frère l'avait emmenée au concert, en râlant, parce que bon, se traîner la petite alors qu'il était avec ses potes, c'était moyen moins, mais il l'avait emmenée. Elle avait passé trois heures bouche bée devant les lasers, la tête farcie du piaulement des guitares, de bruits d'avions au décollage et de feux d'artifice. Ce jour-là, elle s'était dit qu'elle aussi elle apprendrait à manipuler la musique et les lumières pour faire rêver les gens. Vingt ans plus tard, elle ne voyait plus son métier de scénographe comme une vocation. C'était un travail aux horaires assez aléatoires, plus original que plombier ou comptable, l'une de ces professions flottantes sur laquelle ses interlocuteurs s'interrogeaient d'un air vaguement surpris. « Mais tu fais quoi exactement ? »

Un scooter frôla le trottoir en faisant gicler l'eau des flaques ; Isabelle recula et releva les yeux vers le panneau lumineux. Trois minutes.

Plaquée sur le côté de l'abribus, une actrice au visage plastifié la narguait de toutes ses incisives. « La vie en Dior, j'adore. » La pluie tombait maintenant pour de bon. Pourvu que ce bus arrive, pensa Isabelle. Il était 19 h 35, son frigo pleurait famine, elle aurait juste le temps de s'arrêter au Franprix avant la fermeture. Chaque vendredi matin, elle se promettait d'inspecter les placards en rentrant et de préparer une liste pour faire les courses sérieusement durant le week-end. Et chaque samedi, en se couchant, elle se rendait compte qu'elle avait oublié. Alors tous les soirs de la semaine, en sortant du travail, épuisée par sa propre bêtise, le ventre gargouillant, elle empilait au petit bonheur, dans son panier, une boîte de petits pois mous, des rouleaux de papier toilette, un saucisson ou un pack de bières. Elle soupira et remonta son col.

Deux minutes. Un homme s'était approché de l'abribus, avait hésité, puis s'était reculé jusqu'à une vitrine juste derrière lui. Il semblait attendre, lui aussi, adossé contre le rideau métallique. Il la fixait au niveau des épaules. Étrange. Le type avait vingt-cinq ou trente ans, jean noir et baskets, bonnet enfoncé jusqu'aux sourcils. Rien d'anormal. Elle se détourna, se frotta les mains, faisant mine de rien. Pourtant, ce regard sur ses omoplates était désagréable. Elle fit demi-tour, l'observa de nouveau du coin de l'œil. L'homme la regardait toujours, debout sous la pluie qui piquait les joues comme des aiguilles. Elle sentit son cœur s'accélérer. Il y avait quelque chose de bizarre. Quelque chose qui n'allait pas.

Une minute. L'homme se détacha de la devanture et se rapprocha. Sa doudoune dodue tranchait sur ses jambes maigres. Le panneau clignota. Au croisement, le feu passa au vert, un bus se détacha du flot des voitures et se gara devant Isabelle. Les portes s'ouvrirent en chuintant. Une vieille dame descendit à petits pas tremblants, puis un groupe de lycéens qui braillaient.

L'homme se glissa dans le bus, frôlant presque Isabelle. Le cœur battant, elle s'avança vers les portes ouvertes. L'homme était debout au milieu du couloir. Il se retourna, planta ses yeux noirs dans les siens et ouvrit sa doudoune d'une main. Son sourire dura une seconde mais elle crut que le monde s'était arrêté, le bruit des voitures s'était effacé.

Il s'était déjà enfoncé au milieu des passagers quand le conducteur héla la jeune femme.

— Vous montez ou pas ?

Hébétée, elle secoua la tête et recula jusqu'à cogner la paroi de l'abribus. « La vie en Dior, j'adore. »

La boule de feu fit éclater les vitres du bus comme du cristal et le visage de l'actrice se couvrit de points rouges.

2018
Paris

2

Où l'on découvre les aléas de la garde des enfants et leurs conséquences psychologiques

Pourvu qu'elle puisse garder Gab. *Pourvu* qu'elle puisse. *Pourvu, pourvu*, se répétait Pélagie comme un mantra. La porte s'ouvrit. Pélagie se lança.

La voisine prit un air navré.

— Désolée, je dois partir à Djerba pour quinze jours.

Pélagie se sentit verdir. La voisine crut bon de se justifier :

— Je vous aurais bien dépannée, hein, vous savez que je suis toujours là pour vous, mais j'ai pris mes billets d'avion, je ne peux pas annuler.

— Je comprends. Merci quand même, et bonnes vacances.

La porte se referma, laissant Pélagie seule dans la pénombre. Pourquoi je la remercie ? songea-t-elle en traversant le palier. Elle me dit non chaque fois que je lui demande un service. Non pour me prêter de la farine, non pour relever le courrier pendant les vacances de Noël, non pour garder Gab. Je suis idiote. J'espère qu'elle pèlera du dos et des oreilles sur sa plage paradisiaque. Ou qu'une méduse la piquera. Parce qu'ici, les vacances de printemps viraient au cauchemar. Impossible de poser des jours de congé au travail, le centre aéré fermé pour cause d'épidémie de gastro, aucune place ailleurs. Pas de voisine. Et l'agence de baby-sitters lui avait envoyé, pour deux semaines de garde, un devis deux fois plus élevé que son salaire mensuel. Pélagie était coincée.

Couché dans le canapé, son fils était plongé dans une encyclopédie sur les chevaux. Ce gamin lisait tout le temps, elle en venait à se demander si c'était bien normal à son âge. Et quand il ne lisait pas, il se battait par écrans interposés avec son copain Marcus. Elle s'assit à côté de lui, la boule au ventre.

— Gab, la voisine ne peut pas te garder. Tu crois que tu peux rester seul toute la journée ?

Il leva les yeux au ciel. Sa mère le prenait vraiment pour un bébé.

— Ben oui, j'ai neuf ans.

— On va faire comme ça, alors. Je te laisserai ton déjeuner dans le frigo, tu auras juste à le faire réchauffer au micro-ondes.

Gab calcula mentalement combien de dessins animés il pourrait regarder en dix heures et cacha un sourire béat derrière son livre.

— D'accord.

— Mais attention, tu ne sors pas! Tu restes bien tranquille à la maison. Je ne veux pas que la police m'appelle parce qu'une voiture t'aura écrabouillé, ou que tu te casses la jambe en faisant du roller.

— Le roller, c'est pour les vieux.

— Ou du skate. Bref, tu m'as comprise?

Il opina.

— Oui, maman. Promis, je serai sage.

— Et s'il y a quoi que ce soit, tu m'appelles.

— Oui, maman.

Pélagie se dirigea vers la cuisine.

— Et si on sonne, tu n'ouvres pas! cria-t-elle par-dessus son épaule. Et s'il y a le feu à l'immeuble, tu vas à la boulangerie en face!

— Oui, maman.

Elle ouvrit le placard. Un soir par week-end, le vendredi ou le dimanche, c'était crêpes. Un rituel qui l'apaisait, lui donnait l'illusion de vacances. Quelle idée d'avoir répondu à cette offre d'emploi à Paris! Sur le coup, ça lui avait semblé un bon moyen pour tourner la page après la mort du père de Gab. Repartir à zéro, laisser la tristesse et les larmes derrière elle, et tant pis pour la mer, les buissons d'hortensias, leur jolie maison aux volets bleus, les vieux voisins. Mais dans la capitale, tout ce qui ailleurs était normal tenait de l'exploit.

Se loger, faire garder Gab, vivre avec un peu moins de deux mille euros par mois. Ils avaient habité un an dans un minuscule deux-pièces, elle dormant sur le canapé, Gab dans une chambre de la taille d'une boîte à chaussures. Heureusement, l'an dernier, sa collègue partie à Londres lui avait proposé de louer son appartement. Pélagie avait sauté sur l'occasion, emballé leurs affaires dans une dizaine de cartons et les avait posées dans un – incroyable ! – quarante mètres carrés. Deux chambres, un salon, une cuisine ouverte. Le luxe. Et une ligne directe jusqu'au boulot.

Je me plains la bouche pleine, se dit Pélagie en pesant la farine. Elle avait de la chance. Un lit. Un travail. Un petit garçon en pleine forme. Et dans le frigo, de quoi faire une montagne de crêpes.

— Gab ! Tu viens m'aider à écraser les grumeaux ?

Contrairement à quatre-vingt-dix-neuf pour cent de ses compatriotes en général et des salariés en particulier, Pélagie aimait bien les lundis. Elle les vivait comme l'aube d'une semaine où tout paraissait encore possible, une bonne nouvelle, une belle surprise, une rencontre, dont elle guettait les signes précurseurs. Mais ce lundi-là, c'était l'heure qu'elle guettait. Elle avait quitté la maison le plus tard possible et espérait y rentrer au plus tôt. Pour la quarantième fois de la journée, elle regarda l'horloge en bas de l'écran : 17 h 30. Encore trente minutes et elle pourrait se précipiter dans le métro. Le coup de fil rapide passé en avalant son taboulé en boîte ne l'avait qu'à moitié rassurée ; Gab prétendait être sage comme une image, elle se doutait qu'il se gavait de chocolat et de jeux vidéo.

Elle rouvrit sa boîte mail pour vérifier qu'aucune urgence ne s'y était glissée. Les problèmes ont une aptitude particulière pour surgir à la dernière minute.

— Pélagie !

Son patron la hélait depuis son bureau. Elle leva la tête.

— On va faire un point sur la commande de Cannes.

Elle en aurait pleuré.

Il était 19 h 15 quand elle sortit de l'ascenseur. Le hall d'accueil baignait dans une semi-obscurité. J'ai de la chance, finalement, je n'ai pas besoin de m'inscrire à une salle de sport, pensa-t-elle en courant vers la station la plus proche. Le petit bureau de tabac-presse, au coin de sa rue, était encore ouvert. Elle s'arrêta un instant devant la vitrine éclairée, hésita, puis poussa la porte. Après tout, elle n'était plus à cinq minutes près.

L'immeuble était toujours là, l'appartement aussi et Gab était assis dans le salon, la tablette sur les genoux.

— Coucou, mon lapin !

— Coucou, maman.

Elle soupira.

— J'avais dit : pas de jeux vidéo.

— Mais c'est un jeu intelligent, je dois tuer les dinosaures.

— Je ne vois pas ce qu'il y a d'intelligent là-dedans.

Si quelqu'un pouvait créer un jeu pour effacer son patron, ça, ce serait intelligent. Bruno Costes n'était pas méchant, juste désorganisé et c'était pire. Il collait des notes fluo, URGENT, TRÈS URGENT, TRÈS TRÈS URGENT, sur chaque chemise, envoyait des messages IMPORTANCE HAUTE, IMPORTANCE TRÈS HAUTE du matin au soir, tout en réglant chaque dossier au dernier moment. Comme ce soir.

Elle tendit à son fils un sac plastique rayé.

— Je t'ai rapporté un cadeau.

— Qu'est-ce que c'est ?

— Un livre sur Napoléon. Je l'ai vu en vitrine, j'ai pensé qu'il te plairait.

Et puis, une nouvelle lecture le sortirait quelques heures de ses jeux vidéo. Ça ne pouvait que lui faire du bien.

3

Où l'on prend le métro et où l'on découvre que les gendarmes savent rester immobiles pendant des heures

— Madame...

On la tirait par la manche. La dame serra son sac à main puis baissa les yeux. L'air angoissé, un drôle de petit bonhomme la fixait avec des pupilles comme des billes. Huit ou neuf ans, à vue de nez, et une chevelure de moineau ébouriffé par le vent. La dame était déjà en retard à son rendez-vous mais elle s'arrêta.

— Je cherche les Invalides, dit le petit.
— Il faut prendre la ligne 8. Tu vas où ?
— Aux Invalides.
— Alors tu peux aussi descendre à Varenne, sur la 13.

Et comme l'enfant la regardait avec des yeux perdus, elle se reprit.

— D'ici, c'est la 8 le plus simple, sans changement. Tu prends la direction Balard, tu descends à Invalides et tu arriveras au bout de l'esplanade. Tu verras le bâtiment juste en face.

Un grondement métallique annonça l'arrivée du métro. La dame s'éloigna et monta dans une rame. Gab la suivit, répétant ses instructions pour être sûr de ne pas se tromper. Descendre à Invalides. Traverser l'esplanade. Tout en face. Assis sur un strapontin, le nez collé à la vitre, il déchiffrait chaque nom de station en se tordant le cou, découvrant enfin à sa guise ce monde souterrain. Sa mère ne le laissait jamais prendre le métro seul mais il savait où elle rangeait les cartes Navigo.

« Invalides » s'afficha au troisième arrêt, en lettres blanches et grasses. Gab descendit de la rame, emprunta une sortie au hasard et déboucha sur une esplanade bordée d'arbres où l'on aurait pu caser quatre ou cinq terrains de football. Tout au bout, une muraille de pierre barrait l'horizon et une énorme coupole dorée semblait manger les nuages.

Le vent s'était levé. À l'entrée de la bouche de métro, un kiosquier décrochait les bouquets de ballons dodus suspendus devant sa guérite. Gab s'approcha.

— Monsieur...
— Oui, bonhomme ?
— C'est où, les Invalides ?
— C'est là, devant toi. Mais il est à peine 9 heures, le musée n'est pas encore ouvert.

— Je ne vais pas au musée, je veux voir là où vivaient les soldats.
— Ha, l'hôpital ? C'est sur la gauche. Va au bout, jusqu'aux fossés, longe la grille sur la gauche et tu verras la barrière.
— Merci.
— De rien. Tiens, tu veux un ballon ?
— Merci, répéta l'enfant.
De rien, pensa l'homme. De toute façon, celui-là sera dégonflé d'ici ce soir, il est déjà un peu raplapla.
Le ciel s'assombrissait, des bourrasques écrasaient l'herbe pelée de l'esplanade. Serrant fort sa ficelle, Gab remonta l'allée et traversa une rue si large qu'il la prit pour un boulevard. Son ballon sautait à droite et à gauche comme un chien fou, suivant par à-coups le sens du vent. Les passants hâtaient le pas le long des grilles, mains enfoncées dans les poches de leurs manteaux.
Très vite, il vit la barrière baissée, entre deux maisons encadrant une allée pavée. Le dôme émergeait juste derrière. Deux hommes en uniforme, le dos barré d'un grand « GENDARMERIE » blanc, étaient plantés devant le portail. Impossible de se faufiler entre les grilles, régulières et serrées comme des dents.
À pas lents, Gab dépassa l'entrée. Sur le trottoir d'en face, un garçon de café débarrassait sa terrasse. Gab attacha son chien saucisse argenté à son poignet, s'assit sur un banc devant la brasserie et se laissa hypnotiser par le flot des voitures.

— Hé, petit !

On secouait Gab. Une odeur de cheveux gras et de vin rouge lui écorcha les narines. Penché au-dessus de lui, un vieillard barbu emmitouflé dans une parka délavée et un bonnet avachi lui serrait le bras. Perdu dans l'observation des voitures, Gab ne l'avait pas entendu approcher.

— Tu as dormi là, petit ?

Il secoua la tête sans répondre.

— Tu veux un bout de sandwich ?

Écœuré par l'odeur, il secoua de nouveau la tête. Le clochard renifla et s'essuya le nez contre sa manche.

— Qu'est-ce tu fais là tout seul ? T'es pas un demandeur d'asile ?

Par-dessus l'épaule du clochard, Gab vit le portail fermé.

— Moi, j'habite juste là, dit l'homme.

Du pouce, il désigna une petite tente ronde plantée contre les grilles noires.

— Si t'as faim, je peux te dépanner.

— Non merci, dit poliment Gab.

Il plongea la main dans sa poche. Ses doigts étaient engourdis mais il parvint à attraper sa barre de céréales et à l'extraire.

— J'ai ce qu'il me faut.

Et pour bien montrer au SDF qu'il n'avait besoin de rien, il déchira l'emballage et croqua dans la confiserie. L'homme n'insista pas.

— Si t'as besoin, tu sais où me trouver.

Il tapota l'épaule de Gab et entra dans la brasserie.

Gab termina sa barre de céréales pour se donner une contenance mais il avait plus soif que faim. Il n'aurait pas craché sur un chocolat chaud. Sa mère lui en avait préparé un avant de partir, mais il avait eu la flemme de le mettre au micro-ondes. Il l'avait avalé froid, en regardant la télé. Il glissa un œil vers le café : le vieil homme était debout au comptoir et buvait un expresso. Au bout de quelques minutes, il ressortit et retourna à sa tente dans laquelle il se glissa sans un regard pour Gab.

Les deux gendarmes se tenaient toujours au même endroit, devant la guérite. Est-ce qu'ils sont collés debout ? se demanda l'enfant. En tout cas, ils étaient casse-pieds. Comment allait-il entrer ? Ils finiraient bien par s'en aller, non ?

Le chien saucisse se détacha brusquement de son poignet. Dépité, Gab regarda la bulle argentée s'élancer au-dessus des grilles, puis flotter derrière les arbres avant de se fondre dans les nuages. Il se renfonça sur son banc et récita les tables de multiplication pour passer le temps, tout en surveillant les gendarmes du coin de l'œil. Il s'embrouilla à la table de huit, recommença, s'embrouilla de nouveau, donna un coup de pied dans le banc. Il sortit une deuxième barre de son sac à dos et la mangea le plus lentement possible, puis lécha l'intérieur du papier.

À la terrasse du bistrot, le garçon de café avait servi et desservi toutes les tables. Restait une vieille dame pleine de boucles d'oreilles, engoncée dans une veste de fourrure, qui sirotait un thé.

Les gendarmes, eux, n'avaient pas bougé d'un centimètre. Ils n'ont ni faim ni envie de faire pipi, se dit Gab, ils sont peut-être bioniques. Lui, en revanche, sentait une envie pressante le titiller. Il fallait tenter quelque chose.

Il traversa la rue et descendit jusqu'au carrefour. Une autre entrée, monumentale celle-ci, apparut sur sa droite. Le dôme doré était toujours là, rond et brillant comme une bague, presque à portée de main, mais il y avait encore des grilles et des gardes. Deux militaires examinaient les sacs des visiteurs. Gab prit une grande inspiration et, à pas de souris, se glissa dans un groupe hérissé de smartphones. Il tendit son sac à dos ouvert au parachutiste, qui y jeta un œil et lui fit signe d'avancer. Un pas, encore un autre, et il était dans l'allée gravillonnée. Il suivit le groupe qui se précipitait en jacassant vers le musée.

Billetterie. Deux dames trônaient derrière deux caisses. Il n'avait pas d'argent, et peut-être qu'on lui demanderait s'il était accompagné. Il ressortit. Les portes monumentales du dôme étaient ouvertes.

— Ticket, demanda le vigile.

Repoussé comme une balle de flipper, Gab obliqua sur la droite vers des buissons de buis. Ce petit parc désert lui semblait un refuge parfait pour réfléchir. Il sortit de son sac le livre que sa mère lui avait offert pour le remercier d'être resté si sagement à la maison. Cette histoire était vraiment trop bien. Il avait vérifié sur internet si tout était vrai. Son père disait que Paris était plein de secrets. Gab en avait découvert un et il avait un projet.

4

Où l'on apprend que distinguer un Cougar d'une Gazelle n'est pas donné à tout le monde

Au dernier étage de l'hôtel des Invalides, Jules était allongé sur son lit. Un souffle d'air chaud faisait osciller la guirlande accrochée aux poutres. Il jeta un regard haineux aux fanions colorés qui se balançaient mollement au-dessus d'un poster de Bastia et d'une photo de Bella Hadid. Qu'est-ce qu'il foutait là, au milieu de ces reliques, dans cette chambre qui datait de l'an quarante et même de bien avant, avec son toit en pente, son papier peint saumon, sa fenêtre à petits croisillons ? « Il y en a vingt-quatre », lui avait dit une aide-soignante. Comme si ça changeait quoi que ce soit… Sa chambre et toutes ses vitres lui sortaient par les trous de nez. Demain, il irait voir le médecin et demanderait à partir. Il ne supportait plus les débris croisés dans la cour :

les culs-de-jatte qui poussaient leur fauteuil, les perclus d'escarres qui faisaient rouler leur lit, les aveugles qui lui souriaient comme des bienheureux. Quand il s'était engagé cinq ans plus tôt, il n'avait pas signé pour la cour des Miracles. Le pire était cette espèce de fierté qu'ils mettaient tous à rappeler de quel régiment ils venaient, quelles opérations ils avaient faites. Comme s'ils « en étaient », comme s'ils étaient toujours militaires. Alors que la compétence de base d'un soldat, c'est un corps en bon état pour marcher très longtemps, dormir très peu, tirer très loin ou réfléchir très vite. Un militaire en chaise roulante, pardon, mais ça vaut que dalle. Comme une danseuse de french cancan avec une jambe de bois.

Quand les médecins de Percy lui avaient annoncé son transfert en centre de réadaptation, il avait cru voir le bout. Qu'on lui ficherait enfin la paix. Qu'il pourrait arrêter de penser, de se débattre comme un poulet enfermé dans sa cage. Mais non, aux Invalides, c'était pire, un vrai ballet. « Mettre en place un parcours de soins personnalisé » et « privilégier la réadaptation à l'environnement », et patati et patata. Et ces foutues séances en pagaille, la kiné pour ci, la psychomot'[1] pour ça, et tout ce petit monde lui souriait comme à un débile. Le pompon, c'étaient les exercices d'ergothérapie pour réapprendre à écrire. Sans blague. Il n'arrivait même plus à

---

1. Abrégé pour « psychomotriciens ».

couper son steak. Tout à l'heure, lors de sa visite, le médecin avait été très clair.

— Les tendons et les nerfs ont été détruits. L'opération a permis de garder votre bras mais je vais être franc : ici, il n'y a pas de magiciens. En revanche, toute l'équipe soignante va vous accompagner, la rééducation vous permettra de retrouver la mobilité et la sensibilité de l'avant-bras et du coude.

— Pourquoi on ne peut pas recoudre les tendons ? C'est comme des fils, non ? On recoud bien les muscles et la peau.

— On peut les recoudre quand ils sont sectionnés ; dans votre cas, ils ont été écrasés et en partie arrachés. C'est comme s'il y avait un trou dans un tissu sur lequel les chirurgiens ne peuvent pas poser de pièce. Mais vous pourrez reprendre une vie normale d'ici quelques mois. Il faut vous laisser le temps.

Une vie normale. Sauf que sa vie, c'était le pont et les hélicos. L'autre, en face, avec sa blouse blanche proprette et sa voix d'hôtesse d'accueil ne devait même pas distinguer un rotor d'une pale ni un Cougar d'une Gazelle. Un chien jaune[1] avec une main en moins valait à peu près autant qu'une cantatrice muette. Il avait regardé le médecin en imaginant qu'il lui écrasait la tête contre le mur,

---

1. Dans la Marine nationale, surnom des opérateurs qui guident les manœuvres d'appontage des avions ou des hélicoptères sur les bateaux.

avait renfilé son sweat en se tortillant comme un débile et était parti sans dire au revoir. Une vie normale. Avec une chipolata à la place du bras droit. Bien sûr.

— On se revoit dans une semaine pour un premier bilan, avait lancé le toubib comme si de rien n'était.

Va crever. Sept jours ou sept ans, ça serait pareil, ses doigts ne repousseraient pas. Il était devenu un déchet. Il haïssait le médecin. Il haïssait les Invalides et ses invalides. Et ses parents, qui insistaient pour venir le voir. Il leur avait dit non, pas la peine, je sors bientôt. Ils étaient en croisière au moment de l'accident. Le pacha[1] avait cru malin de les appeler et de leur raconter tout le bordel. Le coup de roulis, l'hélicoptère qui bascule, la main de Jules coincée entre le patin et la cale. Exfiltration. Trois opérations à Percy. La Royale[2] le laissera pas tomber, messieurs dames. Elle avait même offert le voyage à ses parents pour qu'ils viennent lui tenir la main à l'hosto.

Lui se rappelait juste la flaque sombre apparaissant sous la cale. Il avait cru qu'il s'agissait d'une fuite d'huile. Et ensuite, le bruit de l'hélico, assourdi, parce qu'il était dedans. Il n'avait compris pourquoi qu'en se réveillant sur un lit d'hosto, la main bandée jusqu'au-dessus du coude, des fils en plastique enfoncés dans toutes les veines.

---

1. Sur les bateaux, surnom traditionnel donné au commandant.
2. Surnom de la Marine nationale.

Opération, greffe, de nouveau opération, greffe. Rafistoler la bouillie de chairs et d'os. Ç'avait été le début du bordel. Depuis, ses parents l'assommaient de coups de fil gentils, faisaient comme si tout allait bien, lui parlaient des vacances et du chien, du mariage de son frère l'été prochain, ce sera tellement bon de se retrouver tous ensemble, mon chéri, pour une fois que tu peux participer à une fête de famille. Comme s'il avait envie de défiler devant ses cousins, ses oncles et tantes, avec ce bras qui ne ressemblait plus à rien.

Une bourrasque fit claquer la guirlande. Adossé à son oreiller, Jules la regarda tournoyer sur elle-même. La pointe des petits drapeaux chatouilla la tête de Bella punaisée au mur. Si seulement. Si seulement lui aussi pouvait danser comme la guirlande. Il se retourna sur le ventre, pressa son visage sur l'oreiller de toutes ses forces et de son bras gauche, bourra le bord du lit de coups de poing.

Jules était finalement descendu pour le déjeuner, mais le vieil Abdel l'avait jugé aussi avenant qu'un panzer. Il s'était tout de même installé à sa table. La population de l'Institution se divisait en deux catégories : d'un côté, les grands blessés de guerre, les soldats âgés ou les anciens déportés impotents, hébergés et soignés à l'Hôtel jusqu'à la fin de leur vie s'ils le souhaitaient ; de l'autre, les blessés, militaires, familles de militaires ou civils victimes d'attentat, en rééducation. Les deux mondes ne se mélangeaient pas pour le repas du midi. Par fatigue, parfois, pour les pensionnaires, par timidité ou par peur pour les hospitalisés. On craint toujours plus handicapé que soi. Abdel, lui, ne craignait plus grand-chose. Deux éclats de grenade étaient fichés dans sa hanche depuis les accords d'Évian, il avait fait marcher son corps comme il avait pu et le regardait lâcher doucement, sans haine ni colère. Il mettait un point d'honneur à « apporter de l'huile dans les rouages », comme il disait. Il s'asseyait avec les jeunes, les gamins comme Jules qui arrivaient le cœur en bouillie, pour les écouter, leur montrer qu'ils n'étaient pas seuls, que leur passage aux Invalides n'était qu'une halte. Lui resterait, mais eux partiraient. Et ils feraient leur vie.

Chaque fois qu'il entrait dans la grande salle à manger, Abdel se disait que c'était certainement la seule cantine d'hôpital où l'on mangeait sur des nappes blanches et sous des plafonds à caissons. Il estimait qu'il avait bien de la chance.

Jules avait mâché son poisson vapeur et sa purée de poireaux sans regarder le vieux spahi[1] assis en face de lui. Alors qu'il engloutissait le dessert, un flan pâtissier, Abdel avait tenté une approche.

— Si ta mère veut venir te voir, tu ne peux pas le lui refuser...

Mais Jules l'avait planté au milieu du dessert et il était parti au pas de course dans sa chambre.

---
1. Soldat des anciens régiments français d'Afrique du Nord.

Le vieux soldat en était plus ennuyé que chagriné. Il comprenait le gamin : ce n'était pas drôle, à vingt-cinq ans, de voir sa carrière foutue, mais ce n'était pas une raison pour refuser les visites de ses parents. Au contraire. La famille, ça aide, et Jules avait de la chance d'en avoir encore une. « Qui veut apprendre à bien mourir doit apprendre auparavant à bien vivre », disait Confucius. Malheureusement, les jeunes bidasses ne lisaient pas Confucius avant de s'engager. Ils étaient persuadés d'être prêts à mourir, mais n'imaginaient pas devoir vivre avec la moitié du corps bousillée. Il fallait accepter de repartir de zéro.

Perdu dans ses pensées, le vieux spahi ne remarqua pas qu'on avait débarrassé sa table. La salle à manger s'était vidée, deux dames de service ramassaient les salières et roulaient les nappes. Il décida d'aller s'aérer les nerfs devant l'entrée de l'hôpital. Il y croisait toujours des ambulanciers ou un taxi avec qui discuter le bout de gras.

Il gara son fauteuil au soleil et se roula une cigarette. Quand il releva la tête pour l'allumer, une petite silhouette attira son attention. L'enfant était toujours là, derrière la haie. Abdel l'avait repéré à l'heure de l'ouverture du site. La veille, il l'avait déjà vu se faufiler dans le jardin de l'Intendant qui bordait l'hôpital. Le petit y avait passé l'après-midi. Les touristes s'installaient parfois dans le jardin, un endroit ombragé et calme, mais une fois leur bouteille d'eau avalée, ils disparaissaient aussi vite qu'ils étaient arrivés. Ce petit, là, semblait collé à son banc et paraissait attendre quelque chose, ou quelqu'un.

Abdel ne se souvenait pas l'avoir vu avec l'un des kinés ou des secrétaires de l'hôpital. Pourtant, depuis le temps qu'il vivait aux Invalides, il connaissait les quatre cents personnes qui y travaillaient. Certains soignants passaient faire un coucou avec leurs enfants à l'occasion de Noël ou pour le 14 Juillet, d'autres montraient une photo, annonçaient une naissance ou un mariage. Ils ne racontaient pas leur vie aux pensionnaires de l'Institution, mais, lorsque l'on voit les gens deux cents jours par an pendant cinq, dix ou vingt ans, des liens se créent. Les textes officiels parlaient de la «distance thérapeutique»... Les soignants n'étaient pas des machines, Dieu merci. Et ça fonctionnait très bien comme ça.

Sa cigarette était finie. Abdel réfléchit un instant puis roula jusqu'au Foyer. Au bar, Corentin servait les derniers cafés du midi. Soucoupes, cuillères, sucre... Les tasses s'alignaient sur l'étagère derrière lui.

Abdel s'approcha du comptoir.

— Il te reste des croissants, Coco ?

— Un, et aussi des pains au chocolat. Qu'est-ce qui te ferait plaisir ?

Abdel hésita. Qu'est-ce qu'un enfant préférerait ? Il se décida pour le chocolat, une valeur universelle, et demanda une serviette en papier.

— Avec un café ?
— Non merci, je vais prendre l'air.
Il se ravisa.
— Tu peux me donner un jus d'orange ?
Tous les enfants aiment le jus d'orange, c'est sûr. Il cala la canette sur ses genoux, demanda à Corentin de mettre le tout sur son compte, et repartit vers le banc et son petit occupant.

Gab le regarda approcher sans bouger. Il s'était fait le plus discret possible mais le moment craint arrivait : on allait le chasser. Et il se demandait déjà quelle ruse trouver pour se faufiler de nouveau dans les lieux. Aujourd'hui, il avait visité la cour d'honneur. Il fallait bien commencer par quelque chose. En vrai, elle était bien plus grande qu'à la télé. Il avait compté les canons, puis les arcades, s'était embrouillé, avait recommencé. Il avait lâché l'affaire. Il avait examiné les portes cachées dans les recoins. Certaines semblaient fermées depuis des années. Où débouchaient-elles ? Dans des salles vides ? Dans des souterrains ? Sur le toit ?

Le vieux fit pivoter son fauteuil à une vitesse impressionnante et s'arrêta à vingt centimètres de ses genoux.
— Bonjour.
— Bonjour, répondit Gab.
— Comment tu t'appelles ?
— Gab.
— Ce n'est pas un prénom. Gabriel ?
— Ma maman m'appelle Gab.

Le vieux militaire n'insista pas : sa dispute avec Jules lui avait usé les batteries et il n'avait pas envie de remettre le nez dans le bouillon.

— Gab. Très bien. Moi, je suis Abdel.

Il ouvrit la serviette en papier, dévoilant la viennoiserie.

— Tu veux un pain au chocolat ?
— Merci.
— J'ai aussi du jus d'orange, si tu as soif.
— Oui, merci.

Satisfait d'avoir visé dans le mille, le vieux soldat en profita pour relancer la conversation.

— Tu habites où ?
— Pas loin. Près de la gare Montparnasse.
— Ce n'est pas au bout de la rue. Tu es venu tout seul ?
— J'attends que ma mère ait fini son travail.
— Tu sais à quelle heure elle doit venir ?
— Elle m'a dit de l'attendre à la maison, mais ici, c'est mieux. Je préfère.

Il but une gorgée de jus de fruits, hésita, puis se lança :

— Et toi, tu attends quelqu'un ?
— Non, sourit Abdel. J'habite ici.
— Pour de vrai ?
— Pour de vrai.
— Tu es le petit-fils de Napoléon ?

Celle-là, pensa Abdel, on ne me l'a jamais faite. Il secoua la tête.

— Non, je suis juste pensionnaire. Un peu comme si j'étais en maison de retraite.

Tout en regardant l'enfant grignoter son pain au chocolat, il réfléchissait. C'était tout de même bizarre, ce petit, assis là sans personne pour l'accompagner.

— Tu as besoin d'un ticket de métro ?
— C'est pas la peine.
— Comme tu veux.

Il sortit son tabac et se roula une nouvelle cigarette. Avec le temps, il avait appris une chose : le tabac tuait peut-être, mais il offrait aussi mille occasions de briser la glace. Un homme qui roule une cigarette est un homme dont on ne se méfie pas.

— Et pourquoi tu viens là ?
— Parce que c'est beau. Et parce que c'est la maison de Napoléon.
— Tu connais Napoléon ?

Gab ouvrit son sac à dos et montra un livre à la couverture colorée. *La Grande Aventure du petit tambour de Napoléon*.

— Ma mère me l'a offert. Ça raconte l'histoire de l'Empereur. Quand je serai grand, je serai tambour. Ou Napoléon.

Abdel n'était pas sûr que ce soit une bonne idée mais il préféra laisser ses illusions à l'enfant. Il alluma sa cigarette. Il n'en avait pas envie mais elle était roulée et il avait peur de l'écraser au fond de sa poche. Peut-être aussi qu'il l'y oublierait. Il oubliait de plus en plus de choses, ces derniers temps.

Le petit avait fini son jus d'orange. Il serrait la canette vide entre ses doigts et balançait les jambes sous le banc, celle de droite, puis celle de gauche. Abdel l'envia. Lui n'avait plus balancé les jambes depuis, quoi… soixante ans ? Cinquante-six ans exactement. Il ralluma son fauteuil électrique et fit un signe de la main à Gab.

— Rentre bien.

Gab regarda sa montre. Quinze heures. Il avait encore un peu de temps avant de rentrer. Il décida de suivre les énormes fossés aperçus en arrivant. Ils le mèneraient peut-être vers d'autres entrées qui lui permettraient de se glisser à l'intérieur de l'Hôtel.

5

Où l'on disserte de la couleur des roses et de leur effet

Assis dans le jardin intérieur du Foyer, le caporal Maurizio était concentré sur l'écran de son téléphone. Des roses roses ou des roses blanches ? D'un coup de langue, il fit glisser son chewing-gum de l'autre côté de son palais. Les roses roses étaient plus gaies, mais les blanches avaient de la gueule. Ça marchait toujours, les roses blanches. Il se décida pour les blanches. Un bouquet de vingt-cinq – toujours offrir les fleurs en nombre impair, il avait retenu ça. Il tapa les seize chiffres de sa carte bleue, la date d'expiration, le code, valida. La jolie vendeuse de la pâtisserie Chez Fonfon, avenue de la Motte-Picquet, recevrait son bouquet demain, à l'ouverture. Il se frotta les mains de satisfaction.

Abdel vint se ranger à côté de lui sans qu'il l'entende arriver.

— Tu vas rigoler, Maurizio : je t'ai trouvé un copain.

— Un type avec un char ?

Contrairement à Abdel, Maurizio avait gardé un fauteuil à l'ancienne qui l'obligeait à pédaler sec des bras pour avancer. On l'avait retrouvé dans les décombres d'un immeuble de Beyrouth, embroché comme un papillon sur les armatures du béton. Champion militaire de lancer de javelot en 1982, il avait accepté de perdre ses deux jambes mais pas ses biceps. Malgré ses grandes roues cerclées d'acier, son char, comme il l'appelait, était plus léger que les fauteuils électriques. Il permettait surtout à l'ancien légionnaire d'entretenir les muscles de ses bras, sa fierté.

— Non, dit Abdel. Un admirateur de Napoléon.

— Bien. Moi qui croyais être le seul homme de goût ici.

Un rire secoua le vieux spahi.

— Tu l'es.

Et comme Maurizio fronçait les sourcils, il ajouta :

— Il doit avoir huit ou neuf ans. Il lisait sur un banc, dans le jardin de l'Intendant.

— *Ma che*, un fan de Napoléon qui a neuf ans ? Une rareté, une pépite ! Il faut que tu me le présentes !

Abdel fouilla dans la poche accrochée à son fauteuil et en sortit un jeu de dames de voyage.

— À son âge, il doit avoir des choses plus amusantes à faire que tenir la jambe à deux vieux comme nous. On se fait une partie ?

— Pas maintenant, je dois aller chez Fonfon.
— Maurizio... elle a vingt-cinq ans.
Le légionnaire écarta les mains.
— Et alors ?
— Le mois dernier, tu voulais épouser la caissière du Monoprix, et avant, c'était la fleuriste de la rue de Varenne...
— *Ma*, Abdel, celle-ci est vraiment différente. Elle est contente de me voir, je lui prends des quantités de chocolats, même ceux à la fraise, et je la fais rire. C'est pas si souvent, avec les bourgeois du quartier ! Et je te ramènerai peut-être un mont-blanc pour le goûter. Si tu es sage. *Ciao*, sergent !

*
* *

Pélagie avait éteint son ordinateur et enfilé son manteau. Elle attrapait son sac quand une voix choquée résonna dans son dos.
— Vous prenez votre après-midi, Pélagie ?
— Il est 18 heures, Bruno.
— Et alors ?
Lui aussi, elle lui souhaitait de peler du dos et des oreilles. Et même d'ailleurs. Elle serra son sac à main.
— À demain.
— En espérant que vous ne preniez pas votre matinée. Nous avons des contrats urgents à renvoyer.

Dans l'ascenseur, elle s'obligea à souffler par la bouche pour retrouver son calme. Il lui en faudrait une bonne dose pour survivre à la rame de métro bondée.

L'appartement lui apparut comme un phare dans la tempête. Elle monta l'escalier quatre à quatre. *Pourvu* que tout se soit bien passé. *Pourvu* que Gab n'ait pas fait de bêtises. *Pourvu* qu'il ne s'ennuie pas trop. *Pourvu, pourvu*. Pélagie passait sa vie à courir en croisant les doigts. Elle n'arrivait même plus à imaginer une journée où l'on ne s'inquiétait pas dix fois.

— Ça va, mon Gab? demanda-t-elle en accrochant son manteau.

— Très bien et toi?

— Pourquoi tu n'as pas répondu au téléphone à midi? Je me suis inquiétée.

Elle avait appelé deux fois, avait hésité à repasser à l'appartement, vérifier qu'il n'y avait pas le feu ou que Gab ne s'était pas ouvert le crâne en grimpant sur un tabouret. S'était traitée de folle. Une boule d'angoisse lui avait écrasé le sternum tout l'après-midi.

— Désolé, j'écoutais de la musique avec mon casque. J'ai pas entendu.

— Tu aurais pu me rappeler, tout de même!

— Tu paniques toujours pour rien, maman.

— Je ne panique pas, je...

Elle s'arrêta. OK, elle paniquait. En l'occurrence, pour rien. Quelles étaient les probabilités que Gab se blesse ou que le feu prenne à la maison ? Sans doute ridicules. Mais le savoir seul, toute la journée, lui serrait le ventre. Elle avait le sentiment de l'abandonner. Elle changea de sujet.

— Tu as mangé ? Personne n'a sonné ?
— J'ai mangé. Et personne n'a sonné.

Il répondait la conscience tranquille. Oui, il avait mangé, sa mère ne lui avait pas demandé quoi. En rentrant, il avait jeté les poireaux vinaigrette à la poubelle, bien cachés sous les dépliants publicitaires et une peau de banane. Le blanc de poulet, lui, était bien passé, avec des corn flakes et un jus d'orange.

Soulagée, Pélagie enleva ses escarpins et se dirigea vers la cuisine.

— Je vais nous faire une bonne soupe...

Pourvu que ce ne soit pas une soupe de poireaux, pria Gab. *Pourvu, pourvu !*

— ... une bonne soupe de poireaux, lança gaiement sa mère en sortant une cocotte. Ça utilisera les verts !

Gab se tassa dans le canapé. Heureusement, il retournerait aux Invalides demain. Le vieux sympa lui offrirait peut-être une viennoiserie pour le goûter.

Tout en lavant les légumes, Pélagie remâchait la scène avec son patron. Pauvre type. Il serait bien assorti à la voisine. *Pourvu* qu'elle trouve un autre job. Elle avait envoyé des candidatures spontanées ce mois-ci et une société italienne lui avait proposé un entretien. Une sur les cinq contactées. Elle avait rendez-vous dans dix jours. *Pourvu* que ça marche. *Pourvu, pourvu*. Elle jeta les feuilles dans la cocotte, ajouta une cuillère de gros sel et croisa les doigts en regardant la vapeur envahir la cuisine.

Gab avait avalé sa soupe sans faire d'histoires. Il avait intérêt à faire profil bas s'il voulait garder cette liberté inespérée durant toutes les vacances. Il en avait besoin pour son projet. Trois jours étaient déjà passés, et il n'avait toujours pas pu pénétrer dans le bâtiment. En rentrant, il avait regardé de nouveau une série sur Napoléon. L'épopée de l'Empereur le fascinait. Charles Faugère le petit tambour, à peine plus âgé que lui, avait vécu tout cela. Tout en mâchonnant le croque-monsieur qui égayait le potage aux poireaux, Gab se disait que lui n'était pas encore allé en Belgique ou en Russie avec deux cent mille hommes mais il était à un rien du tout d'entrer dans l'un des endroits les plus mystérieux de Paris, et de trouver un trésor. Napoléon aurait été fier de lui. C'était bien plus excitant que la confection d'animaux en papier mâché ou qu'un match de foot en salle. Quelle chance que le centre aéré soit fermé ! Ces vacances étaient les plus belles du monde.

Le dessert expédié, il débarrassa la table, se brossa les dents et sauta dans son pyjama. Il relut l'histoire du petit tambour, puis, blotti sous sa couette, tourna et retourna sa stratégie pour la journée du lendemain. D'abord, attendre le coup de fil maternel avant de s'échapper. Ensuite... il s'endormit sans s'en rendre compte.

6

Où l'on rencontre
une petite famille peu ordinaire

Une lumière dorée traversait les vitres en verre soufflé, donnant un air pimpant aux murs XVIIe. Du plat de la main, le général Gannat lissa son uniforme puis redressa sa moustache ; elle était si bien cirée qu'elle ne risquait guère de s'éparpiller, mais le tic le rassurait. Le général avait une passion pour les moustaches, son rêve eut été d'arborer des « rouflaquettes ». Hélas, l'armée les interdisait. Il s'était rabattu, à regret, sur une moustache à l'impériale.

L'horloge laissa perler sept coups. Le général reposa son bol de café, vérifia une dernière fois son ornement pileux devant le miroir de la cheminée et quitta la salle à manger. Il lui restait une grosse heure avant l'arrivée de son chef de cabinet, le temps d'effectuer ce qu'il appelait son inspection. Depuis qu'il avait été nommé gouverneur des Invalides, il avait pris l'habitude de marcher chaque matin sans but défini dans les couloirs encore silencieux de l'hôpital; il montait et descendait les escaliers, admirait les murs, les plafonds, regardait par les fenêtres, et remarquait au fil de sa promenade une multitude de détails qui lui échappaient dans la journée. Une petite annonce punaisée dans le foyer des pensionnaires, une fenêtre abîmée, deux mots échangés au détour d'un couloir avec une aide-soignante...

Il dévala l'escalier en fredonnant et manqua glisser sur l'avant-dernière marche. Il se rattrapa *in extremis* au balustre de pierre. Il faudrait changer cette moquette usée, se dit-il une fois son équilibre et ses esprits retrouvés.

Il gagna d'un pas plus calme la petite cour nichée au cœur de l'hôpital. Une poignée de tables et de chaises métalliques, des plates-bandes de jonquilles et d'œillets donnaient au lieu un air de jardin public. Le général Gannat s'accroupit sous une rangée de buis: Tosca était bien là, entourée de cinq petites boules duveteuses et rayées.

— Oh, oh, un petit nouveau! s'exclama le gouverneur.

La cane opina d'un couinement joyeux. Quatre oisillons se dandinaient maladroitement derrière elle; le dernier, plus petit, se blottissait entre ses pattes.

— Voyons, nous avons déjà Carmen, Thaïs, Giselle, Chérubin... On va t'appeler Paillasse.

Dans l'impossibilité de connaître leur sexe, il avait baptisé les canetons d'un nom tour à tour masculin et féminin. Et parce qu'il était fou d'opéra, il avait pioché dans ses livrets préférés. Paillasse compromettait une parité jusqu'alors parfaite mais la prochaine naissance rétablirait les choses.

Le gouverneur avait découvert Tosca durant sa première semaine aux Invalides. Une secrétaire lui avait parlé du volatile et ces rencontres avaient intégré son rituel matinal. Tosca résidait habituellement à quelques mètres de là, dans les jardins du musée Rodin, mais les agaceries des touristes japonais et des collégiens de province lui pesaient. Deux à trois fois par an, sa marmaille sous le bras, elle traversait le boulevard des Invalides et venait s'établir dans les courettes de l'hôpital où, loin des admirateurs indésirables, elle savourait calme et miettes de gâteaux. Qu'elle échappât toujours aux roues des taxis et des livreurs de pizza lors de sa traversée était un prodige inexpliqué mais renouvelé.

Pas plus que la petite Tosca, le général n'appréciait les touristes. Il les subissait comme un mal nécessaire : l'intérêt suscité de Pékin à New York pour le dôme doré et le tombeau de Napoléon préservait l'hôpital. « Louis XIV nous héberge, Napoléon nous nourrit », avait résumé Jacques Perot lorsqu'il était directeur du musée de l'Armée. C'était la photogénie de carte postale des Invalides qui permettait aux pensionnaires de dîner et dormir dans le même cadre que, bien avant eux, les grognards de l'Empire et les poilus de la Grande Guerre. Quatre-vingts personnes nourries, logées, promenées dans l'hôtel particulier le plus vaste de Paris, plafonds à caisson, boiseries en chêne, charpente d'origine et souterrains inclus. Quinze hectares, une cathédrale, une piscine, un gymnase, des restaurants, une bibliothèque, trois mille trois cents pièces. L'Élysée, à côté des Invalides, était une cabane de jardin. Mais ce n'était que justice, estimait le gouverneur : ces hommes et ces femmes avaient tous abandonné un bon bout de leur vie à la nation. Et chaque matin, en arpentant les lieux, il se répétait que les Invalides étaient un miracle.

Il abandonna Tosca et sa petite famille et gagna son bureau. Le chef de cabinet entra. Lui aussi était matinal.

— Bonjour, mon général. La délégation du Cameroun arrive à dix zéro zéro.

— C'est noté, monsieur.

Le gouverneur replongea dans son parapheur. La masse de lettres à contresigner augmentait chaque semaine. Remerciements, invitations, demandes de dotations spéciales... Il avait parfois l'impression d'être un chef d'entreprise quémandant auprès de son banquier ou de ses fournisseurs. Heureusement, il y avait aussi des lettres d'anciens hospitalisés donnant des nouvelles. Ils avaient retrouvé un métier, une femme, une maison, ils étaient heureux et heureux de l'écrire au gouverneur qui les avait vus arriver cabossés. Il répondait à chacun.

Malgré la paperasse, le général Gannat était fier de son poste ; il s'y sentait aussi utile que lorsqu'il commandait l'opération Licorne en Côte d'Ivoire. Il ne s'agissait plus d'évacuer des civils ou de neutraliser des terroristes mais d'aider des blessés à construire une nouvelle vie. Une autre mission, avec un régiment à part et une devise unique : « Tous les champs de bataille. » Et les hommes du gouverneur avaient bien fait toutes celles gravées sur les monuments aux morts, Bir Hakeim, Sokolo, Bangui, Beyrouth, Diên Biên Phu, sans compter beaucoup d'autres invisibles : Birao, Bagdad, Tripoli, Paris, Nice, dont ils avaient gardé un bras en moins ou une balle dans le dos. Les Invalides formaient un régiment qui représentait tous les autres, le régiment des trompe-la-mort. Son régiment.

La porte se rouvrit. Cette fois, c'était le médecin général. Un homme aussi grand et chauve que le gouverneur était petit et moustachu.

— Tu as une minute, cher ami ?

— Toujours pour toi, cher ami.

Le médecin général, avec sa double casquette militaire et sanitaire, était le directeur de l'Institution nationale des Invalides. Ils tiraient la charrette à deux, s'efforçant de préserver les particularités du centre des pensionnaires et du centre de réhabilitation post-traumatique – que beaucoup appelaient, pour faire court, l'hôpital – tout en les adaptant au XXIe siècle, jonglant avec les normes et les budgets. Une espèce de tango acrobatique.

— Nous avons un souci.
— Rien de grave, j'espère ?
Le médecin grimaça.
— C'est Isabelle.
— La petite blessée dans l'attentat du boulevard de Grenelle ?

Isabelle avait quarante ans mais, pour le gouverneur, tous les pensionnaires plus jeunes que lui étaient des petits. Il sortit sa fiche mentale : blessures de la face, trauma crânien, côtes cassées. Pas de famille. Un frère aux États-Unis.

— Oui. Elle ne parle toujours pas. Côté clinique, tout va bien, l'opération a été pertinente, elle a bien récupéré, les kinés sont contents. Norbert vient de terminer son bridge, il le lui posera cette semaine. Nous ne pouvons plus la garder très longtemps. Mais…

— Mais comment la laisser partir si elle va mal ?

— Voilà. Les psychomot' sont inquiets. Le psy aussi.

Le gouverneur se frotta la moustache.
— Je vais essayer de lui parler.
— Peut-être que tu auras plus de chance que nous. Les équipes se heurtent à un mur.

Le médecin écarta les mains d'un air désolé.
— Et nous sommes ficelés par le budget. Nous ne pouvons pas la garder si elle est guérie. Même si…

— Même si elle n'est pas guérie, termina le gouverneur en aplatissant sa moustache d'un geste brusque.

Deux heures plus tard, ses étoiles bien en évidence et la moustache de nouveau au garde-à-vous, le général Gannat détaillait au ministre de la Santé camerounais le fonctionnement de l'Institution, dont le protecteur était le président de la République. Une tradition depuis la création du site par Louis XIV, qui avait survécu à trois siècles et quatre régimes politiques.
— Bien sûr, la sensibilité des rois ou des présidents a guidé leur intérêt à l'égard du lieu... Louis XV, par exemple, n'y est jamais venu. Napoléon, en revanche, y était très attaché.
Le cortège écoutait en lorgnant les murs en pierre ou les cuirasses accrochées au-dessus des portes. Une jeune attachée semblait fascinée par la moustache à l'impériale du gouverneur. Sentant faiblir l'attention, il entraîna sa troupe vers le laboratoire d'Antoine Parmentier. La pièce était désaffectée mais on y voyait toujours la paillasse et les fours du roi de la patate. Ce pharmacien de génie, alors apothicaire-major des Invalides, y élaborait ses recettes.
De sa voix de ténor, le gouverneur narra les trouvailles d'Antoine Parmentier, chimiste, agronome, auteur de traités sur la fabrication des engrais comme sur celle du sucre, et certainement l'un des premiers nutritionnistes.

Les anecdotes étaient drôles, l'intérêt de l'auditoire remonta d'un cran, l'assistante oublia la moustache du gouverneur. Elle examinait le lustre en fer forgé en se demandant s'il était d'origine.

— Je vais maintenant vous faire revenir au XXIe siècle, dit le général, content de son effet.

La délégation remonta des couloirs qui semblaient ne jamais finir et s'arrêta devant une porte marquée « Radiologie ».

— Voici l'une de nos dernières acquisitions, Votre Excellence. Le médecin général vous en parlera mieux que moi.

La pièce pouvait accueillir vingt personnes. Fixé au milieu du plafond, un bras articulé était suspendu au-dessus d'une table. Le ministre de la Santé admira en connaisseur.

— Nous accueillons des personnes très âgées ou tétraplégiques ; cet équipement est un outil extrêmement pratique et limite les manipulations des patients lors des examens.

Le médecin général en profita pour vanter le scanner dentaire, moins spectaculaire mais inauguré en grande pompe trois mois plus tôt et acheté grâce à de généreux bienfaiteurs ; la visite se poursuivit avec le gymnase, puis la salle de balnéothérapie au sous-sol. La plus ancienne de Paris, expliqua le gouverneur, créée sur l'ordre du général de Gaulle.

— L'architecte des Monuments historiques en a fait une jaunisse à l'époque.

Le gouverneur aurait aimé présenter ce qu'il considérait comme le trésor de l'Institution: les archives. Mais le temps passait, le ministre était attendu avenue Duquesne pour déjeuner avec son homologue français.

On se salua, on prit quelques photos devant l'hôpital avec le dôme en arrière-plan, et la délégation s'éclipsa vers les salons dorés de la République.

De sa chambre sous les toits, Isabelle entendit les roues des berlines crisser sur le gravier. Elle n'avait pas de séance de balnéothérapie ce matin. Pas de psy non plus. Tant mieux, elle n'était pas sûre que cela serve à grand-chose. Elle relut ses notes de la veille:

J-240
Pas: 1858. Je ne sais pas comment je les ai faits, mais je les ai faits.
Sourires: 2.
Musique: Led Zeppelin, Queen, Tina Turner.
Plats: riz créole. Beurk. C'est tout mou.

Elle referma son carnet et le posa sur sa table de nuit, puis assise au bord du lit, les mains sur les genoux, attendit l'heure de l'atelier. Elle aimait bien l'ergothérapie. Peut-être qu'elle n'aurait pas le temps de terminer sa série de coquetiers, le médecin lui avait rappelé qu'il fallait penser à sa sortie. Il lui restait encore deux coquetiers à tourner pour en offrir à chacun de ceux qui la soignaient ici. Et aussi un à Corentin. Un à Fabrice de l'accueil, un à Norbert, le dentiste, un à Maïté de la salle à manger.

L'idée de rentrer chez elle la terrifiait. Elle n'avait pas peur de la douleur parce que rien ne pouvait être pire que ce qu'elle avait ressenti lors de l'explosion ce soir-là, sur le boulevard de Grenelle, quand l'homme lui avait souri en appuyant sur sa ceinture explosive. Ses chairs avaient été anesthésiées par les opérations, chacune effaçant la précédente comme un rouleau compresseur. Elle avait peur de tout le reste, peur de prendre le bus, peur de payer ses courses à la caisse du Franprix, peur d'être assise dans la salle d'attente chez le médecin, peur de dire bonjour à ses anciens collègues.

Isabelle descendit à 10 h 30 précises. Elle était toujours ponctuelle pour l'ergothérapie. Elle n'avait pas l'impression d'y faire des exercices ni d'être une patiente, elle ne s'inquiétait plus, ses mains fonctionnaient toutes seules. Le premier coquetier était venu comme ça, sans qu'elle y réfléchisse. Elle l'avait trouvé joli, alors elle en avait fait un deuxième, puis un troisième. Elle terminait le onzième. Le plus long était d'éliminer la moindre écharde, pour rendre le bois doux comme de la soie.

Certains patients faisaient de la menuiserie, d'autres de la couture ou de la cuisine. « L'idée, c'est que chacun y trouve son compte et apprenne à se débrouiller avec ses nouvelles capacités », lui avait expliqué l'une des ergothérapeutes. Parfois, les soignants mettaient de la musique, tout le monde chantait, et Isabelle chantait aussi, toute seule dans sa tête. C'était peut-être moins pénible pour elle parce qu'elle avait la chance d'avoir encore ses dix doigts et de pouvoir tous les bouger. Elle ne les avait jamais autant utilisés que depuis son accident. Jules, un jeune dont la main droite avait été broyée en opération, s'était énervé pendant un atelier cuisine. Il essayait de casser des œufs pour faire un gâteau ; les coquilles s'écrasaient dans sa main et laissaient des miettes dans la pâte. Il serrait les dents, se concentrait, et brusquement, il avait explosé. Il avait jeté la coquille vide dans le bol, lancé le fouet par terre et il était parti.

Une heure plus tard, ses doigts étaient couverts d'une fine poussière beige. Elle posa la cale à poncer, s'essuya les mains contre son jean et souffla doucement sur le coquetier. La sciure de bois s'envola.

L'ergothérapeute s'approcha.

— C'est super, Isabelle. Tu as vraiment un don.

Elle se redressa, ravie, et frotta le coquetier avec un chiffon. Restait à le cirer. Peut-être qu'elle réussirait à terminer sa série avant de partir, finalement. Elle était moins rapide que sa voisine qui fabriquait un porte-cartes. Le porte-cartes formait un rectangle légèrement arrondi aux coins.

Le cuir moelleux et lisse brillait dans la lumière de l'atelier. L'aiguille perçait la peau avec un son mat et répétitif, une minuscule explosion suivie d'un souffle, celui du frottement du fil de lin ciré contre le cuir. Tac, frrrt. Tac, frrrt. Hypnotisée, Isabelle suivait le va-et-vient des doigts de la jeune femme assise en face d'elle. Les points s'alignaient, aussi réguliers qu'une trotteuse de montre. Tac, frrrt. Tac, frrrt. Et Isabelle se mit à pleurer.

7

Où l'on découvre les origines d'une vocation médicale

Le médecin général n'était pas le seul à s'inquiéter pour Isabelle. Au service de chirurgie dentaire, Norbert examinait le bridge préparé pour la jeune femme. Trois dents blanches, bien alignées mais pas tout à fait régulières, pour conserver un semblant de naturel. Franck, le prothésiste dentaire, l'avait terminé la veille.

Quand Norbert se présentait, ses interlocuteurs le dévisageaient d'un air incrédule. Puis ils lui demandaient de répéter, pour être sûrs de ne pas avoir été troublés par un acouphène. Ça le faisait marrer. Il savait qu'il n'avait pas une tête à s'appeler Norbert, mais il n'aurait pas échangé son prénom contre un Arthur, un Kevin ou un Loïc, plus consensuel. Norbert semblait sortir d'un roman de Flaubert mais Norbert faisait partie intégrante de sa personnalité,

Norbert allait avec ses tresses crépues et ses lunettes en fil de fer doré. Enfant, la lecture des romans de Jules Verne lui avait donné envie de devenir pilote de sous-marin ; son baptême en machine plongeante lui révéla qu'il avait le mal de mer sous l'eau – « une nausée à sauter par-dessus bord », avait-il expliqué à ses parents, une rareté, qui l'avait contraint à revoir son projet de vie. Comme il aimait aussi les lapins et avait songé un temps à être vétérinaire, il était devenu dentiste – bel exemple de saut du coq à l'âne. Dix ans et pas mal de dents fraisées plus tard, Norbert était responsable du service dentaire des Invalides.

Le chirurgien-dentiste restait songeur. Il avait soigné toutes sortes de pensionnaires et pour toutes sortes de maux ; il disait en plaisantant à ses amis que la guerre et ses dégâts étaient le meilleur stimulant pour les chirurgiens. Il avait vu des mandibules arrachées, des dents cassées, des palais osseux troués. Il avait même soigné quelques caries présidentielles, sans aucun état d'âme. Mais le cas d'Isabelle le laissait perplexe. Physiologiquement, c'était très simple : les dents 11, 12, 21 et 22 étaient à remplacer. Concrètement, c'était autre chose : Isabelle ne parlait pas. Tout fonctionnait, la langue, les cordes vocales, le palais, mais elle n'avait pas prononcé un mot depuis son arrivée. C'était comme si le souffle de la bombe, en brisant ses incisives, avait emporté quelque chose.

Norbert plongea les mains dans les poches de sa blouse, approcha son nez du râtelier jusqu'à le frôler, puis se tourna vers son adjoint.

— On va lui mettre un petit diams.
— Elle va kiffer, sourit Franck.
— J'espère, mon cher Francky, j'espère.

Norbert n'était pas sûr que l'Institution le laisse acheter un diamant à but thérapeutique, mais il trouverait bien une parade. Isabelle était en réadaptation depuis six mois et ressemblait de plus en plus à un fantôme. Il fallait la ramener à la vie. Lui envoyer un signal, lui donner quelque chose qui déclencherait son sourire.

Il profita de la pause déjeuner pour regarder des catalogues en ligne en mâchant un sandwich au jambon acheté au Foyer. On trouvait de petits diamants à cinq cents euros. C'était très raisonnable.

— Ça se tente, estima-t-il en remplissant son formulaire.

*
* *

Dans le jardin, Gab s'était installé sur un autre banc. Sitôt que sa mère eut claqué la porte de l'appartement, il s'était pelotonné sur le canapé pour avaler ses céréales et ses dessins animés. Il avait attendu le coup de fil de midi, « oui, oui, maman, tout va bien, je suis très sage, je lis », avant de sauter dans ses baskets, récupérer sa carte Navigo dans le tiroir de la cuisine et courir au métro. Son cœur battait fort tout le long du trajet. Il ne fallait pas qu'il se perde dans les stations.

En tournant le coin de l'avenue de Tourville, Gab eut l'impression de retrouver son domaine. Les longues façades des Invalides devenaient familières. La veille, il avait repéré la librairie et découvert la boutique, qui l'avait laissé stupéfait. C'était mille fois plus intéressant que les fossés de l'Hôtel! On y trouvait des poilus Playmobil, des gommes en forme de bicorne, des porte-clés dorés en forme d'abeille et même des pistolets. Des dizaines de livres s'alignaient sur les étagères. Il en avait ouvert autant que possible mais aucun ne semblait correspondre à ce qu'il cherchait.

Assis face à l'hôpital, il se demandait de quel côté enquêter cet après-midi quand le vieux en fauteuil roulant apparut. Sans pain au chocolat. Gab fut un peu déçu mais comme il était poli, il lui dit quand même bonjour.

— Dis-moi, petit, tu n'as pas école?
— C'est les vacances.
— Et tu ne t'ennuies pas ici tout seul?
— Moins qu'à la maison. Le premier jour, j'ai mangé des chocolats et regardé plein de dessins animés, mais le deuxième jour, c'était moins drôle. Et hier, maman m'a laissé des poireaux vinaigrette.

Il grimaça.
— Tu aimes les poireaux vinaigrette?

Le vieux militaire dodelina de la tête, un geste qui pouvait exprimer aussi bien «oui» que «non».

Gab le prit pour un non. Il reprit:

— Aujourd'hui, c'était de la purée de carottes. C'est moins pire mais je préfère les céréales au chocolat. Et puis j'ai une chose importante à faire.

Abdel attendit mais le petit s'était tu. Il fixait le dôme et semblait très concentré.

— Et tu ne veux pas visiter? demanda le vieux soldat. Ce serait plus amusant que de rester sur ce banc.

Il désigna la façade aux mille fenêtres qui s'étirait derrière eux.

— Je ne suis pas un soldat de Napoléon mais je peux te montrer ma maison, si tu veux.

Gab rougit. La proposition était tentante. Sa mère lui répétait de ne pas ouvrir la porte aux inconnus, mais là c'était différent. Il hésitait, puis se décida avec prudence.

— C'est surtout que, dans la rue, y a pas de toilettes, dit-il.

— Viens avec moi.

En roulant vers l'entrée de l'hôpital, le vieillard songea que c'était la première fois qu'il invitait un visiteur. Les bénévoles des associations qui passaient toutes les semaines ne comptaient pas, ils étaient gentils mais venaient voir tout le monde. Et ses copains de régiment étaient tous morts.

Le hall et le foyer étaient déserts. Abdel s'arrêta devant les ascenseurs.

— Les toilettes sont dans ce couloir, tout de suite sur la gauche. Je t'attends là. Ensuite, je te ferai visiter.

Le petit revint cinq minutes plus tard, les yeux écarquillés.

— La porte des toilettes aussi s'est ouverte toute seule devant moi quand je suis entré et sorti, c'est magique !

Il avait bien vu, en faisant le tour des fossés, que les Invalides formaient un enchevêtrement de murs et de portes démesurés, une espèce de château fort en plus joli à cause de sa couronne dorée, mais il n'avait pas imaginé que c'était aussi étonnant à l'intérieur.

— Non, sourit Abdel. C'est pour les fauteuils. Ici, presque tout le monde est comme moi.

Il entraîna son petit invité vers la salle des rencontres, située au milieu de l'aile est. On y trouvait une boîte à livres, une table de ping-pong, un piano et beaucoup, beaucoup de place. De quoi accueillir une cinquantaine de fauteuils roulants et, les jours de fête, une estrade pour les discours et un buffet. Une cuirasse était accrochée au mur.

— Elle est vraie ? demanda Gab, stupéfait.

— Tout est véritable, ici. Regarde les murs : ils datent de Louis XIV, le Roi-Soleil, c'est lui qui a fait construire ce bâtiment et rien n'a changé depuis. Enfin, presque rien : on a tout de même installé l'électricité et des ascenseurs. C'est plus pratique. Mais les architectes de l'époque avaient déjà conçu des couloirs très larges, et des escaliers aux marches les plus basses possibles, pour faciliter la vie des invalides : même les culs-de-jatte pouvaient les monter ou les descendre.

Les informations tournoyaient dans la tête de Gab. Il réfléchissait de toutes ses forces.

— Est-ce que…

Il chercha ses mots.

— Est-ce qu'ici, on est dans les vraies Invalides ?

— Bien sûr ! Et je vais te montrer la plus belle vue de Paris, dit Abdel.

Des pas cliquetèrent sur le carrelage de terre cuite. Une femme apparut au bout du couloir. En les apercevant, elle baissa la tête, cachant son visage derrière un rideau de cheveux rouges et traversa la pièce à la vitesse d'un lapin.

— Isabelle, dit le vieux soldat.

— Qui c'est ?

— Une hospitalisée. Elle est en soins de suite depuis plusieurs mois. Elle a été blessée dans un attentat, elle a peur dès qu'elle entend une voiture ou un camion. Elle vient parfois au Foyer mais elle ne sort pas de l'hôpital et elle ne parle à personne.

— Jamais ?

— Non, je ne l'ai pas entendue prononcer un seul mot.

— Mais elle fait comment pour demander des trucs ?

— Elle s'exprime en hochant la tête, en clignant des yeux ou en faisant des gestes avec ses mains.

Gab en resta bouche bée. Il n'était pas plus bavard qu'un autre mais la vie sans parler lui semblait inconcevable. Parler, c'est comme boire, manger ou rêver.

Ils prirent l'ascenseur et suivirent des couloirs de toutes les couleurs. Des personnes en blouse blanche et en sandales de plastique les croisaient, saluant Abdel par son prénom. Gab, complètement perdu, se demandait comment le vieux monsieur se débrouillait dans ce labyrinthe. Lui ne savait même plus s'il fallait tourner à droite ou à gauche pour retrouver l'entrée. C'était pire que le métro. Les Invalides étaient encore plus embrouillées de l'intérieur que de l'extérieur.

— Voilà ma chambre.

Gab eut l'impression d'entrer dans une boutique de brocanteur. Quand le vieux spahi s'était installé, il avait apporté un petit fauteuil dans lequel il aimait s'asseoir, un plaid à carreaux et quelques livres, puis il s'était niché dans les Invalides comme un écureuil dans son nid. Au fil de ses sorties culturelles avec les bénévoles de la Croix-Rouge ou de l'ordre de Malte, il avait rapporté une carte postale, une bricole, une photo. On lisait l'album en relief de ses vingt dernières années sur les étagères d'une petite armoire vitrée : un perroquet en peluche, une bouteille de sable de Papeete offerte par un légionnaire tahitien, un chèche si usé qu'il était devenu translucide, un Roi-Soleil enfermé dans une boule à neige, deux dépliants de jardins zoologiques, un porte-clés en coquillage, et même une tour Eiffel tricolore. Un papier jauni, dans un cadre posé à côté de quelques photos en noir et blanc, rappelait la croix de la Valeur militaire du vieux spahi.

Gab n'avait jamais vu autant d'objets hétéroclites réunis dans un si petit espace. Abdel semblait connaître toutes sortes de choses. Et il vivait dans les Invalides. Peut-être qu'il pourrait l'aider.

Le vieil homme souriait avec fierté.

— Ce n'est pas grand, mais c'est chez moi. Et j'ai ma salle de bains. Tiens, regarde par la fenêtre, petit.

La coupole dorée se dressait derrière les croisillons de la vitre. Gab n'imaginait pas la contempler de si près. Fasciné, il l'observa en silence avant de se retourner vers les clichés encadrés. Un homme en noir et blanc, un fusil-mitrailleur dans les bras, debout à côté d'un cheval, le fixait. L'homme de la photo avait les joues creuses, comme Abdel, mais un Abdel sans lunettes et aux cheveux encore sombres.

— Tu avais un cheval ?

— Oui, dit Abdel. Il s'appelait Arès, comme le dieu de la guerre.

— Est-ce que tu as fait la guerre ?

— Oui.

Avec de grands gestes lents, il se leva de son fauteuil et s'assit sur son lit.

— Tu n'étais pas né et ta maman non plus.
— Est-ce que tu as tué des gens ?

Le vieux soldat marqua une seconde d'hésitation avant de répondre. Aux Invalides, personne ne posait cette question. C'était aussi stupide que demander à un jardinier s'il travaillait dehors. Mais Gab était un enfant.

— Je ne sais pas. Sans doute. Sûrement. C'est un peu le principe de la guerre. Si on pouvait s'en passer, je pense que presque tout le monde le ferait mais c'est impossible.

— Pourquoi ? Il suffit de ne pas se battre. Fastoche.

— Et si quelqu'un entre chez toi et veut y rester, tu le laisses faire ? Évidemment, non. Tu appelles la police, ou tu essayes de le mettre dehors. Correct ?

— Correct, confirma Gab.

— Voilà le problème. Il y a toujours quelqu'un, quelque part dans le monde, qui essaye de s'asseoir dans le salon de son voisin. Même s'il n'y en a qu'un, il suffit à déclencher une guerre.

Le petit continuait à réfléchir.

— Est-ce que ça fait mal de tuer des gens ?

Cette fois, l'interrogation surprit Abdel ; personne n'avait jamais vu les choses sous cet angle-là. Lui-même n'y avait jamais réfléchi. La montre de Gab bipa deux fois dans le silence, interrompant les pensées du vieux soldat. Il était 16 h 30, l'heure de retourner au métro et de retrouver la maison.

— Je dois rentrer, dit Gab.
Il hésita.
— Tu seras là demain ?
Abdel rigola.
— Je suis là tous les jours, petit.

29 juin 1815

Domaine de la Malmaison,
Rueil-Malmaison

Le domaine n'avait jamais aussi bien mérité son nom que ce jour-là. Les couloirs étaient déserts, les salons aussi. Les rires, les fleurs, les bonbons, tout avait disparu. Les grognards au visage tiré par la fatigue avaient remplacé les demoiselles d'honneur en robe de mousseline. La princesse Hortense campait dans une aile, cachant son désespoir de voir les planchers crottés et les rosiers mal taillés.

En queue du cortège, trente pas derrière l'Empereur, Charles Faugère admirait les dorures et les tapis. Il n'avait jamais rien vu d'aussi beau.

Napoléon, lui, se frottait l'estomac et se désolait au milieu de la bibliothèque. Ah, si Joséphine avait été là... Elle aurait trouvé les mots pour l'encourager. Elle aurait même organisé une petite sauterie pour lui remonter le moral. Mais ce n'était pas le moment de penser à son canari des îles, Joséphine était partie. Ce n'était pas faute de l'avoir prévenue : avec cette manie de se balader décolletée jusqu'au nombril, elle finirait par attraper la mort. « Mais n'te promène donc pas toute nue », voilà ce qu'il s'époumonait à lui répéter et elle, elle le traitait de ronchon, de rabat-joie. Ça n'avait pas loupé, elle s'était enrhumée et les miasmes lui étaient tombés sur les poumons. Saleté de pneumonie !

Le marquis de Montholon murmura :

— Faut y aller, maintenant, monsieur l'Empereur.

Napoléon renifla. On le chassait, comme un ivrogne à la fermeture. Il s'en irait, oui, mais pas avant d'avoir récompensé ses braves. Il ouvrit les armoires et commença la distribution. Porcelaine dorée, argenterie, trophées.

— Paul, prenez cette coupe, elle plaira à votre femme. Et vous, Henri, cette coiffe d'Indien offerte par La Fayette. Armand, je vous confie cette épée, on dit qu'elle appartenait à feu le roi. Et cette tabatière, mon cadeau d'arrivée comme Premier Consul, tiens.

C'est fou ce qu'on peut accumuler en dix ans, soupira l'Empereur. Note pour moi-même : programmer des vide-dressings deux fois par an. Il faillit appeler Bertrand, mais se retint. L'aide de camp n'avait plus qu'un seul carnet, il fallait le conserver pour les urgences. C'était la guerre.

Les bricoles s'entassaient dans les bras des officiers de la Garde. Restaient les tableaux, qu'il répartit équitablement : les portraits aux plus fayots, les scènes de bataille aux plus couturés de blessures. Le dernier tableau refusait de se décrocher. Cette saloperie de clou avait rouillé.

— Passez-moi votre botte, Bertrand.

Et quand Bertrand lui eut donné, il la regarda et haussa les épaules.

— Que voulez-vous que je fasse avec ça ? Je vous ai demandé votre couteau.

L'Empereur risquait d'être capturé et en prime, il devenait gâteux, se désola Bertrand. Il renfila sa botte et présenta sa dague.

— Voilà qui est mieux.

En deux coups de lame, Napoléon coupa les cordons puis se tourna vers le plus grand et le plus gros de ses grognards.

— Mon petit Guillaume, prenez-en soin. Ceci est plus qu'un tableau, c'est le souvenir de nos victoires, de notre grandeur, du sang versé et de notre drapeau flottant sur...

Guillaume avait fourré le tableau sous son bras.

— Faut s'arracher, maintenant, patron. Les Boches arrivent.

— On y va, on y va. Adieu, mes amis. Adieu.

Charles Faugère regarda une dernière fois les rideaux en satin d'un beau vert amande et pensa qu'ils auraient bien plu à sa mère.

L'Empereur aperçut alors le petit tambour.
— Approche, Charles Faugère. Tu mérites un cadeau spécial, que tu pourras montrer à tes enfants en disant : « Voilà la récompense des fidèles ! »

8

Où l'on crie (beaucoup), l'on pleure (un peu) et l'on ment (tout en finesse)

Le soleil éclaboussait le plastique verdâtre des tapis. Près de l'entrée du gymnase, une paire de jambes en plastique posée contre le mur et quelques fauteuils alignés attendaient leurs propriétaires. Chaque patient s'appliquait, guidé par un kiné. Au bout de la pièce, devant les fenêtres donnant sur le jardin intérieur, Maurizio enchaînait les tractions en se demandant si la petite vendeuse avait apprécié les fleurs. Elle n'était pas là quand il était passé chercher les monts-blancs. Et si en fin de compte elle préférait le rose ? Toutes les femmes aiment le rose. Oui, mais c'est banal. Blanc, c'était bien. Il repasserait le lendemain et en profiterait pour rapporter des orangettes à Abdel, le vieux sergent adorait ça.

— Le vert te va bien au teint, le légionnaire, lui lança un kiné.

Comme beaucoup d'hospitalisés et de pensionnaires, Maurizio portait un haut de survêtement siglé aux armes de son régiment. Il fit mine d'inspecter le jeune homme en blouse blanche.

— Tu es jaloux parce que tu n'as pas le même uniforme.

L'autre rigola.

Jules effectuait ses exercices sous l'œil vigilant de Claudia. La séance avait commencé depuis dix minutes et il soufflait, les yeux sombres. Au deuxième exercice, il laissa retomber son bras valide.

— Encore deux mouvements pliés, et plus en arrière, Jules.

— Je suis fatigué, dit-il, la bouche butée.

— Jules, tu vas y arriver. C'est toi qui commandes.

— Justement !

Il se redressa et jeta la barre au sol.

— J'en ai marre ! Ces exercices à la con, ça sert à rien ! Ça fera pas revenir mes doigts.

— Jules...

— Je veux qu'on m'enlève ce truc !

À ces cris, Maurizio se retourna. Debout devant son banc, Jules avait saisi son bras écrasé et le secouait de toutes ses forces.

— Coupez-moi ce putain de bras ! Il ne sert à rien !

La kiné lui posa la main sur l'épaule.

— Allons boire un café, Jules.

— Je ne veux pas de ton café de merde ! dit-il en se dégageant. Je veux que ça s'arrête.

Que tout disparaisse. La rééducation. L'appareillage. Les blouses blanches. Les cicatrices qui grattent. Le blanc de poulet qu'on lui coupe. L'odeur des salles de soins. Qu'il retrouve le ciel, la mer, les effluves gras des moteurs chauds. Étouffé de sanglots, il se laissa tomber sur le banc et enfouit sa tête dans son bras valide replié. L'autre pendait comme une bête morte.

— Ce truc ne sert à rien, répéta-t-il. Je ne sers à rien ! Je ne sers plus à rien.

Maurizio s'était redressé. Les nouveaux craquaient souvent, mais il ne supportait pas qu'on parle mal à une dame, surtout à Claudia. La kiné était trop gentille pour être maltraitée par un morveux, même le plus malheureux des morveux. En s'appuyant sur ses bras, le légionnaire se tortilla sur les fesses jusqu'au banc où le jeune marin était recroquevillé.

— Jules, arrête tes conneries et excuse-toi auprès de Claudia.

— Va manger tes morts, Maurizio !

*
* *

Abdel appréciait le calme du foyer le matin : tous les hospitalisés étaient au gymnase ou à la piscine. Lui avait passé l'âge de faire la ballerine.

Il suivait deux séances de psychomotricité par semaine, histoire de vérifier que le cerveau était toujours rattaché aux muscles ou le contraire. Il se débrouillait, même s'il ne marchait quasiment plus et appréciait de plus en plus le confort de son fauteuil. Les jours de pluie, les deux morceaux de grenade fichés dans son fémur lui rappelaient avec insistance la raison de sa présence aux Invalides.

Il roula jusqu'au comptoir. Le barman tartinait de mayonnaise les sandwichs du midi.

— Bonjour, Corentin. Un café, s'il te plaît.

— Tout de suite, chef.

Pendant que la machine crachait son jus, Corentin désigna du menton un couple assis au fond de la salle.

— Ce sont les parents de Jules, ils viennent d'arriver. Je leur ai dit qu'il devait être en soins.

— Je vais le prévenir. Garde mon café au chaud.

Il traversait la salle des rencontres lorsqu'il croisa Jules qui arrivait comme une bombe.

— Jules, tes parents sont là !

L'autre ne s'arrêta même pas.

— Dis-leur d'aller se faire foutre.

Maurizio suivait en soufflant, pédalant de toute la force de ses bras. Son visage était tout rouge et sa mèche noire, d'habitude bien laquée, pendait sur ses yeux. Il pila devant le vieux spahi.

— Jules vient de faire une crise énorme au gymnase. Il hurlait qu'on l'ampute.

— Pauvre gamin. Ses parents sont arrivés. Je vais trouver quelque chose pour les faire patienter, leur expliquer qu'il a des examens...

— Moi, je monte voir le gosse. Je vais le calmer.

Le couple buvait un thé, serrés l'un contre l'autre. Ils avaient posé devant eux un paquet bien emballé. Des bonbons, sans doute, ou les biscuits préférés de Jules. Les visiteurs apportaient toujours des bricoles à manger. Ou des magazines. Parfois, une bouteille de whisky et des vêtements, des DVD, une mascotte se glissaient dans le paquetage.

Abdel avait récupéré sa tasse ; il roula jusqu'au couple recroquevillé et la posa sur la table.

— Vous êtes les parents de Jules ?

Le regard de la femme s'éclaira.

— Oui, vous le connaissez ?

— Tout le monde se connaît ici, on est une grande famille.

L'homme sourit.

— Jules dit souvent ça de l'armée.

— Il a raison, approuva Abdel. On ne le laissera pas tomber. Même si ce n'est pas facile pour lui, il va s'en sortir. On y arrive tous.

Et comme la femme jetait un regard gêné à son fauteuil, il ajouta avec un clin d'œil :

— Jules est plus jeune que moi. Il est en pleine forme. Et c'est le meilleur hôpital de France !

Il baissa la voix.

— Vous saviez que le Président est venu se faire soigner ici ?

Impressionnés, ils secouèrent la tête. Content de son effet, le vieux soldat enchaîna :

— Vous êtes arrivés à Paris ce matin ?

— Hier soir. On a pris un avion à Toulouse, une amie nous héberge pour deux nuits.

— Vous allez en profiter pour visiter un peu la capitale ?

Pendant qu'Abdel jouait les maîtresses de maison, Maurizio, penché contre la porte de Jules, tentait de le raisonner. Avec moins de manières.

— Arrête tes conneries et descends. Tes parents ont fait le voyage exprès pour te voir, *porca miseria*, ça ne se fait pas de leur claquer la porte au nez.

— Casse-toi.

— Oh, c'est toi qui me les casses, là ! Pour qui tu te prends, hein ? On ne fait pas ça à sa mère. La *mamma*, c'est sacré ! *Parola mia*, tu crois quoi ? Que tu es le premier à te trouver moins beau gosse qu'avant ton accident ? Tu seras pas le dernier, tu sais, et c'est pas en pleurant que tu vas t'arranger le portrait.

Et comme Jules ne répondait pas, il donna un coup de poing dans le battant fermé.

— Tu sais quoi ? cria-t-il. Tu mérites pas tes parents !

Imbrogliare, marmonna-t-il en appelant l'ascenseur. Le gosse l'obligeait à mentir. C'était moche. Mais il n'avait pas le courage d'avouer la vérité aux parents. Personne n'a envie de savoir que son gosse ne veut pas le voir. Ou qu'il rêve de se faire couper un bras.

Les parents de Jules s'étaient habitués aux fauteuils électriques et aux lits roulants qui zigzaguaient autour de leur table. Ils avaient étalé des photos entre les tasses vides. La tête pleine de souvenirs, ils montraient à Abdel un bébé dans une baignoire, puis un petit garçon assis sur un vélo rouge. Sur une autre, il trottinait devant un homme qui portait la coupe de David Bowie et un tee-shirt noir.

— Là, il avait dix-huit mois, expliquait la mère. Et ici, sur son vélo, trois ans. Regardez, il tenait à avancer sans que son père le tienne.

— Déjà le goût de l'aventure, compléta le père.

Maurizio marmonnait que Jules ne pourrait pas descendre, pas tout de suite, et il se mit à tousser très fort en secouant la tête de droite et de gauche.

— Pardon, dit-il en feignant de s'essuyer les lèvres avec un mouchoir à carreaux. Un souvenir de jeunesse qui remonte, mes poumons n'ont jamais digéré la poussière de Beyrouth.

Le dernier mot réveilla un souvenir chez le père de Jules : cinquante-huit parachutistes français morts écrasés dans l'explosion de leur quartier général. Il se rappelait ces rangées de cercueils tricolores couvrant la cour des Invalides et le président Mitterrand, hiératique, seul devant. On n'avait jamais vraiment su qui avait fait sauter l'immeuble.

— Vous avez été blessé dans l'attentat du Drakkar ? demanda-t-il à Maurizio, impressionné.

— Non, un mois avant. Vous savez, il n'y a pas eu que le Drakkar. Ça tirait dans tous les sens au Liban, à l'époque ; on avait vingt ans mais on avait plus de chances de se prendre une bastos que de choper une fille. Et pourtant, elles étaient jolies !

Il se pencha vers la mère.

— Puisque vous êtes là, vous devriez en profiter pour visiter l'église des soldats et voir la cour d'honneur. Ensuite, vous déjeunerez avec nous.

— On peut déjeuner ici ? On pensait manger un sandwich dans une brasserie.

— *Come no*, bien sûr, ici, c'est la famille. Je vais prévenir les cuisines. À tout à l'heure ! Abdel, tu raccompagnes nos amis ?

— Et maintenant, faut remettre la tête du gamin entre ses deux oreilles, siffla Maurizio lorsque le vieux soldat réapparut. Cette pauvre *mamma* a traversé la France pour embrasser son fils, on ne peut pas la laisser repartir sans l'avoir vu. On va envoyer la cavalerie ! Va chercher le gouverneur, il parlera à Jules. Ce gosse a la cervelle comme un caillou, il nous prend pour de vieux schnocks, mais il écoutera le général.

— Tu crois ?

— Sûr. Le gouv' saura le ramener à un meilleur état d'esprit. On envoie la cavalerie, répéta Maurizio en engloutissant un chewing-gum.

Et comme Abdel rallumait son fauteuil, il précisa :

— Attention, hein ! Ce n'est pas pour le gosse qu'on fait ça, c'est pour la *mamma* et le *padre*.

— Maurizio...

— Quoi ? Il a cru que l'armée était une colonie de vacances, zéro tracas, zéro bla-bla. Évidemment qu'un bidasse peut finir coupé en deux comme un hamburger. Mais on ne leur dit pas, on ne les prévient plus. Tu les as vues, les dernières campagnes de recrutement ?

Il prit une voix de fausset :

— « J'ai rejoint les rangs pour sortir du lot. » Ah bah oui. Bande de bouffons.

— Arrête. C'était pareil de notre temps, Maurizio.

— C'étaient les mêmes *cose*, mais avant de s'engager on avait tous croisé un biffin qui s'était pris une dragée. On savait que ça arrivait. On n'y pensait pas mais l'idée était là, dans un coin de la tête. Maintenant...

Il haussa les épaules, désabusé.

— Maintenant, ils croient qu'ils vont faire la guerre comme on joue à la console.

Deux heures plus tard, les parents de Jules trouvèrent leur fils assis devant l'hôpital. Il ânonna quelques vagues nouvelles et les suivit jusqu'à la salle à manger. Les parents, à demi rassurés, meublaient le silence en racontant leur visite. La mère de Jules s'était passionnée pour les drapeaux accrochés dans la cathédrale Saint-Louis, même si certains étaient décolorés. Elle n'imaginait pas qu'il en existât tant, et de si différents... Elle parlait de tout et de rien pour noyer sa gêne, évitant de regarder Maurizio. Entre la cicatrice qui lui tranchait le visage en deux et ses jambes absentes, elle ne savait pas trop où poser les yeux sans paraître indélicate. Maurizio faisait mine de rien. Au moment du dessert, il serra l'épaule de Jules.

— Votre fils est un brave, toujours debout, dit-il au père. Pas vrai, petit ?

Embarrassé, le marin n'osa pas se dégager. Maurizio poursuivit en lançant un clin d'œil aux parents :

— Comme disait Napoléon, le vrai courage, c'est celui de 3 heures du matin. Ici, on n'est plus réveillé au clairon, on ne fait plus la cueillette, mais on se lève tous. Même si c'est pour s'asseoir dans son fauteuil.

9

Où l'on découvre un projet d'avenir et quelques bribes du passé

Le déjeuner terminé, Abdel refusa une partie de bridge au foyer et sortit dans le jardin ; il espérait y trouver Gab.

Le petit était à sa place habituelle. Cette fois, il tenait sur ses genoux un cahier à grands carreaux et s'appliquait à gribouiller des schémas aussi simplistes qu'obscurs. Abdel identifia des flèches (qui ondulaient) et des mots (tracés un peu de travers).

— Tu ne lis pas, aujourd'hui ?
— Je travaille à mon plan. Et toi ?
— Je suis trop vieux pour travailler. Après mon accident, l'armée m'a trouvé une place comme gardien dans un immeuble. J'y suis resté jusqu'à ce que la carcasse refuse de suivre. Je marchais encore, j'avais mon petit appartement rue de Charenton. Le quartier était vivant, je

m'entendais bien avec les voisins, je donnais un coup de main par-ci, par-là, je n'étais pas malheureux. Ça a été plus dur pour d'autres, comme mon ami Maurizio. Il a perdu ses jambes et il est pensionnaire depuis trente-cinq ans.

Gab imagina une paire de jambes qui se sauvaient toutes seules, laissant derrière elles un vieux monsieur, et pouffa.

— Alors tu fais quoi toute la journée ? Tu lis ? Tu regardes des films ?

— Quelquefois, oui. Je discute avec Maurizio, je lis, je joue au Scrabble, je visite des expositions, je participe à des cérémonies.

En énumérant ses activités, il réalisa à quel point sa vie devait sembler ennuyeuse au petit. Il lui fit un clin d'œil.

— Je rencontre des gens, aussi. Et si tu me parlais de toi, Gab ? Tu disais avoir un projet.

Le petit se redressa. Depuis la veille, il hésitait à demander de l'aide. Le vieil Abdel paraissait digne de confiance. Il se jeta à l'eau.

— Oui. C'est un plan très important.

Assis au bout du jardin, un infirmier buvait un Coca. Gab lui jeta un regard soupçonneux ; il se rapprocha du vieux blessé et chuchota :

— J'ai découvert un secret. Le trésor de Charles. Je suis sûr qu'il l'a caché ici.

— Qui est Charles ?

— Mon livre. Tu sais ? *La Grande Aventure du petit tambour de Napoléon*. Ma mère me l'a offert pour les vacances. Je l'ai lu trois fois. Et il parle d'un trésor; personne n'a jamais pensé à le chercher, sauf moi.

Il fouilla dans son sac à dos et en sortit le roman, qu'il posa sur son cahier.

— Je te raconte. Charles avait treize ans et il était tambour, il a participé à plein de batailles et il a été décoré par Napoléon. Il jouait si fort qu'il a sauvé un régiment à lui tout seul. Regarde. Tu vois, là, on voit l'Empereur arracher sa médaille de sa poitrine pour lui donner. Ensuite, quand il est devenu vieux, il est resté vivre devant les Invalides. Je suis sûr qu'il a gardé sa médaille et qu'elle est là.

— Mais c'est une histoire... Qui te dit que ce tambour a existé?

— Parce que c'est marqué à la fin du livre. « D'après les *Mémoires d'un soldat de l'Empire.* » Et j'ai vérifié sur internet, les tambours existaient, et Charles Faugère aussi, et il y en a même un à qui Napoléon a offert des baguettes en argent comme récompense. Donc voilà.

Le dernier mot était définitif. Le vieux spahi se racla la gorge. Comment expliquer au petit que sa quête était pour le moins aléatoire? Il sortit son paquet de tabac pour se donner le temps de réfléchir sans en avoir l'air.

— Pourquoi tiens-tu tant à retrouver cette médaille?

— Mon père disait qu'il faut avoir un but dans la vie. Moi, mon but, c'est de trouver des trésors et de devenir un héros. Avant, je voulais être archéologue. Je lis beaucoup de livres sur les dinosaures. Et les mammouths. On ne peut pas chasser les mammouths, c'est perdu d'avance, à moins d'aller en Sibérie. Mais c'est carrément trop loin. Et les dinosaures, c'est compliqué. C'est très gros. On a trouvé un squelette à Paris, le problème c'est que, si j'en trouve un, je ne pourrai pas le mettre dans ma chambre, je serai obligé de le donner au Musée d'histoire naturelle, c'est sûr.

— C'est sûr, renchérit Abdel.
— Donc la médaille de Charles, c'est plus facile.
— Je comprends.

Il comprenait mais il était toujours aussi embarrassé. Gab poursuivit :

— Je pensais que c'était facile de rentrer dans les Invalides, mais en vrai c'est compliqué. Il y a des vigiles partout et j'ai peur qu'on m'arrête.

Il fronça le nez d'un air dégoûté.

— Parce que je suis petit et que je suis tout seul. Les gens s'inquiètent toujours quand ils voient un enfant tout seul. Ils nous prennent pour des bébés. Sauf toi.

Abdel l'entendit comme un grand compliment. Le petit était lancé et il ne s'arrêtait plus, comme si on avait levé une barrière. Il continua :

— Si je trouve le trésor, je prouverai que les héros existent. Plein de gens disent que c'est que des histoires mais c'est pas vrai. Napoléon, il a bien existé ?

— Tout à fait.

— Donc voilà. Les gens croient que les héros, c'est Batman ou Cyclope. Ils sont bêtes. Les héros existent.

Abdel pensa à Maurizio, à Aurélie, et il sourit.

— Tu as raison, dit-il. Les héros existent, même quand ils ont perdu leur cape.

La fumée le fit tousser. Il reprit son souffle tout en réfléchissant. L'enfant le fixait en silence de ses grands yeux noisette. Il avait évoqué son père, mais en utilisant le passé. Une idée germa dans l'esprit du vieux spahi. Il se pencha vers lui :

— Et si je cherchais ce trésor avec toi ? Qu'est-ce que tu en penses ?

Gab suspendit sa respiration.

— Sérieux ?

— Sérieux.

— Ce serait génial, souffla le petit.

— Alors c'est décidé. On s'y met dès demain. En attendant, raconte-moi toute l'histoire du petit tambour.

10

Où le lecteur va au cinéma mais reste privé de pop-corn

Pélagie se réveilla en sursaut. Le réveil affichait 9 heures. À cette heure-là, elle aurait déjà dû être assise devant son ordinateur. Elle se jeta du lit et courut sous la douche. Ce fut certainement la toilette la plus rapide de tout Paris.

— Gab, cria-t-elle dans le couloir en enfilant son pull.

Et comme il ne répondait pas :

— Gab !

Elle poussa la porte de sa chambre tout en boutonnant son jean. Gab n'avait pas bougé d'un centimètre, la tête à moitié cachée par la couette. Elle s'assit au bord du lit et le secoua par l'épaule.

— Je vais travailler.

— Tu travailles le week-end ? demanda-t-il d'une voix engourdie par le sommeil.

D'abord interloquée, Pélagie se laissa glisser sur la moquette, hésitant entre le fou rire et les larmes.

— J'arrive pas à croire que j'ai fait ça ! J'étais persuadée d'être vendredi.

— On n'est pas vendredi tous les jours, maman.

Heureusement, pensa-t-elle. Manquerait plus qu'on invente des semaines de huit jours.

— Alors puisqu'on est samedi, on pourrait aller se balader. Ou aller au cinéma ?

— On achètera du pop-corn ?

Cette fois, il était tout à fait réveillé. Cet enfant était un ventre sur pattes, mais elle était d'accord : un cinéma sans pop-corn, c'était comme un lit sans oreiller ou une cuisine sans four. Inconfortable et frustrant. Elle promit une montagne de pop-corn.

Gab se prépara presque aussi vite que sa mère.

Assise dans le noir, Pélagie se félicitait d'avoir craqué sur les confiseries. Elle avait proposé de regarder un film de science-fiction mais Gab avait choisi un documentaire sur le sacre de Napoléon. Encore l'une de ses fixettes… Elle était complètement noyée sous les dates et les noms ; croquer du pop-corn l'empêcha de s'endormir.

Elle sortit de la salle un peu barbouillée. Le ticket de cinéma toujours serré dans la main, Gab traînait en regardant les vitrines. Il s'arrêta devant celle de Nature & Découvertes.

— On peut entrer, maman ?

Elle aurait bien échappé au délice de piétiner entre les rayons un samedi après-midi mais, justement, c'était le seul jour où elle pouvait le faire. Ils entrèrent. Gab admira d'abord la fausse voûte céleste qui clignotait, puis un terrarium. L'odeur d'essences d'eucalyptus et de lavande, mêlées au pop-corn, achevait Pélagie. C'était un coup à vomir dans la fontaine miniature ou sur une lampe en sel.

Son fils la tira par la manche.

— On peut l'acheter?

— On ne va pas élever des fourmis. Hors de question.

— Je te parle de ça!

Il désignait un manche à balai jaune terminé par une sorte d'assiette. «Détecteur de métaux. Spécialement adapté pour une utilisation par les enfants», lut Pélagie sur l'étiquette. Cent trente-sept euros. Ah oui, quand même.

— Qu'est-ce que tu veux faire avec ce truc? Chercher les petites cuillères dans la poubelle?

— Mais non: trouver des pièces au parc, dans la rue. Ou des trésors. Imagine si j'en découvre un? On deviendra riches, et on pourra acheter l'appartement, et tu ne seras plus obligée de travailler.

Pélagie sourit.

— Là, il faudrait trouver un galion espagnol dans la Seine. Écoute, on verra pour ton anniversaire.

— Mais j'en ai besoin maintenant! En plus, il détecte le cuivre, l'or, l'argent, le fer, l'aluminium, tout.

Sa voix était suppliante.

— Ça va, Gab, tu n'es pas un bébé. J'ai dit : on verra. En attendant, on s'en va avant que je n'étouffe, j'ai l'impression d'avoir la tête enfoncée dans un champ de lavandin.

*
* *

Pour le général Gannat, le week-end arrivait à point. La semaine avait été compliquée et il rêvait de partir en vacances. Le logement de fonction avait ses avantages, mais il vivait au bureau du lundi au dimanche, jour de Noël inclus. Surtout le jour de Noël. Vers 19 heures, il monta se changer. Il dînait avec le général Courson de la Villeperdue, le directeur du musée de l'Armée. En poste depuis un an, il avait pris ses marques avec un enthousiasme qui impressionnait le général Gannat. Il en fallait, pour gérer cette énorme machine, l'un des plus grands musées militaires au monde. Sans parler de la bibliothèque, du Dôme et de la cathédrale. Les collections s'étalaient dans les ailes est et ouest, selon une scénographie complexe racontant mille ans d'histoire. On trouvait même un musée entier consacré aux plans-reliefs et un autre à la Libération. Courson de la Villeperdue jonglait avec les comités scientifiques, pédagogiques et les équipes de dix départements, s'acharnant à rendre les canons et les plans de bataille sexy pour attirer les touristes. La communication, aussi, était un casse-tête. Séduire les mécènes sollicités à l'excès était un travail de titan. Presque autant que gagner Waterloo, songeait le gouverneur en nouant sa cravate. Il en savait quelque chose, lui qui bataillait pour remplumer la bibliothèque et aider le Cercle sportif[1] à lever des fonds. L'argent, toujours. Le nerf de la guerre.

Pierre de Courson était déjà installé à une petite table près du comptoir lorsque le gouverneur entra dans le restaurant. L'adresse était connue du quartier, on y mangeait les meilleures brochettes d'agneau du 7e arrondissement. Une dizaine de fêtards avaient réservé une table. Ils trinquaient déjà, un peu trop fort, à la santé d'une jeune femme déguisée en starlette des années 1960.

La carte ne changeait jamais. Le gouverneur et le directeur commandèrent chacun ce qu'ils avaient déjà dégusté vingt fois, mais qu'ils se réjouissaient de déguster une vingt-et-unième. Un verre de médoc plus tard, les deux généraux en arrivèrent au sujet qui les préoccupait tous les deux. Les levées de fonds.

— Je ne sais pas comment tu fais, soupira le gouverneur. Moi, je n'y arrive pas !

— Mais fais comme moi, loue des espaces ! Ou organise un grand raout, une exposition, un

---

[1]. Le Cercle sportif de l'Institution des Invalides est l'un des premiers clubs handisport de France. Il a été fondé en 1966.

défilé de mode, que sais-je... C'est ce que fait le ministère. C'est formidable, pour l'image et pour les caisses.

Le général Gannat pensa à ses vieux soldats, ses pattes folles, ses gueules cassées et soupira de nouveau. Qui voudrait les voir défiler ? Les armures de François Ier et le bicorne du Petit Caporal restaient plus glamour. Sans parler de louer des espaces... Depuis la création du musée de l'Armée en 1905, le domaine des pensionnaires rétrécissait comme un pull au lave-linge. Les salles classées, comme le laboratoire de Parmentier ou la salle des Boiseries, une pièce lambrissée de panneaux en chêne fabriqués par des invalides sous Louis XV, ne pouvaient pas être transformées en salle des mariages. Il n'allait tout de même pas inviter des champions de gymnastique à donner un gala sur le plateau technique[1]... Et, si le Cercle comptait la plus belle collection de médailles paralympiques de France, personne ne le savait et tout le monde s'en fichait.

— Ils font des dégâts, tout de même. J'ai vu le mois dernier que les camions des techniciens avaient défoncé une marche du perron du Dôme.

— C'est vrai, dit le directeur en grimaçant. Heureusement qu'ils ont une bonne assurance.

Un serveur traversa la salle avec un gâteau, et la tablée voisine entonna *Happy birthday* avec une

---

1. Le plateau technique regroupe tous les équipements de rééducation : piscine, gymnase, etc.

belle énergie. La jeune femme grimée en Marilyn Monroe se leva pour souffler les bougies. Tout le restaurant applaudit, sauf les deux généraux.

— On m'a sollicité pour un tournage, annonça le gouverneur. La production semblait croire que j'allais signer les yeux fermés.

Le directeur haussa les épaules.

— Ils le croient tous. Ils nous prennent pour des bleus.

— C'est l'impression qu'ils m'ont donnée. Je rencontre le réalisateur la semaine prochaine.

— Surtout, exige leur contrat d'assurance et lis-le jusqu'à la dernière ligne. Notes de bas de page incluses.

— Merci du conseil.

Pierre de Courson sauta du coq à l'âne.

— Comment va ta fille ?

— Toujours en stage. À Washington.

Il se demandait encore à quoi pouvait bien servir un quatrième stage à l'étranger quand on possédait déjà trois diplômes. Il considérait cela comme une fuite en avant. Stagiaire, cela n'engage pas. On est dans le monde du travail, sans être vraiment salarié, avec un peu d'argent de poche mais pas trop de responsabilités. Il avait osé le dire à sa fille. Jeanne l'avait considéré avec pitié.

— Papa, tu vis sur une autre planète. On n'est plus dans les années 1980 ! Aujourd'hui, si tu n'as pas deux masters et une *vraie* expérience, tu ne trouves de boulot nulle part.

Elle avait insisté sur le mot « vrai », comme si son père présentait des faiblesses cognitives. Le général avait pensé aux aides-soignantes de l'hôpital, au cuisinier, aux gendarmes qui montaient la garde et qu'il croisait tous les jours. Ces gens semblaient bel et bien avoir un travail, ou bien ils avaient de curieux loisirs. À sa connaissance, aucun d'entre eux ne possédait de master. Mais il avait ravalé sa réflexion. Sa fille avait raison : elle et lui vivaient dans deux mondes différents. Par quelle malice de la vie lui, un soldat, avait-il pu accoucher d'une « responsable qualité » ? Peut-être une mutation génétique. Ce qui était certain, c'était que la mort de sa femme ne l'avait pas aidé à gérer l'adolescente. Ballottée de garnisons en mutations, Jeanne avait décidé de se créer une vie loin des missions de son père et de ses principes. Un jour, elle l'avait accusé « d'avoir amputé son avenir en lui ayant collé un prénom qui sentait la France moisie ». Le général Gannat ne lui avait pas adressé la parole pendant trois mois.

À son tour, il préféra réorienter la conversation.

— Tu as assisté au récital de Nathalie Dessay au Casino de Paris ?

Les yeux de Pierre de Courson s'illuminèrent. Comme le gouverneur, il était fondu de classique. Les desserts arrivèrent alors qu'il s'enflammait à propos de *La Fille de neige*. On lui avait soufflé que l'opéra serait rejoué à Bastille d'ici quelques mois.

— Tu m'accompagneras ? demanda-t-il en dégustant sa crème renversée à petites bouchées.
— Évidemment, sourit le gouverneur.
Enfin une bonne nouvelle, songea-t-il. C'était un très bel opéra, trop rarement joué. Il décida de baptiser le prochain caneton Snégourotchka.

11

Où l'on se promène de nuit dans les couloirs des Invalides

Les repas du soir étaient servis dans les chambres à 18 h 30. Abdel mangea doucement, avec l'application de ceux qui ont goûté aux rations de combat. L'aide-soignante récupéra le plateau, lui laissa ses cachets sur la table et lui souhaita une bonne nuit.

Malgré l'heure, Abdel était fatigué. Il se brossa les dents, enfila son pyjama et se coucha. Enlever ses chaussettes devenait de plus en plus compliqué. Pour les chaussures, il avait acheté des mocassins très souples qu'il retirait sans se baisser. Il était lent, mais se débrouillait encore seul pour les levers et les couchers. C'était sa fierté. De toute façon, maintenant, plus rien ne le pressait.

Le sommeil ne venait pas, alors le vieux soldat sortit un plaid et s'installa dans son fauteuil pour réfléchir. Comme tous les soirs, les éclairs dorés du lanternon à la pointe du dôme illuminaient la chambre. La dernière fois qu'il avait passé une nuit assis, c'était dans le Sahara, la veille de son accident. Il sentait encore l'odeur du sable et du gros coton de sa veste, le poids du silence. Il n'avait plus jamais retrouvé ce silence parfait, presque étouffant. À Paris, le silence n'existait pas, il n'existait nulle part d'ailleurs, sauf dans le désert. Il réalisa à quel point cela lui manquait et il en fut effrayé. Chez lui, maintenant, c'était ici, il n'avait plus d'autre maison, pas d'autre pays. Comme ce gosse, peut-être ? Il ne l'avait pas vu cet après-midi. Ni dans le jardin, ni devant le Dôme. Il avait fait le tour des fossés en espérant apercevoir sa petite silhouette et ses cheveux ébouriffés, mais Gab n'était pas là. Deux jours. Deux jours que le petit ne venait plus. Leurs rencontres étaient devenues un rite, un tempo rythmant l'après-midi.

C'est drôle comme les gens s'invitent dans votre vie, songea le vieil homme. Ce sont toujours ceux qu'on n'attend pas. Il aurait imaginé sympathiser avec un vétéran américain en pèlerinage, ou une vieille dame, peut-être, admiratrice de galonnés et de tatoués... En aucun cas avec un petit bouchon chasseur de dinosaures et de reliques napoléoniennes.

Les yeux grands ouverts dans l'obscurité, il se repassa les discussions avec Gab. Deux jours... Et s'il était arrivé quelque chose au petit ? Comment l'aider ? Il ne savait pas quoi faire, il ne connaissait même pas son nom de famille. Maurizio, lui, saurait sûrement. Il avait dix-huit idées à la minute, trouvait des solutions à tous les problèmes. Il chercha son téléphone pour lui envoyer un message et se ravisa. Si le légionnaire regardait la télé, il n'entendrait pas le bip du texto.

Le vieil homme repoussa la couverture, se glissa à tâtons dans son fauteuil roulant et entrouvrit la porte de la chambre. Pas un bruit. Il poussa la manette à fond pour se propulser aussi vite que possible au bout du couloir, espérant que personne ne l'interpellerait. La vieille Lucie, sa voisine de gauche, traumatisée par les tortures subies au camp de Struthof, dormait la porte ouverte. Malgré les veilleuses rassurantes du couloir, elle appelait parfois au secours dans son sommeil. Elle n'était pas la seule. L'infirmier de garde entrait, écoutait, tenait une main, le temps que les paupières fanées se referment sur les cauchemars.

— Maurizio !

Tiré d'un rêve délicieux – il dégustait une pizza à la *mozzarella di bufala* à la pâte moelleuse et croustillante en admirant la baie de Naples –, le légionnaire se souleva sur les coudes et jaugea la pénombre. La porte était fermée, mais la lumière de la lune dessinait une masse noire contre le mur.

— *Chi c'è ?* marmonna-t-il.
— C'est moi, Abdel.
— *Cazzo*, t'as vu l'heure ?

— Oui, il est 1 heure du matin. C'est exprès pour pas qu'on me voie.

Maurizio tendit la main vers la lampe de chevet.

— N'allume pas ! souffla Abdel.

— Pourquoi ? T'es tout nu ?

— J'ai besoin de toi.

Avec un grognement, l'Italien ramena ses draps sur sa tête.

— Les consultations sont fermées, repasse demain matin.

— C'est important, Maurizio.

Ce foutu cavaleux ne lâchait jamais l'affaire.

— Tu as besoin d'une couche ?

— Le petit n'est pas venu cet après-midi. J'ai peur qu'il lui soit arrivé quelque chose.

— De quel petit tu parles ?

— Gab, l'admirateur de Napoléon.

Cette fois, Maurizio était bien réveillé. En deux phrases, Abdel lui raconta la drôle de quête de l'enfant. Maurizio l'écoutait en se grattant la joue. Il était plus jeune qu'Abdel mais il en avait vu de toutes les couleurs : il écoutait tous les potins, il avait même lu qu'un inconnu aurait été substitué à Napoléon Ier au fond de ses cercueils, mais il n'avait jamais entendu parler d'un trésor caché aux Invalides.

— Son histoire me semble zinzin.

— C'est un enfant, dit Abdel. Je crois qu'il a juste un rêve.

— Faut d'abord lui faire cracher ses billes, savoir ce qu'est ce fameux trésor. Ensuite, on avisera.

— D'accord. Mais je fais quoi, en attendant ? Il n'est pas venu hier, ni aujourd'hui, et je ne sais pas qui prévenir.

Maurizio s'impatienta.

— Et alors ? On ne va pas le chercher dans Paris avec une lampe torche à 2 heures du matin. Y a personne à prévenir, le gamin reviendra quand il voudra et on verra à ce moment-là. Maintenant, *io dormo. Ciao.*

Et d'un mouvement déterminé, il tourna le dos à Abdel.

C'est vrai, se dit le vieil homme en regagnant sa chambre. Qu'est-ce qui m'a pris de paniquer ? Peut-être parce que ce petit lui rappelait quelqu'un.

De l'autre côté du Dôme, dans l'aile réservée aux hospitalisés, Isabelle non plus ne trouvait pas le sommeil. Elle écrivait, assise, dans son lit.

J-243
Pas : 2 858. Peut-être parce que je me suis promenée dans le jardin de l'Intendant.
Sourires : 1.
Musique : Pink Floyd, Amy Winehouse, Nina Simone.
Plats : omelette et épinards à la crème. Trop mouillés.

Elle posa le carnet et ferma les yeux. Corentin, le barman du foyer, disait que quitter les Invalides était comme une seconde naissance. Isabelle en souffrait à l'avance. Elle rêvait de rester dans cette chambre toute sa vie. La veille, le gouverneur lui avait gentiment rappelé que ce n'était pas possible. Il l'avait croisée dans la salle des rencontres et s'était arrêté.

— J'ai appris la bonne nouvelle, Isabelle. Venez, je vous offre l'apéro au foyer.

Il avait pris deux jus d'orange et avait trinqué avec elle. Ils lui organiseraient une fête, comme pour chaque départ d'hospitalisé. Un gâteau, un cadeau...

Le général avait une voix assortie à sa moustache, grave et forte, un timbre à chanter du Wagner. Il lui avait demandé où elle en était de ses démarches, si son frère venait bientôt à Paris.

— Je sais que la date de l'audition chez le juge se rapproche, Isabelle. Même si vous êtes rentrée chez vous au moment du procès, nous serons là ; vous faites partie de la famille des Invalides. Ne l'oubliez pas.

Drôle de famille en vérité. Elle se demandait ce qui la rattachait au vieil Abdel, à ce matamore de Maurizio, à Lucie, la vieille résistante déportée. Contrairement à eux, elle n'avait rien accompli de particulier. Elle avait juste été, un soir d'avril, au mauvais endroit au mauvais moment. Face à un kamikaze. Aucun rapport avec ces gens qui avaient pris des risques, avaient signé un contrat dans lequel ils acceptaient tacitement de mourir pour quelque chose qu'ils jugeaient plus important que leur propre vie.

Elle n'était pas soldat. Elle n'était même pas très sûre d'être patriote ni de se sentir concernée. Elle était née à Preuilly-sur-Claise, Indre-et-Loire, France – 1 603 habitants à l'époque, 1 003 aujourd'hui. Elle aurait pu aussi bien naître à Santos, État de São Paulo, Brésil – 418 235 habitants – ou à Osaka. Elle n'y voyait qu'un coup de hasard.

Ce qu'elle aimait, c'était la lumière, les paillettes, la musique, la gaieté. Elle était juste une créatrice de rêves. Scénographe de défilés. Un métier bien éloigné des Invalides et, pourtant, un matin qu'elle marchait le long des fossés pour observer les lapins, elle avait remarqué de grosses remorques blanches garées le long de la haie. Elle les avait tout de suite reconnues. Un défilé haute couture et tout son caravansérail. Voilà ce qu'annonçaient les camions et les bâches noires déployées devant le Dôme. Elle avait fait demi-tour et avait vomi d'angoisse sur la pelouse de l'esplanade, malade à l'idée de croiser le regard de ses anciens collègues. Elle les avait quittés un soir d'avril, un soir normal, à la fin d'une bonne journée de travail, après des essais lumière pour une présentation de bijoux. Ensuite... c'étaient des mois de vide et de silence, dans cette bulle spatio-temporelle que formaient les Invalides.

Claudia, l'une des kinés, lui avait expliqué que de grandes marques de mode louaient chaque année l'espace devant le Dôme. Isabelle avait scénographié des défilés aux Tuileries, au musée Rodin, dans la cour du Louvre, au Trocadéro, mais jamais ici. Des fenêtres de l'hôpital, elle avait guetté la disparition de la tente géante avant de retourner observer les lapins. Ses collègues étaient peut-être là. L'auraient-ils reconnue ? Difficile à dire. Du bout de l'index, elle se caressa l'arête du nez. Comme sa lèvre supérieure et son front, il avait changé. La bosse qui l'épaississait à la base avait disparu. Il était droit, parfaitement équilibré, loin du nez de Cher. Elle sourit au mur. Si les actrices savaient où l'on trouve les meilleurs chirurgiens esthétiques...

Elle rouvrit son carnet et rectifia :

Sourires : 1. 2.

12

Où l'on visite le tombeau du plus grand des empereurs

Gab était debout devant les marches du Dôme quand les deux fauteuils fondirent sur lui. Un deuxième vieux, aux cheveux plus noirs que ceux d'Abdel mais lui aussi monté sur roulettes, parlait très fort.

— Mais tu ne vois pas son nez, ses boucles brunes ? *Vedi*, Abdel, ce petit est romain, c'est sûr !

— Bonjour, dit Gab.

L'inconnu pointa vers lui un nez en bec d'aigle et une grande bouche sévère.

— Salut, gamin.

— Gab, je te présente mon ami Maurizio. Il connaît tout sur Napoléon, il va t'aider.

Le soulagement d'Abdel avait été indescriptible en reconnaissant la petite silhouette sur le parvis.

En entendant le nom de l'Empereur, les yeux du petit s'agrandirent. L'autre leva les deux mains.

— Oh, *tranquillo* ! D'abord, qu'est-ce que tu fais là, *bambino* ? Tu n'es pas militaire, tu n'es pas mercenaire, qu'est-ce que tu es ? Un touriste égaré ?

— J'ai l'air d'un touriste ? demanda Gab d'un air choqué.

— Non, tu n'as pas d'appareil photo. Présente-toi, petit.

Instinctivement, l'enfant se redressa.

— Je m'appelle Gab, je suis en CM1 des Edelweiss, à l'école Jules Michelet. J'habite rue Littré, avec ma maman qui s'appelle Pélagie.

— Bien. Je suis le caporal Maurizio. Il paraît que tu as un grand projet.

Gab s'efforçait de ne pas fixer la cicatrice qui fendait en deux le front de Maurizio.

— Oui. Je l'ai expliqué à Abdel.

— Peut-être qu'on pourra t'aider. Mais d'abord, je veux savoir. Tu as salué l'Empereur ?

Gab secoua la tête.

— Le *bambino*, ça ne sert à rien de poser tes fesses ici tous les jours si tu n'as pas encore vu le tombeau. C'est péché ! Napoléon a tout fait pour les Invalides. Avant d'être empereur, il a été commandant en chef de l'armée de l'Intérieur, et on lui a confié la charge de la « Maison nationale des militaires invalides ». Il s'est démené comme pas deux, il a fait un grand ménage, il a tout remis au carré, briqué l'église et c'est ici qu'il a distribué les premières Légions d'honneur. C'est *il più grande*. Montre-lui, Abdel, moi, je ne peux pas rentrer.

Ironiquement, le Dôme, le lieu emblématique des Invalides, était la seule partie de l'Hôtel inaccessible aux fauteuils roulants. Maurizio l'avait visité une fois. Deux infirmiers avaient porté son fauteuil pour franchir les marches de l'entrée et le légionnaire avait vécu ce que vivait Louis XIV dans sa chaise à porteurs. C'était loin d'être confortable.

— Le *bambino*, il est avec nous ! cria-t-il au gardien qui vérifiait les billets d'entrée.

L'agent ne connaissait pas les deux vieillards mais il fit mine de rien et hocha la tête d'un air entendu. Flatté, Maurizio le salua comme un seigneur.

Abdel avait déplié sa canne télescopique et s'était levé. En s'efforçant de cacher au petit qu'il peinait, il se hissa en boitant jusqu'en haut de l'escalier. Il avançait à petits pas sur le sol lisse, s'appuyant sur sa canne et priant pour ne pas glisser. Gab avait escaladé le perron comme un cabri et maintenant, il marchait deux enjambées derrière lui, la tête renversée, fasciné par les colonnes de pierre et le plafond arrondi et coloré.

— On dirait une église.

— C'en était une : l'église du roi. Louis XIV venait y écouter la messe après avoir rencontré les invalides. Il paraît que, lors de ses visites, il goûtait le vin et la soupe des pensionnaires. Et derrière la grande vitre dorée que tu vois au fond, il y a l'église des soldats. En dessous, c'est le caveau des gouverneurs, mais tu ne pourras pas le visiter. Les anciens gouverneurs et les grands chefs militaires y sont enterrés.

— Moi, ce que je voudrais voir, c'est Vizir.

— Il est tout petit et assez moche, tu sais. Tout pelé.

— C'est pas grave. C'est le cheval de Napoléon.

— On ira la prochaine fois.

Ils étaient arrivés au centre du monument, près du muret circulaire. Le vieux militaire s'y appuya en soufflant et fit signe au petit de s'approcher.

— Penche-toi, Gab.

Le nez de l'enfant dépassait à peine la balustrade de la crypte.

— Je ne peux pas.

— Fais un effort !

S'accrochant comme un singe, Gab se hissa des deux bras sur le parapet. La pierre était lisse, usée par les milliers de mains qui l'avaient effleurée.

— Regarde en bas.

Au centre de la crypte, seul, immobile, un sarcophage de pierre rouge posé sur une énorme pierre verte luisait comme un bonbon au chocolat géant. Douze femmes de pierre l'entouraient. L'air pas commode. Sous le tombeau, le sol formait comme un immense soleil en marbre doré.

— Gab, je te présente Napoléon Ier, empereur des Français.

— Je sais qui c'est, dit Gab, j'ai tout lu dans le livre. C'est pour ça que je viens ici.

Il ne sentait plus ses bras. Il se laissa glisser pour reprendre appui sur le sol et regarda autour de lui. L'endroit était immense et vide, malgré la présence de plusieurs groupes de visiteurs. Ce n'était certainement pas ici qu'on pouvait cacher un trésor, estima-t-il. Il y avait bien des petites alcôves, mais elles semblaient aussi dépouillées que le cœur du monument. Peut-être derrière cette porte grise et or, encastrée dans le mur à droite ? Ou dans un recoin autour du sarcophage ? Il hésita, puis se lança.

— Je peux descendre voir le tombeau ?
— Bien sûr. Je t'attends dehors.

Le petit passa entre les deux colosses de bronze qui gardaient l'entrée de la crypte et s'enfonça dans l'escalier avec la sensation de pénétrer dans les Enfers.

Un quart d'heure plus tard, Gab retrouvait l'air frais et la lumière de l'esplanade. Le vent s'était levé ; Abdel avait réintégré son fauteuil avec soulagement et Maurizio passait le temps en lançant des œillades aux touristes japonaises qui se photographiaient devant les portes monumentales. Le retour de l'enfant l'arracha à son occupation.

— Alors, tu as vu l'Empereur ?
— Oui, mais on ne voit pas grand-chose. Juste un sarcophage en pierre.
— On n'a pas besoin d'en voir plus. Son esprit demeure tout autour de nous, il nous a laissé des centaines de merveilles ! Les lycées, la Légion d'honneur, le Code civil, le sucre de betterave... Quand Napoléon est arrivé en France, il était

tellement pauvre qu'il ne pouvait pas s'acheter de chaussures et il ne parlait qu'italien. Comme moi. Et maintenant, regarde un peu où il est ! *Che* classe, hé ?

Gab se fichait du sucre de betterave et du Code civil.

— Du coup, vous allez m'aider ?
— À quoi ?
— À trouver le trésor du petit tambour.
— Qu'est-ce qui te fait croire, *primo*, qu'il existe, *deuxio*, qu'il est ici et pas à Brest ou Toulouse ?

D'une main, Gab désigna son sac à dos.

— L'histoire. Tout est raconté.

Et, comme le légionnaire pinçait les lèvres, il ouvrit son sac et entreprit de lire à haute voix la dernière page de *La Grande Aventure du petit tambour de Napoléon*.

« Le petit tambour devint un vieil homme. Il regardait son trésor chaque jour et la pensée de l'Empereur, de ce qu'il avait accompli avec lui, ne le quitta jamais. Il mourut près du Dôme, là où il avait vécu et travaillé si longtemps. »

— Vous voyez ? Près du Dôme. Et les Invalides sont bien l'endroit où vivaient les vieux soldats. Donc, c'est sûr, il a laissé son trésor ici.

L'argument laissait le légionnaire dubitatif. Rien ne prouvait que cette histoire fût fondée sur des faits réels. Ni que le « trésor » existât toujours. Il avait pu être vendu dix fois.

— Et pourquoi tu le veux, ce trésor ?

— Parce que ça rendra ma mère fière de moi, et qu'on pourra le vendre pour qu'elle arrête de travailler.

Maurizio se frotta le menton d'un air perplexe. Abdel avait raison, ce gamin rêvait. Planait, même.

— Vous allez m'aider ? répéta Gab avec l'obstination d'un pic-vert.

— Bien sûr, dit Abdel.

Maurizio lui jeta un regard noir.

— On ne va pas traîner ici des heures. Allez, *ciao* !

Sans attendre la réponse de l'un ou de l'autre, il fit virer son fauteuil et fila vers l'hôpital. Abdel posa sa main sur le bras de Gab.

— Peux-tu me laisser ton livre un jour ou deux ? Je voudrais le lire en entier. J'y trouverai peut-être des indices.

— Oui. Mais on n'a plus beaucoup de temps, les vacances se terminent vendredi. Et ensuite, je ne pourrai plus venir...

— On ne peut pas fouiller les Invalides de la cave au grenier. Tu sais combien il y a de pièces ?

Le petit secoua la tête.

— Trois mille trois cents. Et vingt et un kilomètres de couloirs ! Il faut savoir où chercher.

— D'accord, dit Gab en sortant le livre de son sac. Peut-être que tu reconnaîtras des endroits, vu que tu habites là.

Abdel le posa sur ses genoux.

— Je te promets de faire au plus vite. As-tu lu d'autres choses sur Napoléon ?

— J'ai vu des documentaires et j'ai regardé sur internet mais il y a beaucoup, beaucoup de sites et souvent, ils sont assez compliqués. On dirait de vieux livres !

— Et tu as demandé à ta maman de regarder avec toi ? Elle pourrait t'expliquer son histoire.

Le petit secoua la tête et fixa les graviers.

— Je ne lui en ai pas parlé. Je crois que ça ne l'intéressera pas.

— Pourquoi ?

— Elle est gentille mais elle travaille beaucoup et elle a pas trop le temps de réfléchir à ce genre de choses. Elle aime pas aller voir les dinosaures le week-end, par exemple ; elle préfère m'emmener aux Buttes-Chaumont. Elle dit que c'est plus reposant et qu'il faut s'aérer.

— Elle a raison : c'est important de marcher et de profiter du soleil.

— Oui, dit Gab.

Sa voix manquait d'enthousiasme.

— Moi, j'aime aller au Muséum. Et j'aimerais visiter le musée de Napoléon.

Abdel lui fit un clin d'œil.

— On ira, c'est promis. Et on convaincra peut-être ta mère de nous accompagner.

— Si on trouve le trésor de Charles, là, je suis sûr qu'elle viendra.

Le vieux spahi retrouva Maurizio dans le jardin intérieur. Il pianotait sur son téléphone et grommela qu'ils avaient des choses un peu plus intéressantes à faire que pouponner un marmot perdu dans ses contes de fées.

— Des activités trépidantes, en effet... Comme jouer au Scrabble ou aller acheter des gâteaux ?

Maurizio fit mine de se concentrer sur son écran. Samedi après-midi, il était passé chez Fonfon. La boutique était déserte ; dans son fauteuil, il passait sous le détecteur de la sonnette. Il allait appeler pour signaler sa présence quand il avait entendu une voix, dans l'arrière-boutique. Celle de la jolie vendeuse.

— Nan, je te jure ! Un vieux taré.

— ...

— Complètement accro, le type. Il m'a envoyé, genre, trente roses ! Comme si ça allait le transformer en Ian Somerhalder !

— ...

— ... Il a vingt ans de trop. Et il a même plus de jambes. T'imagines ? Le mec ressemble à Bob l'éponge, ha ha ! Heureusement qu'il me fait du chiffre. Je pense qu'il est bourré de fric.

Elle devait papoter avec une copine au téléphone. Maurizio avait fait marche arrière, avait repassé la porte silencieuse et était rentré avec un rat coincé dans la gorge. Sans ses éclairs vanille et caramel au beurre salé.

Il ne pouvait pas avouer ça à Abdel. Le spahi avait rallumé son fauteuil et jeta :

— Je te laisse à tes loisirs de vieille dame, donc. Moi, je pars à la chasse au trésor. C'est plus amusant !

Piqué au vif, Maurizio rappela qu'il savait rigoler. Il avait tout de même organisé une course de fauteuils roulants dans le jardin et une autre dans les couloirs.

— Justement, dit Abdel. Je pensais que ce projet t'intéresserait. On parle du dernier secret de Napoléon.

Maurizio était tiraillé. Il ne voulait pas passer pour une girouette. Il biaisa :

— On ne sait même pas pourquoi le *bambino* court après ce truc ! Il est peut-être dérangé.

— Je ne crois pas, c'est juste un enfant qui rêve et qui voudrait faire un cadeau à sa mère. Tu ne te rappelles pas quand tu avais son âge ? À neuf ans, on imagine pouvoir conquérir les montagnes.

— Et comment vous allez vous y prendre ? Ni le gamin ni toi n'avez la queue d'une idée, hé !

— On va chercher des indices. C'est bon pour nos petites cellules grises. L'orthophoniste sera contente, elle trouve que je deviens un peu fainéant. Gab m'a laissé son histoire, on n'a qu'à la relire.

C'est vrai qu'Abdel avait des absences. L'autre jour, il avait cherché ses lunettes posées sur son nez. Et, une autre fois, il l'avait appelé « Chérif ». Le légionnaire marmonna :

— Montre-moi ça.

— Coucou, les garçons !

Ils relevèrent leurs visages tannés penchés sur *La Grande Aventure du petit tambour de Napoléon*. Aurélie s'approchait, souriante et sautillante. Blessée dans un accident de voiture, elle s'en était tirée avec le bassin cassé et un traumatisme crânien dont il lui restait des séquelles invisibles mais étonnantes : elle confondait les heures, les gens, les rues, les carottes et les haricots verts ; son cerveau semblait avoir été broyé dans l'accident. Elle terminait sa rééducation et ne venait plus aux Invalides que trois jours par semaine. Les plus grognons fondaient devant elle : elle souriait tout le temps, et tout le monde lui souriait en retour. Même le visage d'Isabelle s'éclairait quand elle la croisait.

— Qu'est-ce que c'est ? demanda-t-elle en désignant le livre ouvert sur la table.

Abdel, qui n'avait pas envie d'entrer dans les détails, résuma à sa façon :

— On cherche des cachettes possibles dans les Invalides. Où laisser un trésor.

— Un petit trésor, précisa Maurizio, comme de vieilles pièces de monnaie ou un bijou. Une bricole, grosse comme le poing.

L'évocation d'un trésor n'étonna pas plus la jeune femme que s'il avait parlé d'un verre d'eau. Elle plissa le front.

— Vous avez l'embarras du choix. Voyons... Il y a le petit coffre encastré dans le mur du sous-sol, là où est fixé un genre de treuil, et puis les anciens ateliers de couture des pensionnaires, et aussi le mur secret dans le petit salon rocaille du gouverneur...

— *Ma bella*, demanda le légionnaire ébahi, comment tu connais tout ça ?

— Mon mari est en Opex[1], j'en profite pour aider l'archiviste à trier les documents qu'elle reçoit. Elle classe tout ce qu'elle peut, petit à petit. C'est passionnant.

Des petits-enfants de grands militaires ou des collectionneurs fous léguaient régulièrement leurs fonds à l'Institution nationale des Invalides. Des cartes postales, des lettres, des livrets militaires, des photos, des journaux de bord... Cette manne s'entassait dans des cartons, au grand dépit des archivistes trop débordées pour la filtrer. Aurélie, qui partageait de temps en temps un thé avec elles au Foyer, s'était proposée pour les aider. Elle avait travaillé dans une salle des ventes parisiennes jusqu'à son accident ; depuis qu'elle triait les archives, elle avait le sentiment d'avoir retrouvé son monde.

— Vous saviez que le 19 septembre 1927, le gouverneur de l'époque a dû organiser un banquet géant dans la cour d'honneur ? Il a mobilisé trois cent vingt-cinq maîtres d'hôtel. Un trompette de la Garde républicaine a sonné la Soupe pour les quatre mille convives réunis. Qu'est-ce que j'aurais aimé être là !

---

[1]. Opération militaire extérieure, c'est-à-dire une intervention des forces armées dans un pays étranger.

Au milieu d'articles de journaux et de clichés officiels, elle avait exhumé une lettre du traiteur de l'époque : il proposait au ministre un menu à soixante francs par tête. Un excellent rapport qualité-prix au vu du nombre de plats et de vins servis. Elle avait aussi découvert que le fameux général Pershing était là, l'officier le plus gradé que les États-Unis aient connu.

— *Fantastico*, coupa Maurizio. Tu as une carte de l'hôpital ?

— Je ne sais pas. Je vais demander à l'archiviste.

— Tout de suite, c'est possible ?

Abdel toussota.

— En fait, il nous en faudrait deux. Un plan actuel et un plus ancien, avec toutes les pièces.

— Et on va t'accompagner, dit Maurizio en empoignant ses deux roues d'acier.

13

Où les médicaments peuvent se transformer en documents

Le service des archives comptait deux personnes et deux pièces. Il avait été installé on ne sait trop par quelle fantaisie dans l'une des anciennes pharmacies de l'hôpital, celle des sœurs[1] grises. Sur les étagères, d'énormes volumes reliés de cuir et des cartons à archives avaient remplacé les bocaux en porcelaine, mais les inscriptions étaient restées. On pouvait lire en lettres d'or « Armoire aux poisons » au-dessus d'une innocente rangée de traités de médecine ou de registres militaires ; les tiroirs à herbes médicinales cachaient des cartes et des gravures. Un ordinateur, une imprimante et quelques classeurs en plastique juraient avec les boiseries anciennes peintes d'un blanc crémeux.

---

1. Les « sœurs grises » étaient une congrégation religieuse, l'ordre des filles de la charité du faubourg Saint-Lazare, fondé par saint Vincent de Paul.

Des piles de chemises et de cartons s'entassaient sur les bureaux dans un désordre apparent.

C'était l'un des plus petits services de l'hôpital, et les visiteurs ne se bousculaient pas. Même si une grande partie des documents avait été transférée au service historique de l'armée, l'Institution des Invalides conservait trois siècles et demi d'archives miraculeusement préservées depuis son ouverture en 1674. Les Invalides avaient accueilli plus de cent cinquante mille pensionnaires et tous les registres avaient été conservés. Dates d'entrée et de sortie, mais aussi origine sociale, grade, blessures... ces actes formaient une base de données unique au monde. Quelques doctorants passaient parfois chercher une information.

Aurélie s'était prise de passion pour l'endroit. Elle participait avec enthousiasme à la tâche la plus ingrate : trier les documents laissés en vrac dans des cartons. Personne, ni l'équipe médicale ni les archivistes, ne savait si cette activité était une lubie, ou si Aurélie tentait de raccrocher son passé à son pauvre cerveau défaillant, mais cette occupation semblait la rendre heureuse. Elle souriait toute seule en classant méthodiquement les vieux journaux et les cartes postales gris de poussière. On l'avait donc autorisée à venir deux fois par semaine dans le service, après ses séances de remédiation cognitive.

L'apparition d'Abdel et Maurizio ravit l'archiviste en chef.

— Tu m'amènes des recrues, Aurélie ?

— On vient chercher quelques informations.

L'archiviste manqua défaillir. En classant et indexant ses documents, elle se désolait souvent que si peu de gens s'intéressent à ses trésors. Les doctorants en histoire médicale trouveraient là un gisement d'informations, mais bien peu le savaient. Suffoquée par la joie, elle bondit de son siège.

— Vous cherchez quelque chose en particulier ?

— Oui, des plans de l'Hôtel, dit Abdel. C'est pour Maurizio. Il voudrait écrire un livre sur l'Institution.

— Oh, je dois avoir ça dans un coin. Un plan actuel ?

Le légionnaire intervint :

— En fait, il nous faudrait le dernier relevé et un plan du milieu du XIXe siècle, autour de 1850, 1860. Je voudrais étudier l'évolution de l'hôpital, la modification de l'usage de chaque pièce, *ma bella*, vous voyez ?

L'archiviste voyait très bien et jugea le projet passionnant. Elle s'éclipsa dans la pièce voisine, l'ancien laboratoire de préparations médicinales, suivie par Aurélie et par les deux pensionnaires qui peinaient à manœuvrer leurs fauteuils entre les paillasses et les bureaux en formica.

— Alors, alors, marmonna l'archiviste en saisissant un escabeau. Les plans du second Empire sont les plus précis, ils doivent être rangés ici.

Elle ouvrit un placard, tira une tablette et en sortit un immense carton à dessin.

— Les voilà. Plans effectués en 1860. En revanche, il faut les consulter ici.

Maurizio grimaça.

— Ça risque d'être long. Vous pouvez nous faire une photocopie ?

L'archiviste éclata de rire.

— Je ne suis pas le Copyfax du coin ! Ce plan ne rentre même pas dans la machine. En revanche, je vais vérifier s'il est numérisé.

Elle descendit de son perchoir et ouvrit le carton sur la paillasse.

— Profitez-en pour le regarder.

Les deux têtes grises se penchèrent sur la feuille jaunie. Abdel enleva ses lunettes, les frotta soigneusement et les rechaussa.

— Je ne comprends rien.

— Moi non plus, se désola Aurélie, penchée par-dessus leur épaule.

— Ça ne nous aide pas beaucoup, ajouta Maurizio, dépité.

Les dessins montraient les bâtiments et les pièces avec leurs noms, mais rien n'indiquait de potentielles cachettes. Le vieux spahi souleva la feuille. Les traits noirs tracés sur la suivante étaient tout aussi indéchiffrables.

Aurélie se concentrait de toutes ses forces.

— Au milieu du plan, c'est le Dôme, donc là, le corridor d'Alger, et ici la salle des Boiseries.

Elle pointa la partie est.

— Les ateliers étaient dans cette aile mais ils ne sont plus indiqués. En 1850, ils étaient déjà fermés. Je pense qu'ils ont été transformés en logements pour les sentinelles.

Le légionnaire pestait.

— On perd notre temps. Je nous vois bien entrer chez les copains et péter leurs murs. « Coucou, on cherche un trésor. » *Pezzo di merda !*

— J'ai une bonne nouvelle, lança l'archiviste depuis la pièce contiguë.

Quand le trio l'eut rejointe, elle indiqua l'écran de son ordinateur.

— Ce document est bien dans notre base. Je peux vous l'envoyer par mail avec le dernier plan, celui établi en 1994.

Maurizio dicta son adresse. Une fois dans le couloir, il se tourna vers Abdel.

— Elle a de beaux yeux mais on n'est pas plus avancés.

— On fait quoi, maintenant ? demanda le vieil homme.

Son énergie était retombée. Il imaginait la déception de Gab quand il lui rendrait son livre le lendemain et lui annoncerait que non, ils ne pouvaient rien faire, parce qu'on ne fouille pas une botte de foin à la recherche d'une aiguille. Le légionnaire était aussi embarrassé que son ami mais ne voulait pas l'avouer. Il s'était toujours posé en homme d'action : Abdel était la tête pensante, lui, le turbo.

Il fit claquer sa langue d'un air assuré.

— J'ai une idée mais on en causera plus tard. Là, c'est l'heure de l'anniversaire de Claudia. Elle apporte un gâteau et elle cuisine comme une déesse. Je ne veux pas manquer ça. Je vais me faire beau.

Une heure plus tard, au Foyer, le légionnaire terminait sa part de forêt-noire en se léchant les doigts.

— Claudia, vous êtes la meilleure.

Il lança une œillade à une infirmière assise en face de lui :

— Ne soyez pas jalouse, Maryse, vous savez que vous êtes ma préférée.

Claudia rit.

— Vous voulez une autre part, Maurizio ?

Elle n'arrivait pas à appeler les pensionnaires par leur nom de famille.

— Juste pour vous prouver que je dis la vérité vraie, dit-il en tendant son assiette.

La kiné lui coupa une belle tranche et partit faire le tour des tables pour s'assurer que chacun était bien installé.

Tout en picorant ses cerises, Maurizio repensa au projet d'Abdel. Le vieux spahi s'était enflammé avec cette chasse, il s'accrochait au gosse et à son trésor. C'était ridicule. Mais Maurizio aimait bien le vieux spahi et cette mission était un petit défi. C'était plus excitant que d'organiser des courses de fauteuils roulants dans les couloirs. Quand les gars de l'asso des anciens d'Opex venaient aux Invalides et le saluaient, il faisait bonne mine mais il n'était pas fier. Il les regardait aller et venir dans le Foyer, souriants, les biceps moulés dans leurs tee-shirts floqués, et il avait le bide serré. Il savait, au fond, malgré les entraînements au gymnase et les compétitions sportives, que certaines aventures étaient derrière lui. Il n'était plus des leurs. Plus complètement. Il était une sorte de négatif de leur vie.

Foutu Abdel. Foutu gamin. Comment régler cette histoire?

Le goûter se terminait. Claudia rangeait ses cadeaux. Maurizio s'arracha à ses réflexions pour aider Corentin à débarrasser les assiettes.

Abdel somnolait sur son lit quand le légionnaire déboula comme une bombe dans sa chambre.

— Je sais!

De la main, il frappa l'accoudoir de son fauteuil pour marquer sa victoire.

— Tu sais quoi? demanda Abdel en se frottant la figure pour se réveiller.

— Je sais comment aider le petit. L'ordre de Malte organise une sortie demain après-midi sur les quais de l'île de la Cité. Il y a des bouquinistes et des brocanteurs. On va bien trouver une vieille médaille à acheter, on lui dira que c'est celle du petit tambour.

— C'est moche. On lui a promis qu'on l'aiderait.

— *Lo so, ma*, c'est pour la bonne cause! Et peut-être que la breloque qu'on trouvera aura réellement appartenu à un tambour, après tout. Qu'est-ce qu'on en sait, hé?

*
* *

Allongé dans son lit, Gab fixait les étoiles phosphorescentes collées au plafond. Il était trop vieux pour cette décoration de bébé, la collègue de sa mère les avait achetées pour son propre fils qui était en maternelle. Ils étaient partis, les étoiles étaient restées, Pélagie ne voulait toucher à rien. Parfois, Gab avait l'impression qu'elle n'osait pas reconnaître qu'elle était chez elle.

La visite de l'après-midi l'avait excité et déçu à la fois. Il avait découvert une sorte de galerie voûtée, aux murs couverts de sculptures en marbre blanc et de plaques. Certaines portaient des phrases compliquées, d'autres des noms. Et au milieu, gardé par les statues de femmes maussades, le tombeau, de la taille d'un éléphant. C'était impressionnant et sinistre à la fois. Il avait commencé à déchiffrer les plaques mais tout lui paraissait incompréhensible : « *J'ai excité toutes les émulations…* » Qu'est-ce que cela voulait dire ? C'était quoi, des émulations ? Il faudrait qu'il demande à Maurizio. Ou à Abdel. Maurizio était un peu effrayant.

Il sortit son cahier de projet de sa table de nuit et relut ses notes.

- *trouver à quoi ressemble une médaille de la Légion d'honneur – fait*
- *entrer dans les Invalides – fait*
- *trouver la cache*

Il soupira. Le livre racontait que le petit tambour avait gardé son trésor jusqu'à sa mort mais ne donnait aucune indication précise.

Il progressait, tout de même. Il avait confiance en Abdel. Il anticipait le ravissement de sa mère lorsqu'il lui révélerait le succès de sa mission, sa surprise, sa fierté. Il était sûr que la médaille du petit tambour lui porterait bonheur. Ils iraient vivre où ils voudraient, à New York, en Australie, ou en Inde. Il aurait un éléphanteau apprivoisé ou élèverait des kangourous, et sa mère travaillerait quand elle voudrait. Elle se lèverait à 8 heures, ou à 10 heures, seulement si elle en avait envie. Et elle arrêterait de s'inquiéter. C'était à lui de s'occuper d'elle, depuis que son père n'était plus là.

Après le dîner, Pélagie lui avait proposé de regarder un film. Ils s'étaient installés sur le canapé, elle s'était enroulée dans son plaid en polaire préféré et lui avait demandé :

— Au fait, tu as aimé le livre que je t'ai rapporté lundi ?

— Il est super. Tu savais qu'il y avait quinze instruments différents dans la musique de la garde impériale ?

— Non, mon lapin.

Emporté par l'enthousiasme, il avait expliqué le chapeau chinois, le plus rigolo avec ses rangées de clochettes, et le serpent, une immense trompette ondulée qui descendait jusqu'aux genoux. Sa mère avait continué :

— Tu ne veux pas me les montrer ?

Il avait bâillé de toutes ses forces.

— Je suis un peu fatigué, maman. Je crois que je vais prendre ma douche. Je te montrerai les illustrations demain. Elles sont vraiment super !

Et il s'était enfui vers la salle de bains.

Pélagie était restée seule sur le canapé devant la télévision encore éteinte. À travers la cloison, elle avait entendu l'eau couler et le bourdonnement de la brosse à dents électrique. Elle hésitait à se coucher. Il était tôt mais elle pouvait lire, elle aussi, pour une fois qu'elle avait un peu de temps.

Une bibliothèque basse longeait le canapé. La propriétaire était amatrice de romans policiers. Michael Connelly, Fred Vargas, Ian Manook, Peter James... Pélagie avait l'embarras du choix. Elle en choisit un sur son titre, *Temps glaciaires*, et l'ouvrit.

Évidemment, les Italiens ne l'avaient pas rappelée au sujet de sa candidature, ils n'avaient pas envoyé de mail non plus. Elle réalisa qu'elle relisait la page 14 pour la deuxième fois. Agacée, elle ferma le livre et se leva. La salle de bains était éteinte, la chambre de Gab aussi. Je suis bonne pour repartir à la chasse, songea-t-elle en se brossant les dents. Elle refusait de traduire des comptes rendus de séminaires médicaux ou des présentations de séries B jusqu'à sa retraite. Avec des notes URGENT, TRÈS URGENT, TRÈS TRÈS URGENT collées partout. C'était une perspective trop déprimante. Et elle n'avait pas non plus envie de se mettre à gober du Xanax à la cuillère pour survivre psychologiquement.

15 décembre 1840

Parvis des Invalides,
Paris

— J'ai bien mal, gémit le général Bertrand.
— Mal au cœur ? demanda, inquiet, le jeune aide de camp qui le soutenait.
— Non, aux pieds, souffla le vieux militaire.

Il avait forcé pour rentrer dans son uniforme et enfiler ses bottes et maintenant, les cors compressés par le cuir, il claudiquait derrière le cercueil de l'Empereur. Il faisait un froid de canard, et il aurait claqué des dents s'il lui en était resté. Il avait quitté son Berry natal début juillet pour embarquer sur la Belle Poule, le voilier affrété spécialement afin de ramener le corps du patron, et le voyage avait été pénible. Presque six mois de mer, à son âge... Il avait morflé. Mais le patron, c'était le patron et il fallait ce qu'il fallait.

Il n'allait pas chouiner devant Gourgaud qui traînait ses jambes de bois.

Le pont de Neuilly tremblait sous le poids de la populace qui s'y pressait. Le flot humain s'étendait jusqu'aux Invalides. Certains avaient grimpé sur le toit des bicoques. Un million de personnes, au bas mot, estima le vieux général exercé à compter les têtes sur les champs de bataille.

Trois mortiers tonnèrent ensemble et les nuages s'écartèrent comme par magie. Le soleil, qui était voilé, apparut d'un coup, éclairant l'eau de la Seine et les rues. Le char funèbre passa sous l'Arc de Triomphe nimbé de lumière. Même dans l'au-delà, le patron gardait le sens du spectacle.

— C'est canon, dit le jeune aide de camp.

Bertrand hocha la tête en serrant les dents. Sacrebleu, que les Champs-Élysées étaient longues ! Que la Concorde était grande !

Debout sur le parvis des Invalides, écrasé entre une lavandière et un boucher, Charles Faugère guettait l'arrivée du cercueil. Lui n'avait pas pu rentrer dans son uniforme, mais il s'était lavé les cheveux, les mains, et une étoile dorée à cinq branches était épinglée bien en vue sur son habit.

Le cortège arrivait au pas, auréolé du roulement des tambours. Le cœur de Charles s'emballa. L'Empereur rentrait enfin à Paris, au milieu de sa vraie famille, les vétérans comme lui. Il chercha du regard le vieux Guillaume parmi les grognards alignés en position réglementaire devant le Dôme. Le dragon avait trois fois l'âge d'être mort mais d'autres, que Charles avait connu vingt-cinq ans plus tôt, étaient encore là, boitillant derrière le sarcophage. Le général Gourgaud, le mamelouk Ali, et Jean Soult, qui avait sauvé l'Empereur à Austerlitz. Un costaud, qui avait résisté à tout. L'ancien tambour se frotta les yeux.

— À bas les traîtres de 1815, hurlèrent ses voisins. Vive Bertrand !

Charles Faugère se redressa.

— À bas les traîtres, cria-t-il d'une voix enrouée.

Un rayon de soleil fit briller sa Légion d'honneur, attirant le regard d'un petit homme qui se précipita vers lui.

— Louis Gréport, envoyé spécial du *Siècle*.

Du menton, il désigna l'étoile d'or émaillée, puis la voiture funèbre.

— Je vois que vous êtes un brave. Vous étiez à Austerlitz avec l'Empereur ?

— ...

L'autre agita son crayon à mine de plomb.

— C'est pour un micro-trottoir. Alors, qu'est-ce que vous ressentez, aujourd'hui ?

— Qu'est-ce que ça peut vous faire ? gronda l'ancien tambour.

— Vous êtes triste, vénère, dégoûté ?

— Mais lâchez-moi, espèce de verrue !

Le journaleux s'obstinait.

— Suffit de vous regarder pour voir que vous ne roulez pas dans la soie. On peut dire que l'Empereur vous a bien arnaqué, non ? Vous avez failli vous faire découper en timbre-poste sur les champs de bataille pour lui, vous l'avez rendu riche et célèbre; aujourd'hui, lui est acclamé et vous, vous n'avez même pas le droit d'être dans le cortège officiel. Vous êtes là, devant les Invalides, comme un clodo. Vous manque plus qu'une tente ! Alors, dites-moi : vous êtes en pétard ? Vous allez demander des dommages et intérêts à Louis-Philippe ? Lancer une pétition ?

— ...

— Juste trois mots à nos lecteurs ! C'est pour notre édition spéciale de ce soir.

— Allez vous faire cuire le cul.

Les gesticulations du gratte-papier avaient attiré l'attention de leurs voisins. Le boucher se rapprocha. Lui aussi avait remarqué la médaille.

— Cette larve vous cherche des poux ? demanda-t-il à Charles.

Le tambour haussa les épaules.

— Vous salissez pas à le taper, dit-il. Il s'étouffera tout seul dans son vomi.

Sentant le vent du bourre-pif, le reporter du *Siècle* baissa la tête et s'éloigna.

La foule s'était tue, le catafalque s'engouffrait dans l'église. Charles scruta une dernière fois les vieux militaires au garde-à-vous. Non, Guillaume n'était pas là. Il ne pourrait pas lui rendre le cadeau de l'Empereur.

Il n'y avait qu'une chose à faire : rester là, aussi près que possible de l'Empereur, et veiller sur ce trésor en même temps qu'il veillerait sur le plus grand des Français.

14

Où une médaille réapparaît par des moyens détournés

Le médecin-chef avait convoqué Norbert dans son bureau : le dentiste se doutait que ce n'était pas pour discuter de la météo, le formulaire rempli la semaine précédente était posé devant lui.

— Norbert, la direction des soins vient de me transmettre cette demande. Ils ont pensé que vous étiez ivre. Vous pouvez m'expliquer ?

— C'est très simple, tout est noté sur le Cerfa.

— Un diamant à visée thérapeutique. Vous avez vu la Vierge ?

Norbert se gratta les cheveux.

— C'est pour Isabelle. Elle est tellement... Je me suis dit que si on pouvait la surprendre, créer un électrochoc, lui rappeler ce qu'elle aime, je ne sais pas...

Le médecin-chef se radoucit.

— Je sais, je sais. Mais la Sécu est moins empathique que nous.

Il déchira le Cerfa en deux, le chiffonna, et le jeta dans sa corbeille à papier.

— Je vais vous demander de trouver autre chose, Norbert. Puisque vous êtes si imaginatif, vous y arriverez. Je vous fais confiance.

— Une décalcomanie indélébile, c'est possible ? Franck a un joli coup de crayon, il peint des figurines le week-end.

— Norbert...

— Je suis sûr que ça plairait à Isabelle. Elle a besoin de se sentir unique, d'avoir un truc spécial. Ça ne coûterait pas grand-chose, pour le coup. Je parie que Francky serait même prêt à le réaliser pendant sa pause dej'. Une dent avec une petite fraise rouge, ça aurait de la gueule, non ?

— ...

— Bien, chef, je vais m'en tenir aux procédures codifiées. Mais c'est dommage. On aurait pu faire entrer la dentisterie dans le domaine de la socio-esthétique.

L'ennui, avec Norbert, pensa le médecin-chef, c'est que sa fantaisie recèle du génie.

— D'accord.

— Pardon ?

— J'ai dit d'accord. Je vais le proposer au médecin général. En revanche, vous allez me faire ça bien. Je veux un protocole, un rapport, tout le tintouin. Et un travail en lien avec l'équipe psy.

— Bien sûr.
— Et un devis prévisionnel. Sans diamant.

*
* *

Le groupe avançait au ralenti sur les bords de Seine. Une dizaine de bénévoles poussait les fauteuils en papotant, Jules suivait en boudant. Les vieux bouquins et les copies de gravures le laissaient de marbre, la vue des tours de Notre-Dame aussi. Pourquoi diable était-il venu ? Peut-être à cause d'Aurélie et de ses yeux de poupée. Il l'avait croisée la veille, elle lui avait demandé ce qu'il faisait cette semaine, il avait répondu la première chose qui lui était passée par la tête : la promenade, annoncée sur une feuille A4 punaisée dans l'entrée. C'était toujours plus honorable de jouer les touristes que de remplir des mots mêlés avec les vieux au Foyer. Ou de participer à un quiz sur les recettes, comme la semaine précédente. Mais, évidemment, Aurélie n'était pas là.

— Alors, Jules, on traîne ?

Il jeta un regard noir à Maurizio et accéléra le pas pour le semer, se réfugiant à côté d'Isabelle. La muette, au moins, lui foutrait la paix. Trois de ses camarades du *Tonnerre* avaient profité d'une perm' pour venir le voir. Il n'avait pas pu s'empêcher de leur demander comment s'étaient passées les dernières manœuvres. En les écoutant, il avait eu mal au ventre tout l'après-midi. Le soir, seul dans sa chambre, il avait fixé le tableau blanc accroché face à son lit: «*Psychologue mercredi*», «*Réunion d'information avec les Cols bleus[1] jeudi, 15 h*», «*Prépare tes propositions pour l'atelier d'ergo!!! Blanche.*» Deux salles, deux ambiances. Il avait sorti son casque, lancé une playlist au hasard et relu les mémos des soignants jusqu'à ce que les lettres tracées au marqueur bleu forment une bouillie dans sa tête. Il s'était endormi le casque sur les oreilles.

Isabelle non plus ne s'était pas inscrite à la sortie pour le plaisir, c'était le psychiatre qui l'y avait poussée.

— Isabelle, vous savez que vos soins se terminent.

Elle avait baissé les yeux et observé la moquette.

— Nous sommes là, ensemble, pour penser l'après.

Les mots tombaient comme un couperet. On la chassait des Invalides. Penser l'après, oui, mais comment, quand l'avenir était si différent du passé? La voix avait continué à flotter autour d'elle.

— Isabelle, vous allez rentrer chez vous d'ici dix jours, le staff soignant vous l'a expliqué. Vous avez un appartement, vous êtes autonome, vous adorez votre métier et vous êtes toujours en capacité de l'exercer.

---

1. Surnom de la cellule d'aide aux blessés de la Marine.

Il avait fait une pause, espérant une réaction. Comme la jeune femme gardait la tête baissée, il avait repris :

— Prenons une par une les choses qui vous bloquent. D'abord, le bruit. Vous le supportez mieux.

Elle avait hoché la tête. Mais du bruit, il y en avait très peu à l'hôpital, ou alors, des bruits amis. Le crissement des pneus des fauteuils roulants, le claquement mou des sabots en plastique des infirmiers, les cris des oiseaux dans le jardin, la voix de Corentin au Foyer. Le brouhaha des touristes, parfois, toujours amorti par la distance.

— Bien. Ensuite, sortir. Vous avez participé à des activités avec les pensionnaires ou les hospitalisés ce mois-ci ?

Et comme elle fixait toujours la moquette pelée, il avait précisé :

— Faites-le. C'est mon ordonnance pour cette semaine. Nous en reparlerons ensuite.

Il refusait de lui donner des cachets. Pourtant, elle aurait bien aimé. Elle remâchait sa dernière rencontre avec le gouverneur. Depuis son admission, elle l'évitait au maximum : elle sentait qu'il était là, présent, à garder un œil sur tout, sur chacun, et elle ne savait pas quoi lui dire. Juste qu'elle avait peur ? Comme le psy le lui rappelait, elle avait un toit, un métier, ses deux bras et ses deux jambes. Et, grâce aux chirurgiens militaires, un visage humain. Il y avait juste ces mots, qui ne sortaient pas.

Qu'est-ce qu'on est censé dire à un psychiatre ? Elle n'en avait aucune idée, elle n'en avait jamais consulté avant son accident. Il lui avait donné une ardoise lors de la première séance, sur laquelle elle pouvait s'exprimer, mais l'ardoise restait sur ses genoux. Elle n'avait rien à dire. Le psy et les médecins parlaient d'attentat ; Isabelle ne pouvait pas se résoudre à admettre qu'elle avait été visée au hasard. La folie de la chose lui donnait le vertige. Elle avait juste été au mauvais endroit au mauvais moment, blessée par la faute à pas de chance, comme si elle avait été renversée par une voiture grillant un feu rouge. Cela s'appelle bien un accident, n'est-ce pas ? Jusqu'à *l'accident*, quand elle se sentait mal, elle sortait boire un peu trop de verres avec des amis, ou mettait son casque et la musique à fond. Ça passait. Plus maintenant. Même la musique n'apaisait plus le gouffre creusé par *l'accident*, cette espèce de bête noire mouvante tapie au fond d'elle.

Elle s'était inscrite à la sortie et maintenant, la tête baissée, elle suivait le cortège de fauteuils roulants le long du parapet. En sortant de l'hôpital, le passage d'un bus l'avait fait sursauter. Instinctivement, elle s'était blottie au milieu des bénévoles et des pensionnaires. Abdel lui avait souri, l'angoisse qui lui serrait la poitrine s'était un peu allégée. Ce vieil homme s'intéressait aux autres, elle l'avait observé essayant de tirer le petit Jules de sa morosité. Son compère italien, au contraire, jacassait tout le temps.

Il draguait aussi tout ce qui portait un soutien-gorge. Il devait être persuadé de son sex-appeal. Pourtant, à sa place... Qu'est-ce que j'aurais fait à sa place ? Elle s'imagina dans un fauteuil, les deux jambes coupées à mi-cuisse, et serra les paupières. Insupportable. Pourtant, Maurizio en riait.

— Attention !

Jules lui avait saisi le bras : elle allait embrasser un réverbère.

— Merci, articula-t-elle.

Mais aucun son ne sortit de sa bouche.

Trente mètres devant eux, Maurizio s'était arrêté devant la boîte d'un bouquiniste. Des pièces de monnaie et des décorations étaient accrochées sur le bord de l'auvent, entre des cartes postales sépia. Le vieux légionnaire échangea quelques mots avec le vendeur. L'homme décrocha deux breloques enveloppées dans leurs sachets de plastique et les tendit au soldat qui les tourna et les retourna de ses doigts carrés.

— Maurizio, vous faites du lèche-vitrines ? lança une bénévole en riant.

Il rit à son tour.

— *Ma*, je ne peux pas m'acheter de chaussures, je me console avec les souvenirs, Béatrice. Dites-moi, laquelle trouvez-vous la plus jolie ?

— Celle-ci, jeta Béatrice en pointant la médaille que le légionnaire présentait dans sa main droite. L'émail est plus vif.

— Alors je la prends.

7 janvier 1841

*84 rue de Varenne,
Paris*

Victor Hugo tapa contre la vitre.
— Arrêtez-vous là, cocher.
Il descendit de la voiture et entra. L'endroit était miteux, mais Juliette lui avait juré qu'on y mangeait les meilleures pommes frites de Paris. Et il avait une bonne nouvelle à fêter: son élection à l'Académie française. Cerise sur le gâteau, il occuperait le fauteuil 14, celui de Népomucène Lemercier, un poète à la manque, un dramaturge ringard, qui s'était brouillé avec Napoléon et dont le plus bel exploit avait été d'être le chouchou de Marie-Antoinette! Le vieux Lemercier avait tiré toutes les sonnettes de Paris pour lui interdire la coupole, à lui, Victor Hugo, futur pair de France, mais il avait été élu quand même, sur le

fil certes, à deux voix près, mais il y était. Enfin. Ce bouffon de Lemercier devait en recracher ses pissenlits. Et il lui préparait un hommage à sa façon ; puisque la coutume exigeait qu'il fît l'éloge de son prédécesseur, il allait le soigner. Victor Hugo se frotta les mains d'aise.

L'endroit transpirait la fumée de pipe et la chair rôtie, on était loin des nouveaux cafés des boulevards. Pas de nappes blanches, pas de lustres en cristal, de dames en dentelles ni de garçons de service. Une table était libre au fond de la salle, sous un tableau criard représentant des joueurs de cartes. Le futur pair de France frotta le banc avec son mouchoir et souleva soigneusement les pans de sa redingote avant de s'asseoir. Deux grosses bonnes femmes virent son manège et gloussèrent. Stupide paire de dindes.

— Tavernier !

Un homme grand et maigre émergea des volutes de fumée et d'odeurs de graisse. Visage osseux, front haut, regard noir.

— Qu'est-ce que vous me voulez ?

Le nouvel académicien s'agaça.

— À vous, rien ; en revanche, je veux à manger ! Apportez-moi donc de vos pommes frites. Et à boire.

Le tavernier tourna les talons sans répondre. La jupe troussée jusqu'aux mollets, une blondinette vint poser un pichet et un verre sur la table. Victor Hugo se servit généreusement. À sa grande surprise, le vin était léger et fruité. Il se resservit, sentant l'inspiration monter. Il fouilla dans ses poches, en sortit un crayon et un carnet qu'il posa sur la table noircie.

« Parmi ces illustres protestants, il était un homme que Bonaparte avait aimé, et auquel il aurait pu dire, comme un autre dictateur à un autre républicain : Tu quoque ! *Cet homme, Messieurs, c'était M. Lemercier. Nature probe, réservée et sobre ; intelligence droite et logique ; imagination exacte et, pour ainsi dire, algébrique jusque dans ses fantaisies ; né gentilhomme, mais ne croyant qu'à l'aristocratie du talent... »*

C'était bon, c'était très bon. Pris d'une frénésie littéraire, il griffonnait à toute allure, oublieux de son ventre qui gargouillait.

«... né riche, mais ayant la science d'être noblement pauvre ; modeste d'une sorte de modestie hautaine ; doux, mais ayant dans sa douceur je ne sais quoi d'obstiné, de silencieux et d'inflexible ; austère dans les choses publiques, difficile à entraîner, offusqué de ce qui éblouit les autres, M. Lemercier, détail remarquable dans un homme qui avait livré tout un côté de sa pensée aux théories, M. Lemercier n'avait laissé construire son opinion politique que par les faits. Et encore voyait-il les faits à sa manière. »

Excellent. Les fans du père Lemercier en auraient pour leur argent. Il se félicitait de son génie lorsque la servante fit claquer une assiette sur la table. Son œuvre était trop bien en train pour que le grand écrivain lève la tête. Il poursuivit.

« C'était un de ces esprits qui donnent plus d'attention aux causes qu'aux effets, et qui critiqueraient volontiers la plante sur sa racine et le fleuve sur sa source. Ombrageux et sans cesse prêt à se cabrer, plein d'une haine secrète et souvent vaillante contre tout ce qui tend à dominer, il paraissait avoir mis autant d'amour-propre à se tenir toujours de plusieurs années en arrière des événements que d'autres en mettent à se précipiter en avant. En 1789, il était royaliste, ou, comme on parlait alors, monarchien de 1785; en 93 il devint, comme il l'a dit lui-même, libéral de 89; en 1804, au moment où Bonaparte se trouva mûr pour l'empire, Lemercier se sentit mûr pour la république. Comme vous le voyez, Messieurs, son opinion politique, dédaigneuse de ce qui lui semblait le caprice du jour, était toujours mise à la mode de l'an passé.[1] »

Et toc, haha.

---

[1]. Extrait du discours de réception prononcé le 5 juin par Victor Hugo, à l'Académie.

Riant tout seul, Victor Hugo posa son crayon et prit une frite entre deux doigts. Elles étaient réellement délicieuses, croustillantes et salées à souhait. Merci ma bonne Juju pour l'adresse. Il engloutit l'assiette et en commanda une deuxième. Avec du petit salé.

Il recracha la première frite. Ce n'était pas de la pomme de terre.

— Tavernier!!

L'autre arriva, avec un regard à dynamiter une barricade. De loin, il avait reconnu le fils du général. Le petit Hugo était un kéké, fils de kéké.

Le néo-académicien avait repoussé sa chaise et son assiette et s'indigna:

— Qu'est-ce donc que vous m'avez servi?

— Des frites. De topinambour.

— Juste ciel, c'est infâme! Qui fait ça?

Les bras croisés sur son torse, Charles Faugère dominait le grand poète de toute sa hauteur.

— Moi. J'aime cuisiner les légumes. Y a pas que les patates dans la vie. Et si ça ne vous plaît pas, prenez votre petit mouchoir, votre petit chapio, et allez voir ailleurs si on vous sert.

— Et comment, cracha Victor Hugo. Adieu, monsieur l'empoisonneur!

Tremblant de rage, il enfonça son haut-de-forme sur sa tête et traversa la salle.

— Personne ne paiera jamais un sou pour des frites de navet ou des chips de chou, sachez-le. Jamais! Ni aujourd'hui ni dans deux siècles.

Il lança un dernier regard au tableau accroché derrière lui :
— Et revoyez votre décoration, mon brave. Vous n'attirerez pas les gens de qualité en leur infligeant des croûtes comme ce tableau !

15

Où l'amitié châtie bien

Christelle reposa sa bouteille d'eau et sortit une pomme de son sac.
— Je vais à l'expo au Grand Palais samedi. Tu m'accompagnes ?
Pélagie secoua la tête.
— Je ne peux pas abandonner Gab tout un après-midi. Il s'intéresse à beaucoup de choses mais je ne crois pas qu'il appréciera une expo sur les impressionnistes.
Elles déjeunaient ensemble une à deux fois par semaine. Christelle travaillait au même étage qu'elle, pour une société qui développait des logiciels de *business intelligence*, une entreprise presque aussi petite que celle de Pélagie. Leurs pauses sandwich communes leur permettaient de voir un autre visage que celui de leur patron respectif. Dans le cas de Christelle, il s'agissait d'une patronne. Moins étourdie que Bruno, mais obsédée par les chiffres. Christelle répétait qu'en

vingt ans de métier, elle n'avait jamais vu autant de *data reports* et de tableaux de bord. Une geek de trente ans, névrosée, incapable d'adresser la parole à un être humain, entourée de cinq développeurs vissés à leurs écrans. Elle avait embauché Christelle comme commerciale. De vraies caricatures, soupirait Christelle. Mais comme elle percevait un fixe *et* un pourcentage – « tu verrais le montant des contrats, c'est dingue ! » –, elle restait. Elle appréciait la bonne humeur de Pélagie – « on dirait que tu es bloquée sur la touche sourire, c'est rafraîchissant » lui avait-elle avoué un jour – et tentait de toutes ses forces de la pousser hors de son cocon. Quitte à la secouer comme un cocotier.

— Ça va, ton fils n'est pas un bébé. Tu ne fais jamais rien pour toi ! Il peut survivre trois heures.

La bouche pleine de pain, Pélagie marmonna :

— Je sais mais il a déjà passé ses vacances tout seul enfermé dans l'appartement. Ce n'est pas très drôle pour un enfant de son âge.

— Tu le surcouves. Ce n'est pas sain. Tu ne sors jamais, tu enchaînes métro, boulot, dodo, tu as trente-cinq ans et tu vis comme un ectoplasme. Tu vas finir vieille, flétrie et aigrie.

Partagée entre le rire et l'indignation, Pélagie préféra esquiver.

— On verra dans vingt ans.

Pour l'instant, elle n'avait pas le temps d'y réfléchir. Ni de réfléchir tout court. Elle se concentrait chaque matin sur la journée à venir, en serrant les dents pour maintenir le rythme, en priant pour qu'aucun gravillon ne fasse dérailler la machine. *Pourvu* qu'elle ne se casse pas une jambe, que le propriétaire ne vende pas l'appartement, *pourvu* que Gab travaille bien, qu'il soit heureux à l'école, *pourvu* qu'ils puissent aller au bord de la mer pour les vacances. Christelle n'avait pas d'enfant, elle vivait seule – « par intermittence » – dans un monde qui semblait parallèle. Les inquiétudes de Pélagie l'effaraient.

— Dis-moi comment tu peux vivre comme ça, en angoissant tout le temps ?

Je ne sais pas, songea Pélagie. Peut-être parce que j'ai reçu la foudre une fois. Je sais qu'elle ne tombe pas seulement chez les autres.

— Je fais des trucs, je vois des gens. Mes parents sont venus passer une semaine à Noël, on a bien rigolé.

Christelle haussa les sourcils.

— Une semaine à faire les touristes avec deux retraités, ça devait être *funky*.

Elle considéra sa pomme à moitié croquée et grimaça :

— Ce truc a un goût de farine.

Elle l'enveloppa dans un morceau de papier d'alu.

— Je parie que vous avez visité le musée Grévin, dit-elle en fourrant le trognon dans son sac.

Pélagie rougit.

— Non, le musée de la Marine. Mais c'est superbe, Gab a adoré.

— Tu es un cas, je te jure. Tu mériterais que je t'inscrive sur un site de rencontres.

— Si tu fais ça, prépare-toi à déjeuner en tête-à-tête avec toi-même !

— Je sais, concéda Christelle. Mais c'est du gâchis. Tu vis comme une petite vieille.

Pélagie roula en boule l'emballage de son sandwich et rassembla dans le creux de sa main les miettes éparses sur le guéridon.

— Je vis très bien. D'ailleurs, je cherche un autre job. J'ai répondu à plusieurs annonces.

— Enfin une bonne nouvelle, lança Christelle. Pas pour moi, bien sûr, mais ton patron t'exploite honteusement. Il mériterait une bonne leçon.

— Il n'est pas méchant, il est juste...

Pélagie chercha ses mots.

— Stupide ? Égoïste ?

— Désorganisé. Il est dépassé.

— Et radin. Il te paie à coups de savates. Quoi qu'il en soit, ça te fera le plus grand bien de changer d'air.

— Ce n'est pas fait, dit Pélagie. Des traductrices, il y en a plein les rues.

16

Où l'on apprend que le portrait de Madonna n'est pas accroché aux Invalides

Le réalisateur s'était déplacé en personne pour présenter le projet de film au général Gannat. Il avait voulu déléguer le chef décorateur, comme d'habitude, mais le producteur avait été très clair. « Joue pas les divas, Alain, c'est les Invalides, merde. Je les veux absolument. Impossible à refaire en studio, ça exploserait le budget et avec le cachet de Dujardin on est déjà au taquet. Décroche-moi un accord avec la vieille baderne. Pas d'Invalides, pas de film. À prendre ou à laisser. »

La vieille baderne était assise face à lui, derrière une table ronde comme on en voyait au musée du Louvre et Alain Rakan s'efforçait de ne pas fixer ses moustaches. Pour se donner une contenance, il croisa les jambes et s'appuya au dossier de sa chaise.

— Nous préparons un docu-fiction sur le système de santé dans les années 1930 et l'hôpital est parfait. L'extérieur est typique, bien sûr, immédiatement reconnaissable, c'est très important pour nous puisque nous avons des pistes à l'étranger. Le Brésil et le Japon, entre autres, sont intéressés pour une diffusion en salles.

Un portable vibra. Le réalisateur se contorsionna pour l'éteindre à travers sa poche, n'y parvint pas, le sortit et stoppa la machine tout en continuant à dérouler son argumentaire :

— L'intérieur a conservé des pièces d'origine assez vastes pour installer les perches, les lumières et les caméras sans être gêné. On pourra facilement disposer des lits en fer et reconstituer des salles communes dans votre grande salle, là-bas, près de l'entrée.

Il se félicitait d'être si concis, technique mais clair. Son *pitch* était au point.

— La salle de Galbert. Je vois, dit le gouverneur, qui imaginait un amoncellement de matériel dans les espaces communs et se demandait comment les soignants et, pire, les invalides, slalomeraient entre les câbles, les caméras et les éléments de décor.

Il toussota.

— Vous avez apporté le scénario ?

— J'ai chargé mon assistante de vous l'envoyer par mail, vous pourrez le lire tranquillement.

Le réalisateur ne souhaitait pas s'étendre sur le sujet. En fait de docu-fiction, c'était une romance entre un anarchiste et une infirmière militaire. Plus tard le gouverneur le découvrirait, mieux le projet se porterait. Un silence à couper au couteau s'installa entre les deux hommes.

— Le tournage durerait combien de temps ? demanda le général.

— Oh, pas longtemps, à peu près dix jours. Et vos malades seraient sûrement ravis d'y participer. Personnellement, je suis à fond pour, cela ajouterait de l'authenticité.

La moustache du général commençait à le démanger. Il recula légèrement sur son siège et redressa ses épaules. Un expert en langage non verbal y aurait tout de suite lu la position du cavalier prêt à charger, mais Alain Rakan n'était pas expert en langage non verbal. Il poursuivit donc :

— Les gens sont toujours contents d'apparaître dans un film. Ce serait très valorisant pour eux.

— Personnellement, je suis à fond contre, pour deux raisons. Premièrement, ce ne sont pas *mes* malades, comme vous dites. Je suis nommé par le chef de l'État pour les protéger, préserver leur qualité de vie, et les soins et l'attention auxquels ils ont droit. Je ne vais certainement pas leur infliger ce genre de choses. Deuxièmement, la grande majorité d'entre eux ne sont pas malades. Certains sont vieux, ce qui n'est pas une maladie, d'autres sont blessés, ce qui n'est pas une maladie non plus. Et, surtout, ils n'ont pas besoin d'être valorisés de cette façon.

Le général se leva.

— Je vais vous faire raccompagner, monsieur.

Le dernier mot lui avait un peu écorché la bouche en tombant. Hébété, le réalisateur balbutia :

— Mais vous savez combien vous perdez ? Au moins trois mille cinq cents euros par jour ! Plus de trente mille euros.

— Je sais compter, merci.

— Et une vitrine internationale ! Le film sera présenté à Cannes. Et un tournage incroyable, avec Jean Dujardin ! Et Shakira, qui joue l'infirmière en chef !

— Je m'en remettrai, Monsieur. Et l'Institution aussi. Je vais vous montrer quelque chose. Venez.

Il ouvrit la porte et entraîna le réalisateur à travers le dédale de l'Hôtel. Ils traversèrent une cour pavée, des salles vides, croisèrent quelques malades qu'Alain Rakan osa à peine regarder et prirent l'ascenseur jusqu'à l'étage. Le réalisateur se demandait où on l'emmenait quand le général s'arrêta au milieu d'un couloir étroit. Il désigna de grands portraits en noir et blanc accrochés au mur.

— Regardez. Vous voyez Madonna ? Sylvester Stallone ? Catherine Deneuve ?

Et comme Alain Rakan considérait d'un œil vide les visages de médecins qui couvraient le couloir, le général lui indiqua du menton la direction de l'ascenseur.

— Je vais vous raccompagner. Ce sera préférable.

*
* *

La consultation hebdomadaire se terminait. Jules se rhabillait.

— Toubib, j'en peux plus. J'ai l'impression de traîner un poids mort. Il faut faire quelque chose. Je veux qu'on m'enlève ce truc.

Le médecin-chef redoutait cette demande. Ce n'était pas la première fois qu'il l'entendait. Il savait aussi ce qu'elle signifiait pour le patient : l'espoir fou d'arracher tous les problèmes. Une manière de reprendre le contrôle après cinq, dix ou trente opérations subies. Son visage resta neutre.

— As-tu des démangeaisons ? Des réminiscences ?

— Non. Peut-être. Je sais pas. J'ai l'impression que mes doigts pèsent du plomb et, en même temps, je ne les sens pas.

— C'est normal, nous en avons discuté, Jules.

Instinctivement, le marin chercha quelque chose à frapper du poing, serra les dents. Sa voix monta d'un cran.

— Mais j'en ai marre, moi ! J'en peux plus.

— Jules, c'est une opération importante qui nécessitera beaucoup de soins et une longue cicatrisation. Il peut y avoir des complications, une infection. Je n'y suis pas favorable.

Buté, le chien jaune tira sur son tee-shirt et se leva. Sa colère emplissait la pièce.

— Je ne comprends pas. C'est mon corps, j'en fais ce que je veux.

— J'entends ta demande, Jules, mais c'est nous qui avons la charge de te soigner et de t'opérer. Un tel geste chirurgical ne peut pas se faire sans préparation psychologique. C'est possible, oui, mais ce n'est pas une décision qui se prend à chaud.

Le médecin pesait ses mots. Les mâchoires serrées, Jules demanda :

— Et une greffe ? On pourrait me greffer une main ? Ça existe, non ? J'ai vu un reportage sur ce type qui avait eu une greffe des deux mains. Moi, ce serait juste une seule.

— Jules, ta cicatrisation est terminée, tu vas préparer ta reprise de service. Je te propose d'en rediscuter à ce moment-là. Tu auras des éléments concrets, tu jugeras jusqu'à quel point ton bras te pénalise pour une réintégration dans l'unité. Tu en discuteras avec le psychiatre et nous en reparlerons ensemble. Ce n'est pas une opération envisageable maintenant.

En regardant Jules refermer la porte de la salle de consultation, le médecin regretta une fois de plus de ne pas avoir de baguette magique.

*
* *

Le soulagement envahit Gab quand il reconnut les fauteuils garés dans le jardin. La veille, il avait attendu les deux soldats tout l'après-midi et il avait eu peur qu'ils ne l'aient oublié. Chaque crissement sur le gravier lui faisait se déboîter le cou comme une chouette ; ce n'était jamais eux.

Mais aujourd'hui, Abdel était bien là, avec son écharpe rouge et son pantalon en toile. Il se tenait un peu en retrait derrière Maurizio.

— Vous n'êtes pas venus hier. Vous étiez malades ?

Le vieux spahi s'excusa.

— On participait à une sortie organisée par les bénévoles. On aurait dû te prévenir.

L'inquiétude du petit le touchait. Il sortit son paquet de tabac et se roula une cigarette pour masquer sa gêne.

— J'ai une excellente nouvelle, annonça l'Italien. On a été aux archives et on a identifié une cachette dans un mur, derrière l'église.

Il fit passer son chewing-gum de l'autre côté, le temps de ménager le suspense et lança un clin d'œil au petit.

— Allons voir.

Ils s'étaient engouffrés entre le Dôme et l'aile de l'hôpital, dans une allée désertée par les touristes, et, maintenant, ils étaient au pied d'un mur rongé par la pluie. Le légionnaire pointa un trou entre deux pierres, au ras du sol.

— Ce serait là, mais on n'a pas pu vérifier ; c'est trop bas pour Abdel et moi. À toi l'honneur, petit.

Gab hésita. Une petite voix lui murmurait que c'était trop facile, la cachette était si mal protégée... Elle aurait dû être découverte mille trois cents fois. Il regarda Maurizio, puis Abdel qui baissa les yeux. Finalement, il plongea sa main dans la niche et en tira un écrin plat et poussiéreux.

Maurizio leva les bras au ciel et fit claquer son chewing-gum.

— *Ma*, on dirait bien que tu as trouvé quelque chose, *bambino*. Ouvre vite !

Gab ouvrit le coffret. Ses yeux allèrent du visage des deux invalides à la petite boîte, puis il recula d'un pas.

— Ce n'est pas la médaille du petit tambour.

— Bien sûr que si ! Tu vois bien que c'est la Légion d'honneur. L'étoile, l'aigle... Regarde, elle a même gardé son ruban rouge. C'est le trésor de l'Empereur !

— Non.

Il planta son regard dans celui de Maurizio :

— Tu racontes n'importe quoi. Tu n'as même pas lu l'histoire, en fait.

— *Chiedo scusa ?*

— Parce que sinon, tu saurais que c'est pas la Légion d'honneur que l'Empereur a donnée à Charles.

Celle-là, on ne l'a pas vue venir, se dit Abdel, atterré. Il pensait pourtant bien avoir lu une histoire de Légion d'honneur et il lui semblait avoir vu Gab le noter dans son cahier. Il avait dû confondre, encore. Ils en étaient pour leurs frais avec leur breloque *made in China* payée soixante euros. Pourtant, Maurizio s'était donné du mal : il avait sali le ruban en roulant dessus et déniché une vieille boîte. Il était persuadé d'avoir monté son coup avec l'habileté d'un faussaire de classe internationale.

Le légionnaire saisit l'écrin et le referma d'un coup sec.

— D'accord. On n'arrivait à rien, on s'est dit qu'on ne la trouverait jamais, alors on a acheté une copie.

— Vous êtes nuls, dit le petit. Ça ne se fait pas de mentir.

Pris les doigts dans la confiture, les deux vieux fixèrent le gravier.

— En plus, vous êtes un peu bêtes, parce que je vous ai piégés. Napoléon a bien donné sa Légion d'honneur. Rendez-moi mon livre, je me débrouillerai tout seul.

Abdel était pétrifié par la honte. Son compère siffla d'admiration :

— Tu es vraiment malin, *ragazzo*, tu ferais un bon officier des forces spéciales. Tu as en partie raison. On a trouvé des plans, mais on n'y a rien compris. On va faire appel à une vraie spécialiste.

— À qui donc ? demanda Abdel.

— Aurélie.

Gab hésita. Il avait visité la cour d'honneur, l'église, le Dôme, les jardins ; les deux pensionnaires connaissaient l'hôpital comme leur poche; lui avait lu et relu le livre mais aucun des trois n'avait la moindre idée de la cachette. Dans deux jours, ses balades seraient terminées. Retour à la maison. Visite au jardin botanique le samedi et crêpes le dimanche, en attendant l'école le lundi.

— D'accord. Mais on est déjà mercredi, il me reste deux jours.

Il regarda Abdel tassé dans son fauteuil et le trouva très vieux. Même Maurizio paraissait fripé, derrière sa mèche de cheveux noirs. Il se rendit.

— Vous aviez raison. On n'y arrivera pas, c'était bête.

Les Invalides étaient trop grands, Abdel et Maurizio étaient trop vieux et lui, Gab, trop petit. Il n'avait même pas de détecteur de métaux pour l'aider. Le trésor de Charles Faugère resterait où il était. Gab ne donnerait pas de conférences sur sa découverte, il n'offrirait pas un bel appartement à sa mère et ne l'emmènerait pas voir les dauphins et les kangourous. Il essayerait plus tard de devenir Napoléon, il avait le temps. Il trouverait une autre manière d'y arriver.

Le légionnaire se redressa, comme piqué par une tarentule.

— Saperlotte! Tu sais qu'à Camerone on s'est battus à soixante-deux contre deux mille et qu'il y a eu des survivants? On va y arriver, petit. Parole d'homme. On va explorer l'Hôtel pierre par pierre, et on va retourner éplucher ce plan.

Compte sur nous. Rendez-vous demain, même heure, même endroit. On saura où chercher.

Des paillettes clignotèrent dans les yeux de Gab.

— D'ici là, je prépare ce qu'il nous faut. Et n'oublie pas ta montre. Rompez!

Gab repartit vers le métro, persuadé de courir vers la victoire.

*
* *

La semaine précédente, Isabelle s'était demandé pourquoi le dentiste avait repoussé la pose de son bridge tout en espérant qu'il l'oublie complètement. Pas de dents, pas de sortie, n'est-ce pas? Malheureusement, Norbert l'avait appelée, elle avait rendez-vous au service dentaire à 16 heures.

Ses lunettes remontées sur le front et les deux mains dans les poches de sa blouse, le dentiste en chef semblait plus emprunté qu'à l'ordinaire. À sa gauche, les bras croisés, le prothésiste se dandinait d'un pied sur l'autre avec des mines de jeune bachelier. Il arrêta la jeune femme avant qu'elle ne s'assoie dans le fauteuil et lui tendit un petit instrument.

— On vous a préparé quelque chose de spécial. Prenez cette loupe et venez regarder votre bridge sur l'étagère. Francky?

Elle s'approcha jusqu'à effleurer les fausses dents avec ses cheveux. Francky tendit le bras;

le plafonnier et la barre lumineuse éclairant l'étagère s'éteignirent. Un dessin gros comme un pois chiche apparut sur la prothèse, gravé sur l'une des incisives. Un cœur fluorescent. « Comme ça, avait dit Norbert, elle sera la seule à le voir, sauf si elle sourit sous les lumières noires. »

— Qu'est-ce que vous en pensez, Isabelle ? Vous êtes d'accord pour qu'on vous le pose ?

Il l'entendit renifler.

— Merci, dit-elle sans bruit.

Norbert écouta son silence et claqua des mains. Dans un moment comme celui-ci, il n'aurait échangé sa place pour rien au monde.

— Je prends ça pour un oui.

Elle hocha la tête dans le noir.

20 septembre 1870

84 rue de Varenne,
Paris

Il n'avait déjà plus de patates, plus de pommes, et maintenant, voilà que le pigeon manquait. Encore quelques semaines et ce serait la fin des topinambours, qui poussaient pourtant comme du chiendent. Pas bête, tiens ! Et s'il proposait de la purée de chiendent ? Avec un steak de chien ou un rôti de moineau ?

Un coup de canon secoua les murs du restaurant. Charles Faugère déploya ses longues jambes maigres et ouvrit la fenêtre. Une troupe de grenadiers passa au trot ; des femmes et des marmots se serraient, affolés, autour d'un porteur d'eau.

— Ils sont là ! Les Prussiens !! Ils arrivent !

Si l'Empereur voyait ça... Le restaurateur était trop vieux pour battre la campagne, mais il pouvait encore tenir un fusil; si les Prussiens entraient dans Paris, il leur ferait leur fête. Comme des lapins, qu'il les tirerait. Il était prêt à défendre la tombe de l'Empereur jusqu'à sa propre mort.

Dehors, les braillements montaient, accompagnés d'un peu de fumée. Un nouveau coup de canon fit trembler la vitre. L'ancien tambour referma la fenêtre. Avant tout, mettre le trésor de l'Empereur à l'abri. Il traversa la salle.

— Papa!

— Qu'est-ce qu'y a, ma fille?

— Papa, où tu vas? Tu ne vas pas sortir te battre?

— T'occupe. Ferme-nous bien la porte, j'ai à faire.

Deux coups sourds donnés contre le battant stoppèrent l'élan du vieil homme. Terrifiée, sa fille cacha son visage dans son tablier. Une grosse voix tonna derrière l'huis.

— T'es là, Faugère? Ouvre!

L'ancien tambour reconnut le timbre grondeur. C'était Félix Tournachon, dit Nadar, un habitué. Nadar était républicain jusqu'à la moelle; Faugère fermait les yeux sur son vice car l'excentrique moustachu avait toujours une nouvelle idée folle sous le coude. L'écouter, c'était suivre plus de rebondissements qu'à Guignol. Et le photographe poussait exprès, depuis le boulevard des Capucines, pour dîner chez lui. Les meilleures frites de topinambour de Paris méritaient bien la trotte, selon lui.

Faugère ouvrit. L'autre entra, guilleret comme s'il revenait des champignons.

— Il est temps ! J'ai cru mourir desséché sur le pavé. Sers-moi à boire, va, je l'ai bien mérité.

— Qu'est-ce qui t'amène, le rouge ? Tu viens me narguer ?

Félix Nadar protesta. Il avait un plan révolutionnaire, un plan qui sauverait la France et lui permettrait de mettre la pige aux casques à pointe.

— Sors-moi donc un pichet de reuilly, te dis-je. Et je te raconte.

— Allons-y, dit Charles Faugère en s'asseyant.

Félix s'insurgea.

— Et le pichet ? Pas de vin, pas de récit.

Le tavernier se releva, tira une fillette de blanc et la posa devant le photographe.

— Bon. Je t'écoute.

— Je t'explique, dit Nadar en avalant une première gorgée.

C'était très simple. Avec deux bons potes, Camille Legrand, dit Mimi, et Jules Dufour, dit Dudu, ils s'étaient installés un atelier bien comme il faut du côté de la butte Montmartre et ils avaient bricolé une flotte de ballons, très très gros et très très puissants. Ils leur avaient même donné des petits noms, empruntés à de grands hommes pour marquer leur stature : le George-Sand, l'Armand-Barbès, le Louis-Blanc. Ces bijoux techniques, le mot n'était pas trop fort, permettraient de surveiller l'ennemi, de passer derrière les lignes pour larguer du courrier ou des armes, et même de compter les soldats et les canons. Sans parler de prendre des photos aériennes. Il en avait causé à Gambetta qui trouvait l'idée intéressante. S'agissait de le convaincre qu'elle était géniale.

Voler dans un petit panier en osier accroché à une jupe cyclopéenne n'emballait pas Charles Faugère; l'idée lui semblait plus flippante que prodigieuse.

— Et si les Prussiens vous tirent vos cagettes au canon comme des pigeons?

Nadar renifla avec mépris.

— Impossible, nos machines volent trop haut. Tu penses bien qu'on a tout prévu, on n'est pas des lapins de six semaines. Mimi et Dudu ont des heures de vol.

— Et George Sand n'est pas un homme.

— Georgette est pire. Elle porte des pantalons, elle sait choisir un bon cigare et elle écrit mieux que la plupart d'entre eux. Elle vaut bien deux bonhommes comme cet ectoplasme de Baudelaire, va. Pas mal, ton petit blanc. On n'est jamais déçu chez toi, même en période de guerre.

Faugère le resservit.

— Le vin, c'est la seule chose dont je ne manque pas. Pour le reste, j'en suis à accommoder le moineau aux pissenlits.

Il se servit aussi, par politesse. En face de lui, Nadar s'enflammait. Il rappela que, tout de même, il avait été capable d'inventer le photomaton et de prendre des clichés dans le noir sans se faire exploser la binette comme la plupart des photographes du dimanche. Il était descendu patauger dans les égouts et les catacombes, son appareil sous le bras; il avait rendu George Sand respectable, une gageure quand on savait ce qu'elle planquait sous ses jupons; il avait transformé la Sarah Bernhardt en canon alors que pardon, mais sortie de scène, c'était plutôt un boudin; il avait même réussi à donner l'air intelligent à Victor Hugo. Il était capable de sauver la République, merde à la fin.

Faugère se rembrunit. Il aurait préféré sauver l'Empereur, même si le numéro trois ne valait pas l'original, ça restait en famille et c'était mieux que ces braillards de rouges.

— Si ça t'amuse. Faut que je te laisse, Félix, j'ai à faire.

— Mieux que m'aider à sauver la France?

— Elle t'a, ça lui suffit.

Chacun son devoir. Charles avait le sien, qui l'attendait. Entre les rouges et les Boches, ça urgeait. Il se leva pour pousser gentiment l'autre dehors.

— Allez Félix, à bientôt.

— Je peux finir la bouteille?

— Garde-la, va. Tu me la ramèneras la prochaine fois. Ou tu me la déposeras par ballon postal.

17

Où l'on prépare
une opération spéciale

À 13 h 30, Abdel et Maurizio guettaient Gab. La nuit du vieux spahi avait été chaotique, entrecoupée d'angoisses. Pas besoin de lire et relire cette fameuse histoire de tambour, avait affirmé Maurizio la veille, suffisait de faire comme si, et d'aller explorer les coins secrets des Invalides, peut-être même qu'ils y trouveraient un truc pour de vrai, et le petit serait content. Abdel avait cédé. Ce plan en trompe-l'œil lui semblait une nouvelle planche pourrie mais Maurizio y croyait dur comme fer. Suffisait que le gosse en ait plein les mirettes. Et il avait une idée. Encore une.

— Évidemment, on ne peut pas aller gratter le faux mur dans le salon du gouv', donc on va l'emmener dans les souterrains, avait-il expliqué à Abdel, alors qu'ils étaient dans la salle des rencontres avec une vingtaine de pensionnaires.

Un magicien donnait une représentation. Abdel avait tenu à y assister, il adorait les tours de magie. Maurizio avait très vite décroché et cogitait à voix basse.

— J'ai bien examiné le plan de l'Hôtel, c'est le seul endroit facilement accessible avec nos fauteuils.

— Mais on n'accédera à rien, au sous-sol, seulement à la piscine, murmura Abdel.

— Mais si, Aurélie m'a expliqué comment trouver les pièces désaffectées. Imagine : découvrir de vrais souterrains comme dans les films... Le petit va adorer.

La vieille Lucie, assise devant lui, se retourna et le fusilla du regard.

— Tais-toi donc, Maurizio, tu déranges tout le monde, chuchota Abdel.

— Pfff, c'est de la magie, pas un récital. On peut parler, hé.

Le lapin qui venait de sortir du chapeau du magicien le fit enfin taire. Abdel souriait, aux anges. Il s'était toujours demandé par quel miracle les prestidigitateurs réussissaient ce tour de passe-passe.

Maurizio avait décidé de faire les choses en grand. Une vraie action commando. S'il avait pu, il se serait frotté le visage au cirage et aurait mis un gilet pare-balles. Il s'était contenté, par discrétion, d'enfiler un vieux pantalon camouflage, de s'entortiller dans un chèche et de préparer quelques bricoles. On allait voir ce qu'on allait voir.

Gab arriva en courant. La veille, il avait eu la peur de sa vie : la mère de Marcus l'avait invité pour la journée et Pélagie avait dit oui, ravie.

— Tu seras mieux à jouer avec ton copain qu'à rester ici tout seul jusqu'à ce que je rentre.

Quinze jours plus tôt, Gab aurait fait des bonds de joie mais là, il avait mieux à faire que jouer à Super Mario en vidant des paquets de crocodiles en gélatine. Même si c'était tentant. Il avait dit non, maman, merci, j'ai pas envie de le voir. Elle s'était étonnée.

— Mais c'est ton meilleur copain!

Il avait hésité à préciser que Marcus était un voleur/un menteur/une brute-qui-lui-piquait-son-goûter ; mais affubler son ami de tous les défauts était risqué, Gab grillait de futurs après-midi avec lui. Il avait boudé, répété que non, non, il s'était disputé avec Marcus et il ne retournerait chez lui qu'après avoir reçu des excuses. Pélagie avait insisté, il était devenu tout rouge, au bord des larmes. Elle avait renoncé et rappelé la mère de Marcus. Gab avait sauvé son rendez-vous aux Invalides. *Pourvu* qu'on trouve le trésor, s'était-il répété tout le long du trajet en métro. *Pourvu, pourvu, pourvu*.

Maurizio le mit tout de suite dans le bain.

— On a réexaminé les plans : l'ancien atelier du second sous-sol est l'endroit le plus probable, tous les autres ont été réaménagés. On a repéré la zone avec Abdel. Souterrain nord-est. L'accès est clair.

Du pouce, il lui désigna le sac qui pendait aux poignées de son fauteuil.

— On doit opérer rapidement. Le souterrain est grand mais Abdel a le plan. Restitution avant action, soldat. On franchit, on explore, on s'arrache. C'est clair?

Le petit hocha la tête à se la décrocher.

— Maintenant, Gab, vérification du matériel. Prends le sac et dis-moi si tout est là. Lampe?

— Lampe, confirma Gab.

— Plans?

— Plans.

— Couteau?

— Euh, non.

— *Ragazzo*, il faut toujours avoir un couteau sur soi. On ne sait jamais.

— Maurizio, il a neuf ans.

— Et alors?

Abdel fit claquer sa langue.

— Un enfant ne se promène pas avec un couteau.

— Encore des préjugés idiots contre les enfants, coupa le vieux légionnaire. On en reparlera, *fratello*.

Il se retourna vers Gab.

— Pied-de-biche?

— Pied-de-biche.

— Mais où as-tu trouvé ça? s'inquiéta Abdel.

Il découvrait, effaré, l'inventaire à la Prévert de son ami. À son tour, le légionnaire fit tsss, tsss pour signifier la supériorité de ses préparatifs. Il avait ses filières; en l'occurrence, un jardinier de la Ville avec qui il buvait une bière de temps à autre dans les bistrots de la rue de Varenne.

— Boussole?
— Boussole.
— *Perfetto*. Maintenant, coordonnons nos montres. Il sera quatorze deux dans trois, deux, une seconde. C'est bon pour toi?
— C'est bon, confirma gravement Gab en vérifiant l'écran digital de sa montre. Et j'ai apporté de la ficelle, au cas où. Pour retrouver notre chemin si on se perd comme dans le labyrinthe du Minotaure.

L'Italien lui serra l'épaule. Ce petit irait loin.
— Tu as du bon sens et l'esprit d'initiative, bravo. En avant, roule! Et si on croise quelqu'un, dis juste bonjour et laisse-nous parler. Ici, on dit toujours bonjour, sinon c'est péché, *capito tutto*?

Gab hocha la tête. Il était prêt.

Assis sur un banc devant l'entrée de l'hôpital, Jules vit passer Abdel et Maurizio, un gosse sur leurs talons. Ces deux vieux-là ne pouvaient pas s'empêcher de jouer les nounous.

Les anciens ateliers avaient cessé leur activité depuis trois siècles. Ils étaient encore accessibles mais plus personne n'y allait, et bien peu de gens en connaissaient l'existence. Il était impossible d'y entrer par hasard: Maurizio et Abdel ne les avaient trouvés que grâce à Aurélie et à sa connaissance encyclopédique des Invalides. Elle-même les avait découverts en discutant avec Maryse, la doyenne des infirmières. Maryse était entrée aux Invalides sous Giscard d'Estaing, elle avait connu sept gouverneurs, avait vu les ministres défiler, les murs se recouvrir, selon les époques, de toile de verre et de peinture saumon ou vert d'eau, le plateau technique se moderniser, les fauteuils roulants s'électrifier et les prothèses orthopédiques devenir intelligentes. Les quarante années passées au sein de l'Institution lui avaient offert le temps d'en explorer chaque recoin.

Louis XIV avait le sens de l'*auto-branding* et avait su se créer un logo original; il avait aussi imaginé, avec trois cent cinquante ans d'avance, le poste de ministre des Solidarités et le concept d'inclusion. Il avait donc établi une manufacture au sein des Invalides. Ces ateliers, sortes d'Esat[1] avant l'heure, occupaient les anciens soldats. Le fruit de leur travail mettait également un peu de beurre dans les épinards de l'Institution: un homme de quarante ans, même avec une jambe ou un bras en moins, garde un solide appétit. La manufacture des Invalides comptait une demi-douzaine d'ateliers. Ceux de cordonnerie, de confection d'uniformes et de fabrication de tapisseries avaient été installés au troisième étage. On y trouvait également un atelier de rubans, un de

---

1. Entreprise de service d'aide par le travail: on y emploie des personnes handicapées.

passementerie et celui de calligraphie et d'enluminure, le plus réputé de tous : les invalides excellaient dans les travaux délicats. L'atelier de serrurerie, plus salissant et nécessitant des installations particulières, avait été aménagé au sous-sol. C'était celui-ci que Maria avait montré un jour à Aurélie en l'accompagnant à la salle de balnéothérapie.

Gab trottinait derrière les deux militaires. Un homme en blouse blanche et en baskets les croisa devant les ascenseurs.

— Abdel, Maurizio, comment allez-vous aujourd'hui ?

Pendant qu'il s'inquiétait de leur bonne forme et de leurs projets pour le week-end, Gab, les orteils recroquevillés et la tête enfoncée dans les épaules, tentait de se rendre invisible. Sans succès, puisque l'infirmier le héla.

— Vous avez un visiteur ?

— Mon petit-cousin, mentit le légionnaire. Ça fait plaisir de voir la jeunesse s'intéresser à des vieux croûtons comme nous !

L'autre rigola.

— Tu sais bien que tu as toujours vingt ans, Maurizio. Il faudra que tu me donnes ta potion magique, un de ces jours ! Allez, profitez bien.

Il abandonna le trio, qui s'engouffra dans l'ascenseur. Ils sortirent au niveau –1 puis, sur l'ordre de Maurizio, Gab déplia le plan. Le légionnaire y jeta un œil et entraîna sa troupe à gauche, à l'opposé de la piscine.

« Entrée interdite », « Attention : local technique », « Réservé au personnel », « Réserve » : dans le couloir désert, les portes et leurs affichettes se ressemblaient toutes plus ou moins. Ils dépassèrent une petite salle d'attente et ses fauteuils orange, installés là dans les années 1980.

Une porte, différente des autres, apparut enfin. Son bois foncé et ses ferrures en métal juraient sur le mur blanc.

— C'est là !

Maurizio cala son fauteuil de biais contre l'huis et examina la serrure. Elle était vieille mais en bon état. Il sortit deux crochets en acier de sa poche qu'il enfonça dans la serrure. Le métal était oxydé par le temps ; ses outils crissèrent à l'intérieur du canon. Gab avait plongé ses deux mains au fond de ses poches et il observait le légionnaire en croisant les doigts. Cette fois, il y croyait et Abdel aussi, il le voyait aux yeux écarquillés du vieux spahi. *Pourvu* qu'il y arrive. *Pourvu, pourvu.*

— Le bricolage, marmonna Maurizio, c'est comme le vélo, ça s'oublie pas. Vu le modèle, ça ne devrait pas être long, sauf si la serrure est bloquée par la rouille.

Les sourcils froncés, il farfouillait en écoutant chaque son. Au troisième cliquetis, il retira ses crochets, appuya sur la poignée et poussa la porte. Elle s'entrouvrit avec un grincement interminable. Ses deux acolytes sursautèrent.

— On va nous entendre, chuchota Abdel.

— Pas de danger, on est à six pieds sous terre.

— J'espère pas tout à fait. Ouvre-nous, Gab, qu'on avance.

Le petit pesa de tout son poids contre le battant et Maurizio s'engagea le premier dans l'embrasure.

Une odeur de champignons et de pierres flottait dans l'air. Deux soupiraux éclairaient la pièce. À travers les barreaux et les vitres noircies par la crasse, Abdel reconnut les fossés de l'Hôtel.

La bouche ouverte, Gab examinait le sol, les pilastres, le plafond. Les joints des dalles disparaissaient sous la poussière. De longues planches de chêne épaisses comme des tablettes de chocolat formaient un établi le long du mur percé de fenêtres. Au-dessus, certainement destinés à éclairer le travail des invalides, des chandeliers étaient fixés dans la pierre, espacés d'environ un mètre les uns des autres. En face, des bahuts bas, qui avaient accueilli le matériel, montraient leurs étagères vides. Deux lustres pendaient à la croisée des voûtes, encore chargés de bougies à demi consumées.

— On dirait un château hanté, souffla-t-il à Maurizio.

— On n'est pas là pour chasser les fantômes. En avant, petit, allons voir ce qui se cache au fond.

Une deuxième porte en bois foncé, surmontée d'un blason aux armes de Louis XIV, s'ouvrait dans le mur sud. Gab la poussa et s'effaça derrière pour laisser passer les deux soldats. Elle grinça si fort qu'il crut que tous les Invalides allaient l'entendre.

La pièce était encore plus vaste que la première. Maurizio examina les tenailles et les masses abandonnées sur les établis, les enclumes de différentes tailles, les deux fours encastrés à droite.

— Une forge...

Il ne le montrait pas, mais leur découverte le transportait autant que le petit.

— Et maintenant ? demanda Gab.

— On fouille partout, hé ! Sors la lampe et ouvre les armoires au-dessus des établis. Abdel, tu regardes dans les fours, ils sont à ta hauteur. Moi, je vérifie les bahuts de la première pièce.

Il y découvrit une belle couche de poussière grasse et des outils rouillés. Pris dans l'ambiance, il s'appliqua à ouvrir chaque porte. Lorsqu'il entra dans la forge, il comprit tout de suite que les choses ne se déroulaient pas exactement comme prévu. La lampe de poche entre les dents, une toile d'araignée dans les cheveux, Gab était à quatre pattes sous un four dont il tentait d'ouvrir les battants. Assis dans son fauteuil au milieu de la pièce, les mains posées sur les genoux, Abdel montrait la vivacité d'une statue.

— Et la mission, sergent ? Tu rêves aux sirènes ? Roule !

Le vieux spahi balbutia :

— Je n'ai plus de batterie.

— Tu n'as pas pensé à charger ton machin ce matin ? gronda le légionnaire. *Che stupido !*

Honteux, Abdel se leva. Ses jambes tremblaient un peu mais il s'efforça de ne pas y penser.

— Je vais marcher en m'appuyant sur mon fauteuil.

Maurizio ignora son complice. Il était si furieux de voir son plan partir en cacahuète qu'il aurait pu lui coller une patate.

— Petit, tu as regardé dans les fours et les placards ?

— Oui, mais il n'y a rien, que de la poussière très noire qui colle. Et toi ?

— Seulement des clous rouillés... On est bons pour retourner voir Aurélie. *Go*, on quitte la zone.

— Il faut juste m'aider à pousser le fauteuil, dit Abdel. Gab, tu penses y arriver ?

Les batteries pesaient chacune un âne mort et l'ensemble était plus lourd que le vieux soldat ; le petit dut s'arc-bouter de toutes ses forces contre le fauteuil pour amorcer le départ. Déséquilibré, Abdel s'affala en avant.

— C'est bien notre chance, marmonna Maurizio.

La respiration hachée du vieillard résonnait dans la pièce. Allongé sur le sol poussiéreux, les jambes tordues, il était incapable de se relever. Maurizio se tourna vers Gab, pétrifié :

— Reste avec Abdel, je vais chercher quelqu'un.

La silhouette carrée de Maurizio s'éloigna aussi vite qu'il pouvait actionner ses roues. Gab s'agenouilla à côté du spahi et lui prit la main.

— Ça va aller, Abdel, ne t'inquiète pas.

Le vieil homme sourit dans la pénombre. Il avait connu pire. Il souffla :

— Avec tout ça, on n'a pas cette fameuse médaille. Mais on n'a pas tout perdu : tu pourras te vanter d'être l'une des seules personnes au monde à avoir visité les ateliers des Invalides, et ça, ce n'est pas rien, crois-moi.

— Je sais, dit Gab.

Mais il n'était pas sûr de pouvoir le raconter à sa mère.

Tout en remontant vers le rez-de-chaussée, Maurizio se demandait qui recruter pour cette mission d'exfiltration. Un costaud ? Ou plutôt quelqu'un de confiance, qui ne jacasserait pas à droite et à gauche ? La solution lui apparut en apercevant une silhouette assise au Foyer. Jules. Pas bavard, et plus musclé qu'une Aurélie. Un seul bras suffisait pour aider Abdel à se relever et pour l'asseoir dans le fauteuil.

Le jeune marin suivait un match de rugby. Au visage du légionnaire, il comprit que quelque chose clochait. Un os dans le potage, comme disait son père. L'autre lui fit signe de le suivre dans la cour, loin des oreilles qui traînaient toujours dans la salle.

Il s'expliqua à voix basse. Abdel et lui avaient lancé une *opération spéciale autonome*. Personne n'était au courant et il ne tenait pas à ce que ça se sache.

— On a un problème : Abdel est en rade. Son fauteuil n'a plus de batterie, il est tombé et n'arrive plus à se relever. Moi...

Il désigna ses jambes. Jules haussa les épaules.

— Ça va, je te suis.

— Je t'emmène sur zone.

18

Où l'on découvre la famille de Maurizio, qui n'est pas celle que l'on croit

Jules avait décidé de sauter la moitié du dîner. La veille au soir, il avait essayé de couper une tranche de jambon seul et ç'avait été un carnage. La tranche semblait dure comme du fer, le couteau glissait. Jules avait essayé de coincer la fourchette, d'abord sous son aisselle, puis sous son menton, pour maintenir la viande pendant qu'il la coupait, mais cette saloperie s'acharnait à se faire la malle. Il avait eu l'impression d'être un débile profond, assis, la tête tordue, la fourchette coincée de guingois contre sa gorge. Un enfer. Pas question de revivre ça : il avala son potage et laissa le reste.

De retour dans sa chambre, il commanda une pizza en ligne. Les blessés hospitalisés n'étaient pas censés dîner dans leur chambre mais il irait la récupérer en douce sur le trottoir, devant l'entrée de service. Un autre hospitalisé lui avait donné l'astuce. À 20 h 30, le gros des troupes était parti, restait le personnel de garde pour la nuit. Il se posta à la barrière du boulevard des Invalides pour guetter le livreur.

La pizza était à moitié froide, mais prédécoupée. Jules faillit crier de joie. Assis sur son lit, le carton sur les genoux, il mastiqua avec enthousiasme le fromage élastique et la pâte molle. Enfin un repas normal. La prochaine fois, il s'offrirait un hamburger. Il écrasa le carton pour le tasser dans la corbeille à papier et descendit au Foyer.

Maurizio traînait sous le vieil auvent de la cour intérieure. Incroyable le temps que ce mec passe là, pensa Jules. On dirait que c'est son salon.

— Je t'offre un verre ? Pour te remercier de ton aide. Et pour acheter ta discrétion.

Jules hésita, puis accepta. L'étrange sauvetage de l'après-midi lui avait révélé un autre Maurizio. Jusqu'ici, il avait cru que les deux vieux remontaient le Mékong[1] ensemble mais ils semblaient s'être construit une vie parallèle avec leurs propres buts, leurs règles, leurs rêves, insoupçonnables. Ça l'intriguait.

— Allons chez moi, dit Maurizio.

La chambre de l'ancien légionnaire était rangée au carré. Un grand drapeau tricolore était

---

1. Expression inventée lors de la guerre d'Indochine signifiant : partager des souvenirs.

accroché au-dessus du lit. Pas un vêtement et pas un papier ne traînaient. Jules se demanda comment le handicapé s'y prenait pour plier les chemises dans l'armoire et faire le lit. Maurizio lut son étonnement.

— Question d'habitude. Et un peu d'aide, aussi.

Il indiqua la chaise à Jules et sortit une bouteille ambrée du placard.

— Je te laisse prendre les verres, ils sont sur l'étagère derrière toi.

Il les servit tous deux généreusement, puis leva son verre.

— Santé.

— Qu'est-ce que c'est ?

— De la *grappa* vieille. Tu m'en diras des nouvelles.

Le chien jaune avala une gorgée qui lui ravagea l'œsophage ; ses oreilles devinrent écarlates.

— Dis donc, ça pèse combien, ce truc ?

— Quarante, quarante-cinq degrés. Officiellement.

Finalement, le premier choc passé, ça se buvait plutôt bien. C'était chaleureux, avec un arrière-goût de pomme caramélisée ou de raisin sec. À vérifier. À la troisième gorgée, il demanda à Maurizio depuis combien de temps il était pensionnaire à l'INI.

— *La malla*, trente ans. Trente-quatre, exactement.

L'autre faillit en recracher son eau-de-vie.

— Oh putain. Mais comment tu fais pour pas te flinguer ?

— Et pourquoi je me flinguerais? demanda paisiblement Maurizio.

— Je ne sais pas. Être enfermé ici entre quatre murs, ne plus rien faire, ne rien voir... J'en peux déjà plus au bout d'un mois.

— Ici, on ne fait pas rien. On vit notre vie. Elle est juste différente de ce qu'on avait imaginé *ma*, c'est la vie. Beethoven n'a pas arrêté de composer quand il est devenu sourd. *Te ipsum vincere*. C'est la devise de régiment d'un copain qui est arrivé aux Invalides un an après moi. Il est parti, mais j'ai gardé la devise et tu devrais faire pareil.

— Qu'est-ce que ça veut dire?

— *C'est toi-même qu'il faut vaincre*. Après, tu as gagné. Toi, tu as une famille, tu retrouveras un métier.

La lueur amère se ralluma dans les yeux de Jules.

— C'était le métier que je voulais faire. Et je me suis blessé comme un con.

— Moi aussi, dit Maurizio en finissant son verre. En plus, je voulais sauver quelqu'un. J'ai pas réussi.

Il désigna ses jambes.

— Je me suis embroché sur des fers à béton en déblayant le poste attaqué. Une dalle a basculé, je me suis écrasé comme un pigeon et le gars coincé sous la dalle aussi. Rien de glorieux, tu vois. Un genre d'accident du travail avec une ITT définitive.

— Et ta famille?

Maurizio rouvrit la bouteille. À ce qu'il savait, personne ne lui avait couru après quand il avait quitté Naples.

— Ma famille, c'est la Légion.

Il raconta. Quelques mots d'italien flottaient au milieu des phrases mais Jules comprit l'essentiel. Le père de Maurizio était manœuvre sur les chantiers, cinq gosses à la maison, ils ne mangeaient pas du caviar tous les jours. Maurizio bricolait sur les quais, il ramassait les déchets des pêcheurs; il ramenait trois sous mais il était heureux d'être seul, au soleil. Les rues ne lui faisaient pas peur. À quatorze ans, il était parti à son tour sur les chantiers et il avait trouvé ça horrible. Avec un peu de chance, il pouvait espérer devenir maçon. Une vie de crevard en perspective quoi, à se péter le dos, les mains rongées par la poussière de ciment. Non merci. Il voulait voir autre chose que la baie de Naples, même si c'était la plus belle du monde. Le fils d'un voisin s'était engagé dans la Légion. Alors, à dix-huit ans, Maurizio avait fait pareil; il avait enfilé sa seule veste, ciré ses chaussures, et il était parti pour Marseille. Il avait donné quelques billets à un camionneur pour faire la route et il avait sonné à la porte du bureau d'engagement de la Légion. Il avait signé. Appris à repasser ses chemises et à former les cinq plis réglementaires dans le dos.

— Espacés de 5,3 centimètres pour les plis verticaux et 3,6 centimètres pour les plis horizontaux.

J'aurais pu me reconvertir comme femme de chambre.

— Pourquoi 5,3 et pas 6 ou 8 ?

— J'en sais rien. Le repassage, par contre, c'était une mesure d'hygiène pour éviter aux soldats de choper les cochonneries des pays chauds. La vapeur tue les virus et les bactéries.

Ses premiers mois d'invalide avaient été difficiles. Ensuite, il avait compris. Il ne fallait pas se battre contre la personne qu'on était devenue, c'était aussi simple que ça.

— C'est le secret. Et faire confiance. Tu sais, *ragazzo*, ici, ils en ont vu de toutes les couleurs. Rien ne leur fait peur. Tu peux tout dire, tout essayer. Si ça peut t'aider, ils te soutiendront.

— Tu n'as jamais voulu mettre de prothèse ?

Maurizio se retint de cracher par terre.

— Pour quoi faire ? Pour faire joli ?

La première année, il avait tenté. Il transpirait comme un bœuf dans les coques en plastique ; le soir, elles étaient pleines de sueur, il sentait le chien mort et ses moignons étaient écorchés par les frottements. L'enfer. Il préférait subir les regards des passants. De toute façon, si on le fixait un peu trop, il lançait un clin d'œil. Ça stoppait le malaise.

— Et Abdel ? demanda Jules.

— Quoi, Abdel ?

— C'est quoi, son histoire ?

— Tu lui demanderas. Je ne raconte pas la vie des autres.

Mais la curiosité de Jules était loin d'être rassasiée.

— Qu'est-ce que vous faisiez au sous-sol tout à l'heure ?

— Je te l'ai dit : une petite balade. J'aime l'histoire, j'ai plaisir à explorer l'Hôtel avec Abdel.

— Et ce gamin qui vous accompagnait ?

Maurizio haussa les épaules.

— Un petit auquel le spahi s'est attaché. Ça lui fait plaisir. Et à moi aussi, finalement. Qu'est-ce qu'on aurait de mieux à faire, hein ? Amuser ce gosse ou jouer au Scrabble, ma foi...

— Comment vous l'avez connu ?

— Tu comptes demander un reclassement à la DGSE ?

Il marqua une pause, mais ne résista pas longtemps au plaisir de lui raconter les tribulations de Gab et de son petit tambour. Une histoire de trésor, ça épate toujours les jeunes.

Peut-être que je lui avais mis une note de gueule, songea le chien jaune en retournant à sa chambre une heure plus tard. Jamais il n'aurait imaginé le légionnaire capable de faire tout ça pour un gosse.

19

Où Vizir fait enfin une apparition (et déçoit son public)

Abdel n'était pas dans le jardin et Maurizio non plus. Au bout d'une heure d'attente, au bord des larmes, Gab hésitait à entrer dans l'hôpital. Il n'était pas certain de retrouver la chambre du vieux spahi mais il pourrait demander son chemin, on croisait toujours quelqu'un dans les couloirs.

Une jeune femme blonde remontait l'allée en balançant à bout de bras un grand panier en osier. Elle s'approcha.

— Bonjour! Je t'ai aperçu avec Maurizio et Abdel l'autre jour. Tu es un ami à eux?

Gab apprécia qu'elle le juge d'égal à égal avec les vieux soldats.

— Oui. Mais aujourd'hui, ils ne sont pas là et ça m'inquiète un peu.

La veille, le spahi lui avait assuré que tout allait bien. Jules l'avait assis dans le fauteuil et, avec l'aide de Gab qui tirait d'un côté, l'avait poussé jusqu'à sa chambre. Maurizio lui avait répété de rentrer vite et de ne pas s'inquiéter. Mais, quand Jules avait ramassé Abdel par terre, le visage du vieil homme était gris et il avait du mal à garder les yeux ouverts.

— Ils doivent être occupés. Vous aviez rendez-vous ?

Maurizio n'avait rien dit, mais Gab était sûr qu'il l'attendrait avec Abdel dans le petit jardin, comme tous les après-midi. Son inquiétude monta d'un cran. Abdel était malade, c'était sûr.

— Tu es pensionnaire, comme Abdel et Maurizio ?

— Non, j'habite avec mon mari dans une petite maison. Je viens deux ou trois jours par semaine pour terminer ma rééducation mais je ne les ai pas vus aujourd'hui. Et toi ?

Le petit regarda ses chaussures, hésitant à répondre. Aurélie lui ébouriffa les cheveux.

— Tu n'es pas obligé de me le dire. Chacun a le droit d'avoir ses secrets. Et si tu me le dis, ne t'inquiète pas : j'oublie tout. Tu connais Dory, le poisson du dessin animé ?

— Oui.

— Je suis comme elle.

Tourner en rond sans savoir où on va, mince, pensa Gab. Il lui fit signe de se baisser et lui chuchota à l'oreille :

— Je cherche le trésor d'un tambour de Napoléon.

La jeune femme prit l'information comme si elle était banale.

— Et tu es sûr qu'il est ici ?

— Oui. C'est marqué dans mon livre mais je ne peux pas te le montrer, Abdel et Maurizio l'ont gardé.

Il soupira.

— Ils devaient aussi m'emmener voir Vizir.

— Ça, je peux le faire, dit Aurélie. Tu veux que je t'emmène au musée ?

Le petit en oublia ses inquiétudes et son attente. Il contempla Aurélie avec vénération.

— Tu peux pour de vrai ?

— Bien sûr. J'adore y aller, j'ai même un badge spécial.

Tout en discutant, elle entraîna Gab vers la cour d'honneur.

— Maurizio y va chaque fois qu'une nouvelle pièce concernant l'histoire de la Légion ou de Napoléon est exposée. Je crois qu'il le connaît presque aussi bien que moi ! Le seul endroit qu'il n'a pas visité, c'est la bibliothèque. Il déteste lire, il dit que les livres sont des objets morts.

— Moi, j'aime bien lire.

Les préjugés de Maurizio contre les livres le choquaient. Heureusement qu'Abdel, lui, lisait. Il se frotta le nez.

— Et j'adore les lettres jolies.

Aurélie retint un éclat de rire.

— Lesquelles trouves-tu jolies ?

Du doigt, Gab pointa le A majuscule inscrit sur une pancarte.

— Celle-ci. Elle ressemble à une petite maison.

Elle le regarda avec un sourire, avant d'accélérer le pas.

— Tu as l'œil, jeune homme. Peut-être deviendras-tu un grand peintre.

— Non, je veux devenir explorateur, dit Gab.

Tout en traversant le département des collections premier Empire, l'antiquaire reprit le fil de ses explications. Gab ne lui avait rien demandé, mais elle se jeta à corps perdu dans une présentation des Invalides et de son musée.

— Le musée conserve plus de cinq cent mille objets différents. On peut y voir de tout, des boutons de veste comme des canons, des trompettes ou des tableaux, et même l'armure de François Ier. Tu connais François Ier ?

— Non.

— Et Louis XIV ?

— Un peu.

Ça partait mal. Aurélie soupira.

— Comme tu le sais, Louis XIV était un roi de France très puissant. Il a aussi mené des quantités de guerres, et c'est lui qui a décidé de faire construire les Invalides pour accueillir ses anciens soldats blessés ou impotents. À l'époque, il n'y avait pas d'hôpitaux pour eux et beaucoup devenaient SDF. Les blessures de guerre étaient horribles. Tu as vu les canons dans la cour d'honneur ?

— Oui.

— Imagine.

De ses deux mains, elle forma un rond de la taille d'une orange.

— Les boulets étaient gros comme ça. Forcément, ça faisait des dégâts quand ça te tombait sur le pied.

Gab eut la vision d'un steak haché de la taille d'un melon. Il grimaça.

— Louis XIV a avoué sur son lit de mort « avoir trop aimé la guerre, ruine des peuples », poursuivit Aurélie, mais il avait conscience de ce qu'il devait à ses soldats. Il a mis une pression de fou aux architectes. Les Invalides ont été construits en trois ans seulement, alors qu'il a fallu plus de vingt ans pour Versailles qui est deux fois plus petit. Il venait lui-même goûter la soupe et le ragoût servis aux pensionnaires. Les officiers avaient une chambre avec cheminée et, pour les hommes du rang, les chambrées comptaient seulement six lits. À une époque où l'on entassait plusieurs malades dans un seul lit et dans des salles communes, c'était un luxe incroyable !

Aurélie s'enflammait en marchant. Ses yeux de poupée, très grands, très bleus et ornés de cils écarquillés comme des pattes de mouche encadraient un nez de statue. L'ensemble fascinait Gab. Sa queue-de-cheval se balançant au rythme de ses mouvements de bras, elle poursuivit :

— Nous venons de faire une découverte incroyable. Une paire de bottes, prêtée à l'Empereur par le général Bertrand, a été retrouvée par la famille.

Aurélie employait toujours la première personne du pluriel en parlant de ses fouilles dans les archives de l'Hôtel et de ses recherches effectuées au musée, ce travail était un effort d'équipe. Napoléon Bonaparte aussi était devenu un nom commun. Il était l'Empereur, le seul, éclipsant son neveu, pourtant tout aussi brillant : les arpenteurs de champs de bataille écrasent toujours, dans les mémoires, les réformateurs, même visionnaires. On parlait donc du tombeau de l'Empereur, du cheval de l'Empereur, de l'épée de l'Empereur (qu'il portait à Austerlitz). Et tant pis si l'Empereur n'était plus depuis longtemps qu'un tas d'os d'un mètre soixante-neuf flottant au fond de six cercueils et enfermé dans un coffre de pierre rouge mesurant trois fois sa taille. Il restait l'Empereur, le seul, l'unique, le *number one*. Napoléon.

Les yeux de Gab brillèrent :

— Toi aussi, tu connais Napoléon ? Et l'histoire de ses soldats ?

— Un petit peu, dit Aurélie, mais il faut une vie pour tout connaître d'eux.

En s'imprégnant des archives, la jeune femme s'était prise de passion pour le Petit Caporal, comme pour le pauvre Rouget de Lisle, dont le cœur était en transit sous l'église depuis plus d'un siècle. Elle commença à raconter l'histoire du caveau des gouverneurs et celle de ceux qui y étaient enterrés, les maréchaux Leclerc et

Juin, le grand Mac Mahon, et Marie-Maurille de Sombreuil, la seule femme au milieu de cet aréopage de guerriers.

La leçon était un peu longue pour Gab. Il l'écourta.

— Il est où, Vizir ? C'est encore loin ?
— On arrive.

Elle s'arrêta brusquement devant une vitrine murale présentant des cantines et du mobilier de campagne.

— Où allons-nous, déjà ?
— Voir Vizir.
— Ah oui, tu as raison.

Elle tourna sur elle-même quelques instants, sembla humer l'air et repartit d'un pas décidé dans le dédale du musée.

Un an plus tôt, Vizir, le petit étalon arabe de Napoléon Ier, avait été lifté à grands frais. Deux taxidermistes avaient restauré son pelage poil à poil, changé son bourrage, et il avait été placé dans une cage en verre. La vitrine, parfaitement étanche, le conservait à une température et à un taux d'humidité soigneusement contrôlés. Hors de question de livrer une nouvelle fois aux mites cette impériale bestiole.

Le cheval semblait bien seul et triste dans sa boîte transparente. Un N couronné marquait le haut de sa cuisse.

— C'est vrai qu'il est petit, dit Gab.

Devant la vitrine, il était un peu déçu. Abdel avait raison. Sa mine désappointée émut Aurélie.

— Je peux te montrer un objet qui te plaira. Viens.
— C'est quoi ?
— Tu verras.
Il jeta un dernier regard au petit cheval figé derrière sa plaque de verre.
— D'accord. Tu t'appelles comment ?
— Je ne te l'ai pas dit ? Mince alors ! Aurélie.
— Moi, c'est Gab. C'est toi l'experte ? Abdel et Maurizio m'ont dit que tu nous aiderais.
— Ah bon ? Je ne m'en souviens pas.
On n'y arrivera jamais, songea le petit. Il fixa la jeune femme d'un air grave.
— Tu diras à Maurizio et Abdel que je suis venu ? Je ne veux pas qu'ils croient que je m'en fiche d'eux. Et ils t'expliqueront tout.
— Promis, jura Aurélie en levant la main droite. Allons voir ta surprise.
Elle s'engouffra dans l'escalier. *Pourvu* qu'elle n'oublie pas, pensa le petit en trottinant derrière elle.

Partie 2

« Je vois la vie comme une grande course de relais où chacun de nous avant de tomber doit porter plus loin le défi d'être un homme. »

Romain Gary

3 janvier 1919
Journal d'Eugène Beaupré

Hôtel des Invalides,
Paris

« JANVIER *est arrivé et avec lui, 1919. Une nouvelle année, enterrant le bruit des canons et des pelletées de terre sur les corps déchiquetés. Le froid fige les couloirs de l'hôtel des Invalides, les salles de soins et les chambres. Dans les réfectoires, les braseros tremblotants peinent à réchauffer les pensionnaires; nous peinons également à les alimenter. Le charbon est rare.*
Pour regarder par la fenêtre, je dois en ôter le givre avec mon mouchoir. Le spectacle n'est pas réjouissant: matin et soir, une poignée de silhouettes emmaillotées de marron et de bleu fané tournent dans la cour intérieure. Une cinquantaine d'hommes, qui errent mécaniquement entre les arbustes hirsutes. Cela ressemble

à Charlot soldat, *ce mauvais film de Chaplin. Je vois chaque jour le colonel Zapata et sa pipe, le sergent Grevieux caché sous son bonnet en poil d'ours rapporté de Russie et le petit caporal du* 13ᵉ *régiment de dragons, celui qui ne peut plus parler depuis qu'il a assisté à une scène de cannibalisme.*
Les Invalides ont bien mauvaise mine. Je suis le seul à avoir adopté l'uniforme des pensionnaires : une redingote à double boutonnage doré, complétée d'un pantalon en drap de laine et d'une casquette dont il faut astiquer soigneusement la visière vernie. J'y épingle ma croix de guerre. Maigre consolation en regard de ma jambe de bois et de mes poumons brûlés ; mais enfin, elle rappelle aux Parisiens qu'une guerre a eu lieu. Même si les papiers collants ont été retirés des vitrines et que les morts ont été enterrés, il faut garder la mémoire des dégâts. On ne fait pas de guerre sans casser d'hommes, ni de victoire sans vaincus.
Pour le reste, j'ai déposé les armes. Je sais que je ne combattrai plus que les infections, la fatigue et l'oubli. Une jambe en moins, c'est le handicap de trop pour un cavalier. J'espère seulement pouvoir retrouver mon magasin d'ici quelques mois. »

Avec un soupir, le lieutenant Beaupré se détourna de la fenêtre et claudiqua jusqu'à son bureau. Un livre au dos écorné l'attendait, ouvert à la page 167.

« La bousculade était terrible. De braves grognards pleuraient. Je vis un dragon à la moustache blanche se jeter aux pieds de l'Empereur et lui proposer sa vie. L'Empereur le releva avec affection et lui permit de l'accompagner. Puis il monta dans la barque, entouré de quelques fidèles, du vieux dragon et de moi-même. »

Eugène avait relu cent fois les *Mémoires d'un soldat de l'Empire* et cette scène décrivant le départ de Napoléon pour l'île d'Aix après l'échec des Cent-Jours. Quelques lignes au-dessus, l'auteur, le capitaine Durançon, évoquait un « *cadeau de l'Empereur au grognard Guillaume, roulé et pieusement confié à l'enfant* ».

L'enfant s'appelait Charles Faugère, tambour au 1er régiment d'infanterie de ligne, né le 2 mai 1801, entré sous les drapeaux le 6 décembre 1814, libéré le 3 juillet 1815. Eugène Beaupré avait retrouvé sa trace dans le registre matricule conservé au ministère. L'Empereur l'avait décoré de la Légion d'honneur, lui donnant même son propre insigne. L'enfant était resté dans le dernier carré de ses fidèles, le suivant dans son ultime résistance et sa fuite à Malmaison. Mais, après le 3 juillet 1815, le petit tambour semblait s'être dissous dans le néant. Était-il mort dans une bataille ? Avait-il déserté et, dans le grand chambardement de l'époque, avait-on oublié de noter sa défection ? C'était improbable mais pas impossible.

« *L'enfant avait disparu, emportant le trésor confié.* »

Où Charles Faugère avait-il emmené ce que lui avait confié le dragon avant de suivre l'Empereur ? Le narrateur parlait d'un objet roulé. Peut-être une redingote ou une cape ayant appartenu à l'Empereur ? Un manuscrit ?

Sa nouvelle prothèse permettait à Eugène de marcher plus aisément, et il avait le temps de sa convalescence devant lui. Il l'utiliserait pour remonter la piste de Charles Faugère. Pour un antiquaire passionné par la petite histoire, quelle meilleure occupation que ce jeu de piste ? Et quelle fierté, s'il retrouvait le mystérieux trésor.

20

Où l'un des personnages retrouve l'école

— Jacques Parillot est mort.
Le médecin-chef de l'hôpital ne s'encombrait pas des circonvolutions de certains. On riait, on pleurait, on souffrait, on s'aimait, on mourait, ainsi allait la vie, aux Invalides comme ailleurs. Maryse, l'infirmière, avait trouvé le vieil homme dans son lit à l'heure du lever. Il était parti dans la nuit de samedi, sans faire de bruit. Pour une fois, pensa le gouverneur en souriant. Le rire éraillé de Jacques lui sembla résonner à travers la pièce. Jacques Parillot, surnommé l'Anglais parce qu'il avait vécu dix ans à Londres après la guerre de 1939-1945, était une personnalité.
— C'est pas vous qui feriez ça, avait-il dit un jour au gouverneur en rigolant, lui rappelant que l'un de ses prédécesseurs faisait venir chaque

année des demoiselles du Crazy Horse dans la salle des Boiseries.

Le général ne s'était pas vexé.

— Vous voulez voir des dames ? Je vais vous en amener.

Trois semaines plus tard, la soprano Inva Mula, entourée d'un orchestre de poche, interprétait des extraits de *La Traviata* devant les pensionnaires subjugués.

L'Anglais méritait un éloge funèbre à la hauteur de sa vie. Le général savait déjà ce qu'il dirait mercredi, dans l'église des soldats, face à lui.

Au grand soulagement de Pélagie, l'école reprenait le lendemain. Gab voyait la chose d'un œil moins guilleret : la fin des vacances sonnait la fin de sa récré. *Bye bye* les visites aux Invalides, les pains au chocolat grignotés au soleil, les discussions avec Abdel, les explorations avec Maurizio. Il mangeait ses crêpes en boudant.

Au moment de débarrasser la table, il supplia sa mère de ne pas le renvoyer au centre aéré le mercredi.

— Je me débrouille très bien tout seul. Et tu feras des économies.

— Ce n'est pas le sujet. Tu as besoin d'avoir des activités, de voir des copains...

— Ce ne sont pas mes copains, ils sont bêtes et ils crachent par terre.

— Tu ne peux pas rester enfermé à la maison toute la journée.

— Mais c'est tout pourri, le centre aéré! Les animateurs disent plein de gros mots et s'en fichent de nous! Ils passent leur temps à jouer sur leur portable!

Pélagie ne céda pas d'un pouce.

— De toute façon, tu es déjà inscrit.

Le lendemain, Gab alla à l'école en traînant des pieds. L'établissement n'était pas loin, à trois cents mètres à peine, mais il rumina son dépit tout le temps du trajet. Son moral était au plus bas niveau lorsqu'il s'assit en classe et descendit d'un cran en entendant le maître annoncer les corrections des évaluations de maths. Celui qui avait imposé les maths au programme scolaire devrait être privé à vie de jeux vidéo et de brioche, estimait Gab. Il nota en soufflant, et au stylo vert, les bonnes réponses puis considéra d'un air dégoûté sa feuille couverte de corrections.

— Rangez vos cahiers, sortez vos livres d'histoire.

Enfin une bonne nouvelle.

— Aujourd'hui, nous allons découvrir un homme d'État très célèbre. Qui parmi vous connaît Napoléon?

Le bras de Gab se dressa comme un totem au milieu de la classe.

— Oui, Gab ? Que peux-tu nous dire à son sujet ?

— Il a gagné beaucoup de batailles contre les Anglais et les Prussiens, il a créé la Légion d'honneur et sa tombe est aux Invalides.

— Bien. Autre chose ?

— Son cheval aussi y est, il a été empaillé, il s'appelle Vizir. Je l'ai vu dans une vitrine.

— Merci, Gab. Alors Napoléon est né en Corse, en 1769. La Corse venait juste d'être rattachée à la France...

Le maître racontait moins bien qu'Aurélie ou Maurizio mais la leçon ramena Gab au numéro 129 de la rue de Grenelle.

— Fayot, lui chuchota Lara dans son dos.

Il ne répondit pas.

— De toute façon, t'as pas de père.

— Si, murmura-t-il, les dents serrées.

Lara ricana.

— Il est mort ! Il a disparu !

Elle est débile, se dit Gab. Ce n'est pas parce qu'on est mort qu'on n'existe plus. La preuve, Napoléon existait toujours et l'histoire du petit tambour aussi. Puisque c'était comme ça, il se sauverait du centre aéré. Voilà. De toute façon, ces imbéciles d'animateurs ne s'en rendraient même pas compte. Son esprit repartit vers les Invalides. Et si le secret de Charles Faugère était caché dans un grenier ? Maurizio n'y avait pas pensé, Abdel non plus, personne ne les avait évoqués ; pourtant, les greniers sont toujours pleins de trésors. La tête penchée sur son cahier, Gab essaya de calculer le nombre de mètres carrés à fouiller.

21

Où l'on refait une garde-robe (et l'on évite des cerises)

Le centre aéré accueillait les enfants de 8 heures à 18 heures. Sa mère l'avait laissé à l'accueil dès l'ouverture. Il l'avait assuré qu'il pouvait rentrer seul en fin d'après-midi, ce n'est pas loin, maman, et comme ça, tu courras moins en sortant du travail. Elle avait hésité. Tu es sûr, Gab? Oui, oui, maman. Elle avait respiré un grand coup, comme elle faisait toujours quand elle était stressée. D'accord, Gab, mais tu ne vas pas faire le clown avec des copains. Si tu n'es pas à la maison à 18h15, le centre aéré, c'est fini et je t'emmène au bureau. Tant pis pour mon patron, il n'aura pas le choix. Gab avait frémi et promit qu'il rentrerait directement à l'appartement.

Gab profita de l'arrivée d'une fratrie de trois bambins bruyants pour se faufiler par une porte de secours. Une demi-heure plus tard, il remontait en courant les escaliers de la station Varenne et franchissait les grilles. Le jardin de l'Intendant était désert. On chargeait un brancard dans une ambulance garée dans l'allée mais le vieux spahi n'était pas là, Maurizio non plus.

Il n'osa pas demander la chambre d'Abdel à l'accueil. Il alla directement aux ascenseurs, choisit une cabine au hasard et monta au premier étage. Très vite, il s'égara dans les couloirs. Il tourna à droite, puis à gauche et finit par arrêter une dame poussant un chariot. Elle lui indiqua la chambre d'Abdel.

Le vieux militaire n'était pas seul : assis au pied de son lit, Aurélie et Maurizio se déchiraient au poker, pariant des tablettes de chewing-gums et des bonbons en gélatine.

— Pour voir, lança Maurizio.

La jeune femme afficha un sourire triomphant.

— Je vais te ratatiner, j'ai un full.

Elle abattit ses cartes d'un geste ample.

— Pauvrette, c'est une double paire !

— Tu es sûr ? demanda Aurélie, dépitée.

— Hé oui ! C'est toi qui es ratatinée. Merci pour les bonbons.

Il aperçut Gab qui poussait timidement la porte.

— *Ma* c'est le petit ! Tu es de bien bonne heure ! *Come stai ?* Tu veux un chewing-gum ?

Le visage d'Abdel s'était éclairé en entendant l'enfant entrer. Il se redressa, tapota ses oreillers et lui demanda ce qu'il avait préféré lors de sa visite au musée.

— Les tambours.

Aurélie lui avait montré le cabinet insolite des instruments de musique : il avait enfoncé à tour de rôle tous les boutons pour écouter le son des tambours et des fifres ; il avait admiré un basson à tête de dragon, un buccin, et vu un magnifique chapeau chinois en argent.

— Un vrai. Tout brillant.

Ses yeux étincelaient comme les clochettes de l'instrument.

— Tu aurais dû venir, Abdel. On y retournera ensemble ?

— Pas aujourd'hui, nous avons cérémonie à 15 heures. Jacques, l'un des pensionnaires, est mort ce week-end, nous lui rendons hommage dans la cathédrale.

Le cœur de Gab tomba dans ses pieds. Ce n'était pas le moment de parler des greniers.

— Vous y allez tous ? demanda-t-il d'une petite voix.

— Bien sûr. Tu vois, je me repose pour être en forme. Je vais faire une sieste, prendre un peu de vitamine C et je serai sur pied.

Abdel s'était couché en revenant des anciens ateliers le jeudi et depuis, il ne parvenait plus à mettre un pied devant l'autre. Chacun de ses os lui faisait mal, comme si la chute avait ébranlé toute sa carcasse. Au médecin inquiet, il avait avoué avoir glissé sur les graviers du jardin. « J'ai voulu faire le jeune homme et marcher sans canne, encore une chance que je ne me sois rien cassé, hein, docteur. Juste mes lunettes. » Il avait tout de même deux côtes fêlées.

Gab fronçait les sourcils. Il aurait bien voulu continuer l'enquête, mais le vieil Abdel avait besoin de lui. Ses yeux étaient trop tristes et Maurizio ne semblait pas s'en rendre compte.

— Je peux venir? demanda-t-il.

— Bien sûr, dit Aurélie.

Maurizio fronça les sourcils.

— Tu as un costume?

Gab fit signe que non. Le légionnaire gronda:

— On n'assiste pas à une cérémonie en jean et en baskets.

Aurélie était d'accord, Abdel aussi. Mais laisser le petit en dehors de la cérémonie, c'était aussi moche que l'emmener dans l'église avec des baskets.

— On va lui acheter des habits. L'hommage est à quinze zéro zéro. On est large. On aura même le temps de lui payer un sandwich au Foyer.

— Maurizio, tu nous vois chez Bonpoint? rétorqua Aurélie. Avec vos quatre roues, on ne rentrera jamais dans le magasin. Même à Monoprix, vous n'aurez pas la place d'avancer.

Le légionnaire ricana.

— Si tu y vas seule avec ta tête folle, tu serais capable de lui prendre une barboteuse. Non, on va demander de l'aide.

— Mais à qui?

— Isabelle. Je suis sûr qu'elle fera ça très bien.
— Mais...
— On ne lui demande pas de parler, coupa Maurizio, juste de foncer dans la première boutique potable et de nous ramener un gamin habillé décemment. Pour une fois qu'elle voudrait sortir, je suis sûr que le toubib lui signera sa perm' des deux mains, même si c'est à la dernière minute. Va la chercher, Aurélie. Moi, je dois repasser ma chemise.

Gab regarda le fauteuil s'éloigner vers la porte puis se tourna vers Abdel. Le vieux militaire avait fermé les yeux. Ses paupières fines et flétries ressemblaient à deux fleurs fanées. L'enfant lui saisit la main.

— Abdel...
— Oui, petit ?
— Tu aimerais partir en vacances ?
— Les vacances sont pour ceux qui travaillent. Je n'en ai plus besoin, tu sais.
— Oui, mais ça te changerait.

Le visage d'Abdel se plissa, et il serra les doigts du petit garçon. Encouragé, Gab demanda :

— Tu as déjà été à la montagne ?
— Oui. Avec Maurizio et d'autres gars du centre des pensionnaires.
— Tu as fait du ski ?
— Ah non, dit Abdel en riant, mais on a fait de la luge.

Une sacrée expédition, avec les fauteuils roulants, des luges aménagées, les combinaisons retaillées sur mesure. Personne n'y croyait jusqu'à ce que Norbert et Claudia leur montrent les photos du chalet. Une maison en bois nichée dans un petit village, avec des stalactites accrochées au bord du toit comme dans les pubs. Ils avaient trouvé quatre-vingts centimètres de neige en arrivant. Les bénévoles et les soignants avaient dû porter certains pensionnaires pour les sortir des voitures. Ça en valait la peine pour vivre la stupeur, chaque matin, de traverser ces nappes blanches crépies d'étincelles, le plaisir de manger de la raclette et de partager du vin chaud serrés tous ensemble devant le feu. Maurizio tenait à conduire ; Pierrot, un ancien para, y tenait aussi. Les deux avaient tiré à la courte paille avec des aiguilles de sapin. Le souvenir fit rire Abdel.

— Moi, je n'y suis jamais allé. Je connais juste la mer parce qu'on y habitait. J'étais petit mais je m'en rappelle.

— La mer est plus jolie que la montagne, tu sais. Elle change tout le temps. Tu peux t'asseoir sur la plage et regarder l'eau du matin jusqu'au coucher du soleil, tu ne t'ennuieras jamais. C'est comme admirer un feu de bois, ou un oiseau dans un jardin. Ça vit par petits coups ; ça semble faire toujours la même chose mais c'est toujours différent.

— Tu connais aussi la mer ?
— Oui.
— Tu connais tout, en fait.

— Loin de là, rétorqua Abdel en lui lançant un clin d'œil. Par exemple, je ne savais pas qu'il y avait un trésor caché aux Invalides. Mais, comme toi, je suis né au bord de la mer.

Il referma les yeux.

— Je vais me reposer un tout petit peu avant la cérémonie. Tu ne m'en veux pas ?

— Je comprends, dit Gab.

Il se leva et alla s'installer dans le fauteuil. Les jambes remontées sous le menton, il commença à réfléchir aux vacances. Des vacances avec Abdel, ce serait chouette. Il croisa les doigts et se le promit : quand il aurait trouvé le trésor du petit tambour, il raconterait tout à sa mère et lui proposerait d'emmener Abdel en voyage.

*
* *

Assise sur son lit, Isabelle secouait la tête de droite à gauche. Je ne peux pas faire ça. Entrer dans un magasin, voir les vendeuses. Que les vendeuses me voient. Non. Je ne peux pas. Elle avait passé la sortie sur les quais à regarder le trottoir défiler sous ses pieds, tout occupée à rester cachée derrière ses cheveux. Elle n'avait rien vu de Notre-Dame, ni des dessins anciens, ni des pubs rétro accrochées aux étals de bois, terrifiée par le bruit des voitures qui accéléraient le long des quais.

Aurélie lui prit la main.

— Je vais y aller. Mais, toute seule, je risque de m'embrouiller, je n'y connais rien, je suis nulle en vêtements. J'ai besoin de toi, Isabelle. La mode, c'est ton secteur.

Les gens. Les rues. Les questions. Non. De grosses larmes perlèrent au coin de ses yeux. Non.
— Isabelle.
Non. Non.
— Isabelle. Tu ne seras pas seule. Je serai là.

La boutique ressemblait à une page de magazine. Sur les murs blancs, des vêtements étaient présentés par taille, d'un côté les «garçonnets», de l'autre, les «fillettes» et, entre les portants, des jouets anciens attendaient d'amuser les petits clients pendant que leurs mères craqueraient sur des tee-shirts au prix du menu dans un bon restaurant.
— Je peux vous aider?
Plongée dans l'examen d'un portant, Isabelle ne se retourna pas.
— Madame? Je peux vous aider? répéta la vendeuse un ton plus haut.
Isabelle sursauta et baissa la tête comme une voleuse.
— Non merci, dit Aurélie.
— Vous cherchez une tenue pour un enfant de quel âge?
— Dix ans, lâcha Aurélie en examinant une chemise en lamé argent d'inspiration très jacksonienne. Oh, ça, j'adore.

— Et pour une cérémonie particulière ?
— Oui. Mais nous allons nous débrouiller.

Isabelle sentait la présence de la vendeuse, dans son dos, et n'osait plus bouger. Ignorant son angoisse, Aurélie désigna la chemise brillante :

— Tu en penses quoi ?

Isabelle agita ses cheveux écarlates de droite à gauche.

— Pourquoi non ?

Et comme elle restait silencieuse, Aurélie soupira.

— D'accord. Je vais me débrouiller toute seule. Oh, des bretelles !

Elle se précipita vers une paire en satin émeraude brodée de cerises en sequins.

— On lui prend ça, Isa ! C'est trop mignon !

Et pourquoi pas un chapeau tyrolien ou un parapluie rose ? Maurizio avait raison : on ne pouvait pas laisser Aurélie seule. D'une main sévère, Isabelle prit les bretelles et les reposa sur l'étagère avant de retourner au portant. Elle choisit une veste marine, une chemise à col officier et un pantalon en coton d'un beau rouge foncé, puis les tendit à Aurélie qui fit la moue.

— C'est un peu tristounet, non ? On ne va pas à un enterrement.

Isabelle leva les yeux au ciel et Aurélie, toute rouge, plaqua la main sur sa bouche.

— Oups, en fait si, je suis idiote. Pardon, Isa. Mais tu ne préférerais pas cette petite veste moutarde ? Elle est à croquer !

Le regard inflexible d'Isabelle la fit battre en retraite vers la caisse. Elle demanda à la vendeuse d'enlever les prix.

— C'est pour moi, dit-elle à Isabelle en tendant sa carte bancaire. Ça me fait plaisir. Il est mignon, ce gamin, tu ne trouves pas ? Il me fait penser à un Picasso période bleue. Ou non, tiens, plutôt à un portrait de ce peintre anglais dont le nom m'échappe.

Elle s'interrompit et apostropha la vendeuse qui suivait la conversation.

— Vous avez un problème ?
— Moi, madame ?
— Oui, vous. Je vois bien que vous dévisagez mon amie. Elle vous dérange ?

La jeune fille avait glissé les vêtements dans des sacs en papier gaufré. Elle tendit le terminal de carte bancaire à Aurélie.

— Mais pas du tout, Madame, vous vous faites des idées.
— Et vous, vous me prenez pour une imbécile. Vous n'êtes pas près de nous revoir, croyez-moi.
— Madame...
— Vous n'avez jamais vu quelqu'un avec des cicatrices sur le menton ? Vous avez été élevée où ? Dans une grotte ?

Vexée, la vendeuse rentra la tête dans les épaules. Aurélie avait récupéré sa carte de paiement. Elle arracha les sacs d'un geste brusque et entraîna Isabelle vers la porte.

— Quelle plouc, lança-t-elle d'une voix forte en sortant.

— Hanneman! s'exclama Aurélie.

Les deux jeunes femmes remontaient l'avenue de la Motte-Picquet d'un pas rapide. Isabelle la regarda sans comprendre.

— Hanneman, c'est le nom du peintre que je cherchais tout à l'heure.

Isabelle la tira par le bras. Une voiture, qui tournait trop vite, avait mordu le trottoir et les avait frôlées.

— Attention, dit-elle d'une voix rouillée.

— Merci, souffla Aurélie.

Brusquement, elle se figea et se planta devant Isabelle.

— Mais qu'est-ce que tu as dit?

— Je...

Aurélie lâcha les deux sacs et lui serra les bras en sautillant comme une balle en caoutchouc.

— Tu parles! Isa, tu as parlé! Oh mon Dieu! Tu parles!

Isabelle la fixait comme un zombie. Aurélie lui secouait les bras à les détacher et les mots se télescopaient dans sa tête. Elle avait parlé. Le mot était sorti tout seul, malgré elle. Elle attendait un choc, une énergie, une force qui la pousserait dans ses retranchements, la propulserait dans le monde des gens normaux, ceux qui parlent, qui chantent, qui crient, et quelques lettres ridicules avaient jailli au moment où elle s'y attendait le moins, alors qu'elle était encore pleine de la peur et de la peine ressenties face à la vendeuse, tout à l'heure, dans la boutique. Elle regarda Aurélie, les voitures, le trottoir. Tout était stupidement normal, habituel. Elle sourit tout doucement.

22

Où l'on plonge dans l'Histoire sans bouger

Les pensionnaires s'étaient rassemblés dans la cathédrale Saint-Louis, chacun placé selon un protocole précis qui échappait à Gab. Aurélie était au dernier rang avec Isabelle. Il faisait beau et l'église était baignée de soleil.

Le petit avait enfilé les vêtements rapportés par les deux jeunes femmes et il se tenait aussi droit que possible derrière Maurizio. Il avait un peu peur de ne pas suivre et de se lever ou s'asseoir à contretemps. Les deux vieux soldats lui paraissaient différents. Maurizio avait repassé sa chemise, tous les plis au garde-à-vous. À sa droite, Abdel avait enfilé son grand uniforme. L'aide-soignante l'avait aidé à s'habiller car ses mains tremblaient trop. Elle avait noué sa cravate, boutonné sa veste, épinglé sa médaille. Elle l'avait rasé et il avait aplati ses cheveux drus du mieux qu'il avait pu.

— Tu es rutilant, lui avait dit Gab, impressionné.

À 15 heures précises, dix hommes en treillis entrèrent dans l'église, portant sur leurs épaules un long coffre drapé de bleu-blanc-rouge. Gab tira Maurizio par la manche.

— Pourquoi le cercueil est caché ?

— Il n'est pas caché. Au contraire. Le drapeau, c'est pour l'embellir. Et maintenant, tais-toi.

Le cortège funèbre avançait avec une lenteur impressionnante, au rythme d'un trio de cors qui sonnaient la *Capitaine*. La mélopée rebondissait contre la voûte de pierre. Isabelle en resta pétrifiée. Gab retenait sa respiration, un peu à cause du col de sa chemise qui lui serrait le cou, un peu parce qu'il espérait que la musique ne s'arrête jamais.

— C'est beau, souffla-t-il à l'oreille de Maurizio.

Le vieux légionnaire serra les paupières.

— Oui, c'est beau. Il aura au moins eu ça.

— Pourquoi tu pleures ?

— On pleure tous quand on voit le drapeau, *ragazzo*.

Les trompes se turent. Les militaires firent encore quelques mètres dans un silence rythmé par le bruit de leurs pas, et posèrent le cercueil au sol devant l'aumônier.

— Jacques, tu es entré dans la maison de Dieu…

Bercé par la voix de l'aumônier, Gab regardait les drapeaux accrochés sous la voûte, imaginant de quel pays chacun venait. L'aigle, c'était peut-être l'Allemagne ou l'Autriche ; l'espèce de tigre, sûrement l'Asie.

Le prêtre se tut et le gouverneur s'avança. « Tous les champs de bataille. » Debout face au cercueil de bois, le général Gannat se dit que la devise des Invalides convenait à merveille à l'Anglais.

— Jacques Parillot, c'est pour vous aujourd'hui que le drapeau des Invalides est en berne. Vous avez connu tous les champs de bataille et le plus difficile : celui contre soi-même. Les Parisiens doivent savoir qu'un grand soldat s'en va. Un grand homme, un grand cœur. Les trompes ont chanté pour vous, parce que vous aimiez la chasse et la nature autant que vous aimiez vos camarades. Vous répétiez volontiers cette maxime de Jean Anouilh : « Mourir, ce n'est rien. Commence donc par vivre. C'est moins drôle et c'est plus long. » Aujourd'hui, j'ai l'honneur de vous remercier d'avoir si bien vécu et d'avoir été si drôle, y compris dans l'adversité. Surtout dans l'adversité.

Derrière le fauteuil d'Abdel, Gab suivait la voix du général et ses moustaches dressées vers le ciel. Les mots résonnaient dans la nef silencieuse.

— Vous naissez le 14 juillet 1925, à Vincennes. Une date et un lieu symboliques, vous prédisposant à la vie militaire. Votre carrière commence en 1942 : vous avez dix-sept ans, vous êtes ouvrier imprimeur et vous portez des charges explosives de-ci, de-là au nez des Allemands. Vous appelez cela : « Faire du sport. » Le soir, avec deux camarades, vous fabriquez des tracts dans une cave. Arrêté, envoyé en déportation, vous vous échappez au cours du transfert vers l'Allemagne. Vous prenez le maquis et vous participez à la Libération. De loin, précisez-vous, car on était en province. Vous avez pourtant constitué cinq commandos qui ont multiplié les attaques éclair contre les troupes allemandes. L'armistice signé, vous vous installez à Londres avec une belle Anglaise rencontrée à Paris.

Là où il était, Jacques devait apprécier l'hommage.

— Pourtant, vous repartez. Vous vous engagez et sautez à Saïgon avec le 1er régiment étranger de cavalerie, où l'on vous nomme sergent. Le 18 mars 1952, vous êtes cité à l'ordre de l'Armée et vous recevez la médaille militaire pour avoir stoppé un convoi de prisonniers et, avec trois camarades, arraché une cinquantaine de soldats français des mains de l'ennemi. À votre retour en métropole, l'armée vous affecte comme formateur. Mais le ciel vous manque. Après votre divorce, vous demandez à rejoindre le sud de l'Algérie. Le 26 mars 1959, une grenade vous enlève la jambe droite et quelques illusions. Il vous en restait peu.

Au fond de l'église, Isabelle voyait ses leçons d'histoire de collégienne se matérialiser. Les dates et les noms s'étaient incarnés dans cette longue boîte de bois posée devant elle. L'Occupation, la Libération, la Décolonisation, leurs hommes et leurs drames se glissaient entre les rayons de lumière éclairant l'église. Elle scruta les têtes grises assises au premier rang, se demandant si toutes portaient en elles des souvenirs aussi incroyables. Sans doute. Certainement. Dehors, derrière les grandes portes closes, des touristes prenaient la pose sous les arcades sans savoir qu'on saluait un homme qui avait été décoré par René Coty et avait serré la main à De Gaulle.

— Vous avez trente-six ans. L'armée vous propose alors un poste au service des plannings. Être enfermé dans un bureau vous a presque autant énervé que voir les Allemands défiler sur les Champs-Élysées mais vous tenez bon vingt ans. À la suite d'un pari avec un camarade, vous relevez votre dernier défi : faire le tour du monde en solitaire, sur un voilier. Évidemment, vous réussissez, même si vous avez mis plus de temps qu'Éric Tabarly. Parce que la carcasse, comme vous dites, sera plus têtue que vous, vous avez dû vous résoudre à lui obéir et vous nous rejoignez le 18 mai 2010. Vous avez immédiatement séduit les équipes soignantes et vous avez organisé, avec beaucoup de succès, des tournois de poker. Vous avez également, cette fois sans succès, tenté de séduire Simone Veil et Jacqueline de Romilly lors de leurs visites.

Maurizio ravala un sourire. L'Anglais avait vraiment énervé les deux académiciennes. Jacqueline de Romilly lui avait rétorqué d'une voix sèche qu'il avait passé l'âge de ces enfantillages. Quant à

Simone... elle lui avait collé une baffe. Sans doute la dernière reçue par Jacques. Il ne s'en était pas vanté, mais Maurizio l'avait su par un infirmier.

— Jusqu'au bout, vous vous êtes distingué par votre esprit de camaraderie, répondant toujours présent, réconfortant les plus âgés et encourageant les plus jeunes. Vous nous avez fait rire et, aujourd'hui, votre départ nous fait pleurer. Jacques Parillot, au nom des équipes soignantes et au nom de vos frères d'armes, au nom de tous les Français, je vous remercie. À Dieu, Jacques !

Le général fit une pause. Puis, d'une voix forte :
— Aux morts !
Interloqué, Gab se pencha vers Abdel.
— Qu'est-ce qu'il fait ? Il appelle les morts ?
— Il lance à la fanfare le signal pour la sonnerie aux Morts.

Le son fluet de la trompette était bien plus triste que la première musique. C'était dommage de terminer par le moins beau, pensa Gab, mais les adultes ont souvent des idées bizarres.

*
* *

L'appartement était vide. Pélagie crut que son cœur s'arrêtait. Où était passé Gab ? Elle se laissa tomber sur le canapé, étranglée par la panique. Appeler la police. Demander aux voisins, à la boulangerie en face, s'ils avaient vu quelque chose.

Ou le contraire. Les voisins d'abord, la police ensuite. Mais pour leur dire quoi ? « J'ai laissé mon fils tout seul, il a disparu. » Mère indigne, ratée. Monstre. Elle était folle, jamais elle n'aurait dû l'autoriser à rentrer seul du centre aéré. Et sa mère, qui lui répétait sans cesse qu'elle *surcouvait* Gab !

Où avait-il pu aller ? Se promener ? Acheter des bonbons ? Il était peut-être au bureau de tabac, au bout de la rue ? Ou à la supérette ?

Elle se leva, prit son sac, se rassit. Et s'il revenait pendant son absence ? Elle aurait dû lui acheter un téléphone, tant pis pour les ondes et le cerveau rabougri par les écrans, de toute façon il faut bien mourir de quelque chose et tous les gosses en ont un, maintenant, ils mourront ensemble, voilà.

Elle chercha son agenda, arracha une page et commença à écrire.

Gab,
Je suis partie te chercher dans le quartier.
Si tu reviens, appelle-moi IMMÉDIATEMENT sur mon portable.

Elle avait souligné quatre fois « IMMÉDIATEMENT » lorsqu'une petite voix la fit sursauter.
— Maman ? Tu es rentrée ?
— Mais tu étais où ?
— Dans ma chambre.
La colère avait remplacé la peur chez Pélagie.

— Ne raconte pas n'importe quoi ! hurla-t-elle. J'ai regardé partout, même dans ton placard et sous ton lit !

Gab se mordilla les joues. Sa veste et son pantalon tout neufs étaient roulés en boule dans le petit sac à dos qu'il venait de glisser sous le portemanteau de l'entrée.

— J'étais avec des amis. Au jardin.

Il ne mentait pas puisqu'il avait laissé Abdel et Maurizio dans un jardin – celui des Invalides. La cérémonie terminée, il leur avait demandé de lui raconter tout ce qu'ils savaient de Jacques l'Anglais et il n'avait pas vu le temps passer. Et maintenant, tiraillé entre le risque d'une éventuelle – probable – punition et l'envie de raconter toutes les choses extraordinaires découvertes durant ces deux dernières semaines, il se demandait si c'était le moment de tout avouer. Une chose était certaine : les animateurs du centre étaient vraiment des nazes, aucun n'avait appelé sa mère. C'est sûr, quand il aurait des enfants, il ne les mettrait jamais là-bas. Abdel et Maurizio s'occupaient bien mieux de lui. Ils lui avaient offert un sandwich au poulet et un paquet de chips pour le déjeuner, ils répondaient toujours à ses questions. Et eux avaient compris qu'il n'était pas un bébé.

Pélagie serra très fort les mâchoires. Ne pas pleurer devant son fils, surtout ne pas pleurer. Elle cherchait une punition assez forte pour le dissuader de recommencer. Son regard se posa sur le canapé.

— Tu es privé de console pendant un mois.
Il baissa la tête.
— D'accord, maman. Promis, je rentrerai directement mercredi prochain.

Pourvu qu'elle me laisse rentrer seul, *pourvu, pourvu*, se répétait-il en croisant les doigts. Il était si près de réussir ! Et, même s'ils ne trouvaient pas le trésor, Abdel avait besoin de lui.

23

Où l'on mange des bonbons

Isabelle s'en allait. Un pot d'adieu avait été organisé, un rituel auquel elle n'avait pas osé s'opposer. Dans la salle des rencontres, au rez-de-chaussée, la table de ping-pong avait été poussée, un buffet avait été dressé le long du mur, des gâteaux et des coupelles de bonbons attendaient les pensionnaires. Maurizio, qui préférait le saucisson sec aux sucreries, tordait un peu le nez.

Isabelle avait préparé un discours. Rien de très long, juste quelques phrases, qu'elle avait longtemps répétées dans sa tête. Elle était encore étonnée de ces mots qui sortaient de nouveau, comme par miracle. Elle avait eu du mal à s'endormir. Les souvenirs affluaient. Son arrivée en ambulance, la première fois qu'elle avait franchi ces portes en verre fumé, les silhouettes immobiles des gendarmes derrière la barrière, au bout de la cour. La lumière blanche des salles de soins, les linos usés, les sculptures de la salle des Boiseries.

Les heures passées à limer ses boules de bois, à former des objets, laissant son esprit s'apaiser. Les monologues du psy. Les sourires d'Abdel. Un pêle-mêle de découvertes et d'émotions.

Elle s'était habituée au curieux ballet de blouses blanches et d'uniformes autour des tables du Foyer, à l'omniprésence des fauteuils roulants, à la voix douce de Maryse, à l'odeur froide de la pierre dans les couloirs du sous-sol, à la beauté de la coupole dorée qui se profilait derrière les cerisiers en fleur du jardin.

En se retournant sur ces huit mois passés rue de Grenelle, elle constatait la hauteur d'une montagne dont elle n'avait pas soupçonné l'existence et dont jamais elle n'aurait imaginé atteindre le sommet. Il lui avait fallu parcourir une grande partie de ce chemin invisible pour juger de sa longueur.

Elle avait rallumé la lumière, ouvert son carnet :

J-265
Musique : 0
Sourires : 0

Elle avait fait un dernier tour des fossés à l'aube, dit adieu aux lapins, aux sentinelles, elle avait vidé les placards de sa chambre, rangé son chargeur de portable et sa brosse à dents dans son sac, posé dans la salle des infirmières un ballotin de chocolats choisi par Maurizio dans une boutique du quartier.

Tout le staff était là, debout entre les hospitalisés. Le médecin, Émilie, l'ergothérapeute qui l'avait suivie depuis le début, Claudia, Norbert et Franky... Maurizio aussi était venu, et Abdel, malgré sa fatigue. Le gouverneur rappela avec gentillesse à quel point il était heureux de la voir aujourd'hui franchir une nouvelle étape, puis Maryse lui remit son cadeau, une belle lampe de chevet, et la carte signée de toute l'équipe. Un adieu suivait l'autre et celui-ci était encourageant.

Isabelle s'avança à son tour. Pour certains, c'étaient les premiers mots qu'ils l'entendaient prononcer. Elle remercia les pensionnaires, les soignants. Merci à vous aussi, gouverneur. Elle promit de donner des nouvelles. Souhaita bonne chance à tous, surtout ceux qui venaient d'arriver. Répéta la première phrase que lui avait dite Abdel : « Vous êtes en bonnes mains, vous verrez. » Se retint d'assurer qu'elle reviendrait. Elle s'assit avant de pleurer.

— Avant de sauter sur les gâteaux, une chanson en l'honneur d'Isabelle ! cria Norbert.

D'un bond, il s'installa au piano et fit signe à Claudia de le rejoindre. La kiné entonna le *boogie woogie* d'Eddy Mitchell, soutenue par les applaudissements des pensionnaires. Discrètement, le gouverneur s'éclipsa. Il avait rendez-vous.

*
* *

La commission de la Défense nationale et des Forces armées était presque au complet, c'est-à-dire que, sur les soixante députés membres qu'elle comptait, quarante-sept étaient présents. Quelques-uns par curiosité. La séance du jour sortait de l'ordinaire. L'INI demandait un budget particulier, pour créer une unité de soins dédiée aux victimes souffrant d'un syndrome de stress post-traumatique. Le rapporteur avait donc sollicité l'audition exceptionnelle du général Gannat, espérant que ce joker convaincrait le Parlement de la nécessité de lâcher quelques millions pour financer le nouveau projet élaboré par l'hôpital des Invalides. Un projet qui avait enthousiasmé le rapporteur mais que ses collègues avaient balayé lors des premiers échanges en commission. Trop cher, trop anecdotique.

Le gouverneur avait ciré ses moustaches et vérifié trois fois la position de sa cravate noire avant de se présenter au Palais-Bourbon. Debout, le képi sous le bras, il évaluait mentalement l'ambiance. Elle lui parut plutôt bon enfant; quelques députés le dévisageaient avec curiosité. Il repéra un seul antimilitariste notoire, participant sans doute à la commission pour dézinguer les budgets de l'armée.

La présidente précisa ses noms et qualités, le remercia de sa présence – il inclina légèrement la tête – et lui donna la parole. Il se leva.

— Madame la présidente, mesdames et messieurs les députés, je vous remercie de m'avoir invité cet après-midi. L'INI s'est engagée dans un vaste projet. Il peut vous sembler coûteux, superfétatoire. Il est indispensable. Je ne suis pas venu vous parler chiffres. Je vous en donnerai un seul : en 2018, soixante-dix pour cent de nos soldats blessés sont des blessés psychiques.

Un député bâilla. Machinalement, le général tira sur sa moustache.

— Je sais que les blessures visibles sont les plus impressionnantes. Ce ne sont pourtant pas les plus difficiles à prendre en charge. La majorité des soldats traumatisés quittent l'armée. Parce qu'ils ne sont pas soignés, parce qu'ils n'osent pas révéler leurs blessures, parce qu'ils sont invisibles.

Il fixa du regard le député qui avait bâillé :

— Monsieur le député, par exemple : oseriez-vous dire à vos collègues que vous faites des cauchemars la nuit ? Que vous êtes pris de sanglots dès que vous vous trouvez dans une pièce obscure, de crises de colère quand votre enfant pleure ou que vous rêvez que vous tirez sur vos camarades ?

Un silence de mort lui répondit.

— C'est évidemment très compliqué. Les Invalides accueillent et soignent des soldats depuis trois cent cinquante ans ; nous sommes le plus ancien et le seul hôpital de ce type au monde. Même les Américains, si attachés à leurs vétérans, n'ont pas développé à l'égard de leurs soldats un accueil si complet et si personnalisé. Je vais vous parler d'une jeune femme. Appelons-la Julie.

Et il leur parla d'Isabelle. Multitraumatisée de la face, opérations, reconstruction du nez, de la pommette, elle était physiquement rétablie. Mais elle avait eu besoin de soins psychologiques particuliers. Il parla ensuite du coût actuel que représentait pour l'armée le départ de ces blessés psychiques. Un militaire coûte cher à former. Sans parler du coût en matière d'image. Or, ce qui fait marcher un soldat, c'est la certitude qu'il ne sera pas abandonné au bord du chemin.

— Cette assurance est aussi ce qui soude une nation : c'est ce que l'hôtel des Invalides a toujours offert, quels que soient les régimes politiques traversés. Aujourd'hui, nous devons être ce lieu de référence indispensable dans l'accueil et le suivi des victimes de syndrome de stress post-traumatique, l'adresse à laquelle tous, victimes d'attentats, policiers, pompiers ou militaires pourront frapper. Le lanternon des Invalides, qui s'allume chaque soir, est le signe de la protection de la patrie à l'égard de ses enfants les plus faibles, sans distinction de classe, d'âge ou de sexe. Cette lumière ne doit pas s'éteindre : nous avons la charge de l'entretenir.

La présidente croisa les mains.

— Général, pourriez-vous préciser les travaux nécessaires à cette évolution de l'INI, leur nature et le budget afférent ?

Le médecin général attendait en tournant en rond dans le couloir la sortie du gouverneur.

— Alors ?

Avec une moue dubitative, Philippe Gannat écarta les bras.

— Je ne sais pas.

Le médecin général lui serra l'épaule.

— Je suis sûr que tu as été très bien. Allons nous faire payer un verre par Courson de Villeperdue et trinquons à la santé d'Isabelle ! Je suis soulagé de la voir reprendre pied, enfin.

— Tu crois que l'initiative de Norbert a été le déclencheur ? demanda le gouverneur.

Ce fut au tour du médecin de faire un geste d'impuissance.

— Va savoir... plus je soigne de gens, plus je découvre de mystères, particulièrement en ce qui concerne les processus de guérison. Tant d'éléments entrent en jeu ! Le moral, la rééducation, l'alimentation, l'entourage, les médicaments, le suivi psy, ou même les rayons de la lune, ma foi, on n'en sait parfois rien. Mais, quand ça fonctionne, ça se fête.

*
* *

La nuit était tombée sur les Invalides. Seul dans sa chambre, Jules contemplait sa trompette posée sur le lit. Ses parents la lui avaient envoyée par transporteur quelques jours après leur visite. Il avait jeté l'étui au fond de son placard, persuadé de ne pas l'ouvrir. Il avait même hésité à le jeter par la fenêtre. Le cuivre brillait de la même lueur chaude que le dôme de l'église, derrière la vitre.

Le concert improvisé de Norbert avait pris le jeune marin par surprise. Les notes de musique l'avaient ramené à une époque qu'il pensait avoir effacée et une anecdote racontée par son professeur, en dernière année de conservatoire, lui était revenue à l'esprit : dans les années 1950, un trompettiste manchot, Wingy Manone, jouait si bien que la plupart des spectateurs ne voyaient pas sa prothèse. Il avait retourné l'idée tout l'après-midi et pendant le dîner. Il avait mangé sans prendre garde à ce qu'il avalait, entendu Maurizio jacasser sans l'écouter, avant de retrouver le silence de sa mansarde.

Il ne l'avait avoué à personne, et surtout pas à Maurizio, mais la visite de ses parents l'avait apaisé. Sentir qu'ils l'aimaient toujours malgré son apparence difforme... Il tendit son bras droit devant lui, observa sa main, les bourrelets de chair qui ourlaient sa paume, là où les doigts avaient disparu. Est-ce que c'était possible ? Est-ce qu'il y arriverait ? Et s'il parvenait à jouer, pourquoi ? Intégrer la fanfare en uniforme flamboyant, avec son bras en pâte à modeler ?

Il jeta un œil au tableau blanc. Les mots des soignants. Les petits smileys gribouillés. Les rendez-vous. La voix de son père résonna dans sa tête. « *Je suis si fier de toi, mon fils.* » Maurizio avait raison : le vrai courage, c'était de continuer à se lever. Comme lui. Comme Abdel.

Il inspira, une fois, deux fois, et saisit la trompette de la main gauche. Il la porta à sa bouche puis, d'un doigt malhabile, enfonça un piston. Le contact de l'embout le fit souffler par réflexe. Le son le fit sursauter, comme lors de son premier cours de musique en CM2. Quel con! Il allait réveiller tout l'étage. Le sang battant dans les tempes, il reprit sa respiration et appuya l'instrument sur son poignet droit. La position était inconfortable; il devrait travailler sa main gauche. Mais, avec de la patience, c'était réalisable. Et avec de l'aide. Heureusement que je ne joue pas du trombone à coulisse, pensa-t-il en replaçant la trompette dans son écrin de velours. Il sourit tout seul.

24

Où l'on rencontre un artisan d'art sans manières

« Toi qui aimes les belles choses, il faut absolument que tu viennes. » Aurélie avait été catégorique : le salon d'art de la CABAT était un événement, et l'occasion d'admirer les salons d'apparat.

Chaque printemps, la CABAT, la Cellule d'aide aux blessés de l'Armée de terre, organisait une grande exposition de peinture et de sculpture. Vingt à trente artistes présentaient leurs œuvres et s'engageaient à verser une partie des ventes à la cellule d'aide, qui finançait des séjours sportifs adaptés, des stages de formation ou des prothèses dernier cri destinés aux militaires blessés. Elle versait aussi un petit pécule aux veuves ou aux orphelins des soldats morts en opération.

L'entrée se faisait par la face nord, une partie de l'Hôtel qu'Isabelle connaissait peu. De grandes affiches et des flèches rouges plantées dans le gravier guidaient les visiteurs vers les salons. La foule qui s'y pressait déjà lui fit regretter d'être venue. Elle s'apprêtait à faire demi-tour lorsqu'une voix l'arrêta.

— Isabelle! Tu es là, génial.

Toute rose et blonde dans une robe bleue, Aurélie l'embrassa avec affection.

— Tu as insisté, rappela Isabelle.

Elle économisait encore ses mots. Aurélie ne s'en formalisa pas. Elle tapa dans ses mains.

— Ah oui? Eh bien, tant mieux. Tu arrives à temps pour le discours du président.

Un discours. Isabelle regrettait de plus en plus sa visite.

— Le président de la République est là?

Aurélie la regarda d'un air étonné.

— Non, je ne crois pas. Pourquoi?

— Tu viens de dire qu'il allait prononcer un discours.

— Ah? Non, non, c'est le gouverneur. Viens regarder les œuvres, j'ai vu des encres de Chine superbes.

Si ça se trouve, pensa Isabelle, ce sont des pastels. Elle se laissa entraîner vers les tables. En traversant les salons, elle croisa plusieurs officiers travaillant à l'INI: le chef de cabinet du gouverneur, le commissaire responsable de la logistique, le médecin-chef. Deux kinés étaient là, qu'Isabelle mit un instant à reconnaître sans leurs blouses. Quelques artistes étaient en uniforme, la plupart en civil. Un ancien chasseur alpin présentait effectivement des chevaux et leurs cavaliers dessinés à l'encre de Chine. Un peu plus loin, un homme avait installé une série de sculptures en bois. Isabelle s'approcha. Il exposait une dizaine de bustes de femmes, et devant elles, un paysage miniature sculpté dans un seul bloc de noyer.

— Vous pouvez les toucher, dit l'homme.

Et comme elle le regardait, interloquée, il fit un geste du menton.

— Avec votre main. Le bois n'est pas fragile, au contraire : il a besoin de soleil et de contact pour se patiner. Comme le cuir.

— Je sais, dit Isabelle.

Elle caressa l'arrondi d'un front. Le bois avait été lissé à la perfection. Le tableau en relief représentait un hameau et un petit bois traversé d'une rivière. En se penchant, on pouvait distinguer les feuilles des arbres et des cailloux au bord du cours d'eau.

— Comment faites-vous ça ? demanda-t-elle.

Il eut un sourire en coin.

— C'est mon secret. Si vous voulez le connaître, il faudra venir boire un verre avec moi.

Elle secoua la tête sans répondre, tira une mèche de cheveux devant ses yeux et s'éloigna.

À midi, elle avait écouté le discours du gouverneur militaire, salué le général Gannat et observé toutes les œuvres exposées. Elle avertit Aurélie qu'elle rentrait.

— Je déjeune avec Maurizio. Tu ne veux pas nous accompagner ?

Isabelle déclina. En deux heures, elle avait vu plus de monde que lors des deux dernières années et elle étouffait. D'un regard circulaire, elle admira une dernière fois les planchers anciens, les boiseries dorées, les fenêtres immenses et les lustres en cristal. Aurélie avait raison, l'endroit méritait la visite.

Elle traversa la salle et s'arrêta devant le sculpteur.

— Je peux prendre une photo ?

— Bien sûr, si vous prenez un verre.

Devant son silence, il prit une mine fataliste.

— C'est toujours non, donc. J'aurai essayé. Je suis bon diable, je vous offre la photo quand même.

Maurizio avait emmené Aurélie dans un restaurant célèbre du quartier.

— Tu es fou, s'était-elle exclamée en voyant l'adresse.

— *Ma*, comme ton mari n'est pas là, il faut bien que quelqu'un prenne soin de toi et tu mérites le meilleur.

Une fois assise, elle admira la salle de restaurant, puis se pencha vers le légionnaire :

— Le monsieur assis à ta gauche, on dirait…

— Oui, dit-il avec un clin d'œil, c'est bien lui.

— Oh, souffla Aurélie, les yeux écarquillés.

Un serveur posa cérémonieusement une ribambelle de minuscules amuse-bouche sur la table et leur glissa les menus. La commande passée, Maurizio lança la conversation sur l'exposition-vente.

— Alors, raconte-moi, tu as vu de belles choses?

— Je ne sais plus. Oui, mais... j'ai oublié les noms des artistes.

Elle rougit.

— Ce n'est pas grave, dit Maurizio, ça te reviendra.

Le serveur apporta l'entrée, un flanc de légumes qu'elle dégusta d'un air concentré.

— Je tenais à te remercier de nous avoir aidés, Abdel et moi.

— Je n'ai rien fait, dit Aurélie.

— Si. Sans toi, je n'aurais jamais eu l'idée d'aller fouiller les souterrains, et si je l'avais eue je ne les aurais jamais trouvés. C'était important pour Abdel.

— Et vous avez découvert votre trésor?

Le visage de Maurizio se ferma.

— Non.

— Je vais continuer à chercher, alors.

Entre eux deux sans jambes et elle sans tête, le gamin était soutenu par un drôle de régiment. Peut-être qu'il serait temps de s'arrêter, pensa Maurizio.

25

Où l'on retrouve de vieilles connaissances et un certain égoïsme

Le silence de son appartement angoissait Isabelle. La porte de la salle de bains lui semblait inconnue, tout comme le canapé orange et ses grosses fleurs. Le deux-pièces cheminée-moulures-parquet était devenu un lieu étranger ; elle l'avait oublié, ou peut-être était-ce elle qui formait un corps étranger dans cet endroit où elle avait vécu dix ans. Les mois vécus à l'hôpital avaient gommé le passé.

En rentrant, elle avait examiné le salon avec curiosité. Rien n'avait bougé depuis son entrée à l'hôpital : les piles de magazine de déco et de mode s'entassaient toujours sur la petite table et, sur l'étagère, sa collection de vinyles s'était couverte de poussière. Elle n'avait pas eu le courage de l'enlever. Les canetons, dans la cour intérieure des Invalides, lui manquaient. La beauté et l'espace lui manquaient. Elle était restée à l'INI aussi longtemps que possible ; ses soins étaient terminés, la dernière étape avait été la pose de son bridge et elle n'avait plus de raisons d'y retourner.

Elle n'aurait pas dû passer aux Invalides pour la vente de la CABAT. Revoir la petite guérite de l'entrée, même de loin, saluer le gouverneur, le médecin-chef, lui avait collé une bouffée de nostalgie. Comme si elle retrouvait la maison de ses parents après un long voyage. Elle avait pleuré durant la moitié du trajet du retour. En découvrant quelques jours plus tard sur la page Facebook le montant récolté, la frustration l'avait submergée : la cellule d'aide aux blessés avait recueilli en quatre jours à peine le prix d'une robe de luxe.

Elle ouvrit le frigo, sortit un œuf, du parmesan, et mit de l'eau à chauffer.

Elle mangea ses pâtes et son œuf sur le plat en feuilletant un vieux magazine. Les idées décoration de 2017 restaient valables, elle achèterait peut-être une nouvelle lampe. Il fallait aussi qu'elle appelle son avocat. Le FGTI[1] la convoquait pour une expertise médicale. Impossible d'être seule face à un médecin-conseil suspicieux. L'idée même lui donnait la nausée.

Elle s'assit devant la télé éteinte, désœuvrée. Durant des mois, elle n'avait choisi ni l'heure de

---

1. Fond de garantie des victimes des actes de terrorisme et d'autres infractions.

ses repas ni ses menus ; les rendez-vous avec le psy, l'ergothérapeute, le dentiste, le chirurgien, rythmaient sa semaine malgré elle. Une multitude d'activités avait été proposée sans qu'elle ait besoin d'y réfléchir : concert, visite de musée, lecture, jeux de société... même si elle n'y participait jamais, c'était du prémâché.

Son frère l'avait appelée. Depuis qu'elle avait recouvré la parole, il lui téléphonait plusieurs fois par semaine, et il gazouillait, émerveillé de la retrouver telle qu'elle avait été *avant*.

— Comment ça va, sœurette ?

Ça va, ça va bien, tout va bien. Et c'était vrai, tout allait bien. Elle se sentait juste seule. Elle ne l'avait pas dit.

— Contente de réintégrer ton chez-toi ?

Bien sûr. Vite, elle lui avait demandé à son tour comment ça allait à New York. Le boulot ? Les enfants ? Elle n'avait pas pleuré, elle avait même un peu ri quand il lui avait raconté que le petit dernier croyait que Trump et trompette, c'était pareil.

Elle se décida à regarder une série et s'endormit sur le canapé.

En se réveillant le lendemain, elle repensa à l'exposition-vente de la CABAT. À ce montant, dérisoire en regard des besoins. Deux ans plus tôt elle aurait trouvé ça très bien mais, aujourd'hui, elle connaissait le prix d'un fauteuil électrique ou d'un chien d'aveugle. Elle devait participer à sa façon. L'idée tournait dans son esprit, germa lorsqu'elle ouvrit son armoire pour s'habiller. Pour une fois, son métier lui serait utile.

Très vite, pour ne pas se laisser le temps de réfléchir et de reculer, elle composa le numéro d'Adèle. C'était une star connue du grand public : son visage s'affichait trois ou quatre fois par an sur les couvertures des magazines. Elles s'étaient souvent croisées dans les *backstages* des défilés ; Isabelle gardait le souvenir d'une fille gentille, conseillant spontanément les plus jeunes, et polie avec les habilleuses. Ce n'était pas le cas de toutes ses consœurs.

La mannequin, qui était en train de se faire les ongles, décrocha d'un index précautionneux.

— Isa ? Euh, qui ça ?

Isabelle lui rappela en deux phrases qui elle était et Adèle poussa des cris de joie.

— Mais carrément, mon Isa ! On se fait un brunch ? Je serai trop contente de te voir, j'ai un million de trucs à te raconter.

Machinalement, la scénographe avait enfilé une tenue passe-partout comme elle en portait avant son hospitalisation. Quand Adèle traversa la salle du café, elle comprit que la coupe de son jean était sérieusement datée et que sa veste n'était plus d'actualité. La jeune mannequin portait une longue robe en cotonnade brodée, à l'opposé du style d'Isabelle. Deux ans, c'est vingt ans sur la planète mode. Elle chassa son malaise en commandant un deuxième jus d'orange et un autre panier de viennoiseries.

— Pas pour moi, dit Adèle, j'ai des *fittings* vendredi, j'ai deux kilos à perdre.

Isabelle n'osa pas lui demander où, elle savait. Un os ou deux, voilà tout. Adèle sirota son thé sans sucre et sans croissant, mais elle était bourrée d'énergie ; elle revenait de Milan et se préparait à passer une semaine à Biarritz, un séjour qui, à défaut d'être très exotique, s'annonçait très rentable.

— C'est Noémie qui m'a mise sur le coup. On va shooter pour une marque de maillots américains. Et toi ? Qu'est-ce que tu deviens ? Je savais que tu avais eu un accident, mais personne n'a rien pu me dire.

Isabelle inspira discrètement, se lança à tâtons. Oui, elle avait eu un *accident*, mais tout allait bien, très très bien, elle reprenait doucement le boulot, elle se remettait dans le bain. Et justement, elle avait pensé à Adèle pour un projet spécial, un super projet. Une vente caritative au profit des victimes de guerre et d'attentats, qui réunirait les grands noms de la mode. À charge pour chacun de donner un objet de luxe personnel.

Adèle secoua ses cheveux et sourit.

— Pourquoi pas. Je réfléchis à ce que je peux te donner et je t'envoie un message, OK ?

Isabelle faillit pleurer de soulagement.

— Ce serait top, merci Adèle. Un bijou, ou un foulard, c'est très symbolique et les enchères grimperont à la folie quand les gens sauront que ça t'appartenait.

Encouragée par la participation d'Adèle, Isabelle avait appelé la moitié de son carnet d'adresses. Elle s'était heurtée à beaucoup de messageries, avait laissé son nom, rappelle-moi quand tu as le temps, ce serait sympa de se prendre un café, bises, et avait eu une dizaine de personnes en direct. La moitié avait éludé, oui, oui, je te rappelle très vite, là, je suis à Barcelone/complètement sous l'eau/en répétition, mais on se cale un truc. Elle ne se fit aucune illusion et mit toutes ses espérances dans les cinq contacts disponibles pour la revoir dans la semaine.

Avant son deuxième rendez-vous, elle s'était décidée à aller dans sa friperie favorite pour renouveler une partie de sa garde-robe. L'expédition, qu'elle appréhendait, lui fit un bien fou. La vendeuse ne sembla pas la reconnaître et la servit comme n'importe quelle cliente. En jetant ses achats dans le lave-linge, Isabelle eut le sentiment de changer de peau et de repartir à zéro. Prochaine étape, le coiffeur, se promit-elle.

Loïck lui avait donné rendez-vous au café Costes, au grand soulagement d'Isabelle : le bar était sombre, même en pleine journée. Elle parvenait à marcher seule dans la rue mais fuyait les néons et les lumières trop agressives. Elle arriva encore la première. Elle dut se rendre à l'évidence : les mois de rendez-vous médicaux et la fréquentation des militaires l'avaient déformée.

Elle était devenue maladivement ponctuelle. Le couturier portait toujours sa barbe de trois jours mais il avait perdu ses poches sous les yeux. De la porte, il lui tendit les bras, avant de la serrer contre lui avec effusion. Il l'avait reconnue à ses cheveux rouges. Pour le reste... le nez avait changé, et il y avait aussi cette trace rosâtre qui traversait la joue et courait le long du menton. Le couturier frissonna à l'idée que la pauvre garde *ça* toute sa vie.

— Ma chérie, tu es belle comme tout ! Seize heures, c'est l'heure du champagne !

Il était 17 heures mais Isabelle accepta.

— Tu t'es fait refaire le nez. Ça te va bien. Tu as été chez qui ?

Un sourire furtif étira la bouche d'Isabelle.

— Tu ne connais pas. Et toi, tes paupières ?

— Ringo. C'est le meilleur.

Il accompagna son vin d'un plateau d'huîtres. Isabelle le regardait les gober d'un air satisfait ; cet homme avait des goûts si affreux qu'il était impossible d'être surpris, on savait qu'il choisirait forcément le pire. Y compris ce champagne prétentieux. Elle aurait préféré une bière.

Après deux gorgées, elle lui exposa son projet :

— Si tu acceptais d'offrir une robe du soir, ou un bijou, ce serait fabuleux.

Il grimaça.

— C'est très gentil d'avoir pensé à moi mais je ne crois pas que mes clientes apprécieraient de voir mes vêtements sur le dos de handicapés.

— Ils ne les porteront pas.

— Quand même, ce n'est pas très... ce n'est pas très *moi*.

C'est sûr, donner même une aiguille, ce ne serait pas très toi, songea Isabelle, ce serait à l'opposé de ta petite personne égoïste. Tu n'as jamais payé une mannequin de ta vie, tu les rétribues en vêtements de défilés, comme si Lidl ou EDF acceptaient le paiement par jupe longue en tulle de soie ou top en cuir de python... Les filles se retrouvaient à vendre sur internet ses robes extravagantes pour régler leurs factures tant bien que mal.

Loïck avait suçoté la dernière huître. Il reposa la coquille d'un geste nonchalant.

— En plus, ces soldats... Tu les connais, toi, ces mecs ?

— Un peu, oui.

Elle voulait ajouter que les Invalides accueillaient aussi des femmes et des hommes civils, mais Loïck poursuivit :

— Ce sont peut-être d'anciens bourreaux ? Des mecs qui ont commis des crimes de guerre, tu vois ?

Ce que je vois, c'est que la coke a rongé le petit pois qui te servait de cerveau. Elle hocha la tête en silence, lui souhaita mentalement de mourir étouffé sous un portant de robes à paillettes et le laissa à ses coquilles vides.

Le troisième rendez-vous fut un peu moins calamiteux, mais guère convaincant. Isabelle en espérait beaucoup : elle connaissait Paulo depuis dix ans, il avait créé les bandes-son de la moitié des défilés sur lesquels elle avait travaillé. Après avoir signé la musique d'un documentaire sur les anciens mineurs lorrains, il venait de remporter un César.

S'il lui épargna le champagne et les huîtres, le compositeur ne témoigna pas un enthousiasme délirant. Il tergiversait au-dessus de son verre de rhum, noyant un hypothétique engagement dans des considérations oiseuses. Oui, il participerait avec plaisir mais s'il était à Paris au moment de la vente, si Isabelle lui communiquait la liste des autres donateurs, s'il connaissait les médias invités, s'il trouvait un lot.

— Je ne vois pas bien ce que je pourrais offrir... Je n'ai pas de bijoux, pas de vêtements de créateurs...

— Justement, dit Isabelle, j'avais pensé à un morceau de musique composé spécialement pour l'occasion. Une idée originale, non ?

La moue dubitative de Paulo enterra ses espoirs.

À la fin de la semaine, après avoir rencontré deux autres mécènes potentiels, elle comprit ne pouvoir compter que sur le soutien d'Adèle. Avec la meilleure volonté du monde, la mannequin à elle seule ne permettrait pas de monter l'opération dont Isabelle rêvait.

Elle la rappela et lui expliqua que le projet était annulé.

— Mince alors ! Je t'avais mis de côté trois sacs Chanel, tu sais, Karl m'en offrait un chaque saison et j'utilise toujours le même. Je les gardais pour le plaisir mais ils auraient été plus utiles à ta vente.

Ce monde n'est pas totalement pourri, pensa la scénographe en remerciant Adèle.

— Si jamais ça se fait, tu sais que tu peux me rappeler. Et prends bien soin de toi, ma chérie.

Isabelle raccrocha, le cœur serré.

26

Où l'on entend résonner une trompette

La voix du député était désolée.
— La commission de défense trouve le projet d'unité psy intéressant mais refuse de soutenir un investissement aussi important. Elle propose de diviser le budget par deux.

Le gouverneur remercia, raccrocha et aplatit ses moustaches d'un revers de main. La somme était importante, oui, mais il s'agissait de rénover un bâtiment entier au pied du plus grand monument historique de Paris, pas de changer du papier peint dans un appartement HLM. Il soupira. Où allaient-ils dénicher les dix millions d'euros nécessaires ? Sans compter que le parlement n'avait pas encore voté le reste du budget.

Il s'approcha de la fenêtre. De là, la vue était moins reluisante que celle photographiée par les touristes : les façades intérieures de l'Hôtel affichaient des fissures et des pierres noirâtres, de longues coulées de mousse tachaient les murs. Le gouverneur buvait son café sur la table de Jérôme Bonaparte, mais le radiateur de sa chambre de fonction était percé depuis la fin du XXe siècle, l'air s'engouffrait sous les fenêtres d'époque et, l'hiver, quand elle venait passer un week-end, sa fille dormait avec une polaire. Tout comme le gouverneur lui-même.

Courson de la Villeperdue avait raison : l'Institution devait trouver des mécènes. Mais qui verserait une telle somme pour soigner des soldats ou des victimes d'attentats ? Ils étaient moins amusants que des bébés phoques en perdition sur un iceberg à la dérive ou des pandas grignotant leurs bambous. Même le succès des Invalides auprès des délégations étrangères ne parvenait pas à convaincre les députés.

La porte s'ouvrit devant son chef de cabinet.

— Mon général…

Le gouverneur se leva.

— Oui, j'y vais.

Il était attendu par le gouverneur militaire de Paris et le chef de cabinet du Président pour valider le déroulé des cérémonies du lendemain. En coiffant son képi, le général cherchait déjà comment revenir à la charge et convaincre les députés de rallonger leur budget. Il en reparlerait dès que possible avec la ministre de la Défense.

*
* *

Sa trompette au bout du bras, Jules s'arrêta devant l'atelier de prothèses. Il était pile à l'heure. Il inspira, une fois, deux fois, puis frappa à la porte. La semaine précédente, il avait attendu sa visite médicale hebdomadaire comme s'il s'agissait d'une remise de Grand Prix.

— Comment ça va, aujourd'hui ? avait questionné le médecin en le voyant entrer.

— Bien, mais j'ai une question. Est-ce que je peux avoir une prothèse, même si ce n'est pas indispensable ?

— Peux-tu me préciser ta demande ?

— Je voudrais reprendre la trompette mais j'ai du mal à tenir l'instrument. Il est lourd et mon bras fatigue.

— Je vois, avait dit le médecin. Tu joues depuis combien de temps ?

— Quinze ans.

Il avait hésité, et poursuivi :

— Je voulais intégrer la fanfare militaire. Mais... voilà.

Le médecin resta imperturbable.

— Tu as donc une longue habitude de ton instrument. Ça ne devrait pas poser de problème si tu peux expliquer exactement au labo de prothèses ce qu'il te faut. Nous allons en parler avec eux.

La lumière dans le regard de Jules avait éclairé son après-midi.

La responsable de l'atelier attendait le jeune marin. Comme le service des archives, le laboratoire de prothèses avait été installé à la diable dans une pièce dont la destination première n'avait rien à voir avec son activité : rien n'y était ergonomique excepté les bras articulés, les pieds en plastique ou les orthèses qui en sortaient. Les techniciens y cousaient, coupaient, moulaient et collaient avec une inventivité et une habileté dignes des grands bijoutiers.

Un premier rendez-vous avait permis à l'orthoprothésiste de prendre les mesures du moignon de Jules. Avec un sourire, elle posa sur la paillasse une sorte de coque en plastique terminée par une fourche large aux dents plates.

— J'ai fabriqué ta prothèse au diamètre de ton poignet, selon les mesures prises la semaine dernière. Elle fonctionne comme un gant, tu peux l'ajuster avec le velcro.

— Je peux l'essayer ?

— Bien sûr ! Tu me diras si les bords frottent ou si ça te serre, on rectifiera.

En retenant sa respiration, Jules enfila la coque. Elle était plus légère qu'il le pensait. Il appuya la trompette sur la fourche. Ça semblait marcher. L'instrument était bien coincé entre les branches. Appuyée contre la paillasse vieillotte, la prothésiste lui fit un clin d'œil.

— Vas-y, souffle ! Il faut que tu sois à l'aise avec ton appareillage.

Et il souffla, il souffla de toutes ses forces. Il souffla si fort qu'Abdel, couché à l'étage, l'entendit.

27
Où l'on admire les sans-grade

Pélagie ferma le robinet et tendit l'oreille, incrédule : *Le Chant des partisans* résonnait dans l'appartement. D'un bond, elle sortit de la douche, enfila son peignoir et courut au salon.

« *Le Président, entouré du gouverneur militaire de Paris et du nouveau chef d'état-major des armées, prend le temps de saluer ces anciens combattants...* »

Habillé et coiffé, debout bien droit devant la télévision allumée, Gab suivait les commémorations du 8 Mai. Quand il avait appris que Maurizio participait à la cérémonie officielle, il avait voulu aller sur les Champs-Élysées. Pélagie n'avait pas le courage de sacrifier sa matinée de congé pour faire le pied de grue au pied de l'Arc de Triomphe, écrasée derrière une barrière, après avoir subi trois contrôles d'identité et de sac.

— De toute façon, on sera trop loin, tu ne verras rien. Regarde plutôt le défilé à la télévision.

Gab n'avait pas insisté. Il avait mis son réveil à 8 heures, pour être sûr de ne pas manquer le début, et avait croqué ses céréales sans prendre la peine d'y mettre du lait. Maintenant il scrutait l'écran, cherchant désespérément Maurizio au milieu des anciens combattants cachés derrière leurs drapeaux, guettant le moment où le Président allait leur serrer la main.

Une dixième lubie, soupira Pélagie, en voyant son fils au garde-à-vous au milieu du salon. Elle se demanda quelle serait la prochaine. Rencontrer Thomas Pesquet et effectuer un vol sur la station spatiale internationale ? Partir au Zimbabwe à la chasse au gorille ?

Figé au pied de l'Arc de Triomphe, Maurizio transpirait sous son képi et ses gants blancs. Il attendait le passage du Président depuis plus de deux heures, immobile, les doigts serrés autour de la hampe de son drapeau. Les Invalides possédaient leur propre étendard, et le vieux légionnaire avait été désigné par le gouverneur comme porte-drapeau. Au sein de cette garde montée singulière, les fauteuils roulants remplaçaient les chevaux mais la fierté était la même. Maurizio suppliait son corps de ne pas le lâcher ; s'il avait confiance en ses biceps, restés musclés grâce au maniement de son char, sa vessie l'inquiétait davantage.

La veille, pendant le dîner, il avait fait sa blague habituelle, celle qu'il réservait aux nouveaux. Il s'était penché vers Joe, un jeune sapeur-pompier qui venait d'entrer au centre de soins.

— Je peux t'emprunter ta croix de la Valeur militaire pour la cérémonie de demain ?

Et comme l'autre le regardait, choqué, il avait lancé d'une voix naturelle :

— *Ma*, elle a plus de gueule que ma médaille d'Outre-mer.

Les éclats de rire de la tablée avaient fait comprendre à Joe que l'Italien était coutumier de la boutade.

Enfin, le chef de l'État parvint à sa hauteur et lui tendit la main. Maurizio la serra avec toute son énergie, arrachant une grimace de surprise au Président. Les copains vont me charrier, pensa le vieux légionnaire.

Ça n'avait pas manqué. Dans le van aménagé qui les ramenait aux Invalides, Éloi, un compagnon de la Libération qui affichait plus de décorations que de dents, avait gloussé.

— Tu ne lui as pas fait de cadeau, au PR[1].

---

1. Acronyme utilisé dans l'armée ou la haute fonction d'État pour désigner le président de la République.

Maurizio haussa les épaules.

— Il en a vu d'autres. Trump serrait la main plus fort.

— Ça, c'est vrai. Et la reine aussi. Une petite bonne femme haute comme trois pommes mais une sacrée pogne quand elle te salue ! Je me rappelle encore sa visite, en 1972.

De sa voix de crécelle, il entreprit de raconter sa rencontre avec l'illustre Anglaise.

— ... Au total, j'ai salué deux reines et cinq PR. En comptant les présidents américains, j'arrive à neuf présidents...

L'Italien n'écoutait plus. Il savait que Gab avait assisté à la cérémonie. Bien droit dans son fauteuil, il n'avait pas osé détourner les yeux pour éplucher la foule du regard, mais il espérait que le gamin l'avait reconnu malgré tout. Pour une fois, il voulait faire honneur à un plus petit que lui.

Le commentateur se tut. L'Arc de Triomphe apparut en gros plan sur fond de marche militaire et la caméra glissa lentement le long des colonnes. Gab eut un hoquet. Tous ces noms gravés... Des soldats, des maréchaux, et même un tambour...

— Et si c'était là ?
— Qu'est-ce que tu dis, mon chéri ?
— Rien, maman.

Il planta la télé allumée et courut dans sa chambre. L'Arc de Triomphe aussi avait été construit par Napoléon. Quand Charles Faugère était mort, le monument était terminé depuis longtemps. Et s'il avait caché son trésor dessous ?

15 décembre 1940

*Parvis de l'église Saint-Louis,
Paris*

Une neige poisseuse et molle salissait l'esplanade des Invalides et le ciel, couleur de cendres, affichait un teint de circonstance. On attendait justement celles de Napoléon II, dit l'Aiglon. Le nez rougi par le froid, le colonel Heinz von Liehr battait le gravier de toutes ses bottes. Il n'en avait que deux mais tournait si vite sur lui-même que l'on pouvait le prendre pour un mille-pattes. Ce 15 décembre était un jour historique : le Reich éternel montrait sa grandeur d'âme aux Français. Tout le monde ne se paye pas le luxe de rendre un bébé empereur à son peuple. Hitler, qui avait la chance d'en avoir un sous la main, avait sauté sur l'occasion, et Heinz von Liehr se caillait les orteils parce qu'il avait été six mois plus tôt l'instigateur de cette grande idée. On regrette parfois son propre génie.

Sitôt la ligne Maginot explosée et ses chars garés au bas des Champs-Élysées, Hitler s'était fait servir un café au lait et avait appelé son secrétaire – les secrétaires sont des gens très commodes, disponibles vingt-quatre heures sur vingt-quatre, et ils ont plein d'idées.

— Mon petit Heinz, je cherche une idée géniale pour devenir copain avec ce vieux gâteux de maréchal Pétain et ses abrutis de *Franzosen*.

Le colonel avait bugué.

— Mon grand et inestimable patron, ce n'est pas gagné, gagné. Peut-être faire faire demi-tour à nos panzers ?

— *Ach*, ça va pas dans ta tête ? *Nein*, *nein*, et *nein*. On y est, on y reste, on n'est pas des girouettes.

Puis il avait tapé du pied très fort, si fort que le secrétaire l'avait entendu à travers le combiné.

— J'attends.

— Eh bien... offrir des fleurs aux Parisiennes ? Elles adorent ça.

— Heinz, ça suffit.

Le malheureux colonel commençait à trembler des dents pour ses galons et même pour sa tête. Quand Führer pas content, Führer devenir très vite furieux.

— Du charbon ? ajouta-t-il précipitamment. Nos services de renseignements nous ont confirmé que les Parisiens en manquent.

— Normal, on leur pique. Autre chose, Heinz ? Un truc intelligent ?

Von Liehr transpirait sous sa casquette noir et argent. Il s'était essuyé le front en regardant autour de lui. Un petit drapeau autrichien posé sur la cheminée avait allumé une ampoule dans son cerveau.

— Mon Führer, on peut leur donner des cendres ! Ce sera super parisien, très très grand genre.

Ce fut au tour d'Hitler de buguer.

— Gnih ?

— On a l'Autriche, pas vrai, chef ?

— *Ja.*

— Et les Autrichiens ont le petit Napoléon, son fils, mort à Vienne. Vous pouvez offrir son corps à la France.

Un cadeau gratos, en plus. Hitler claqua des dents, une manière de montrer sa satisfaction.

— Vendu. Débrouillez-moi ça. Et achetez des fleurs. *Schnell !*

Évidemment, ce vieux schnock de Pétain avait profité de l'occasion pour pleurnicher dans les jupes des Français ; des trémolos dans la voix, il avait comparé « le mélancolique destin du duc de Reichstadt, prisonnier dans sa propre famille, et le destin cruel de la France, exilée chez elle par le sort des armes. »

Mélancolique et exilé, tel était le colonel Heinz ce soir-là, les pieds dans la neige fondue et la tête balayée par le vent de décembre. Hitler l'avait dépêché pour le représenter.

— Je n'ai pas trop confiance en Otto Abetz, ni en von Stülpnagel, ils sont foutus de piquer mes fleurs et de dire que ce sont les leurs.

Le colonel surveillait donc comme le lait sur le feu la couronne d'œillets rouges de la taille d'une roue de charrette posée sur les marches du Dôme. Au moins, se dit-il, les Invalides ont été évacués de leurs pensionnaires. Il n'avait pas à contenir un bataillon d'anciens poilus armés de jambes de bois et d'yeux de verre furieux de les voir, lui et ses camarades, traîner leurs bottes dans le lieu le plus sacré de l'Histoire de France. Il s'éloigna pour allumer une cigarette bien méritée.

Le colonel se mettait le doigt dans l'œil jusqu'à l'épaulette: il restait une poignée de personnes aux Invalides. L'une d'entre elles était Denise Morin, qui faisait plus ou moins office de gardienne. L'autre était Eugène Beaupré. La couronne rouge posée sur la neige les narguait de sa croix gammée.

Impossible de laisser cette saloperie si près du maréchal Foch, pensa l'antiquaire. Caché derrière la fenêtre de sa mansarde, il observait le manège infamant et guettait une occasion d'apporter sa contribution à la cérémonie. Il vit le haut gradé s'enfoncer dans l'allée, sa cigarette au bec. Les gardes étaient occupés à installer des torchères le long de l'esplanade. Il descendit en toute hâte dans la cour où il se heurta à Denise, en chaussons, traînant la couronne plus grande qu'elle.

— Puisque l'autre nabot adore les cendres, on va lui en offrir une louche de plus, dit-elle.

Eugène approuva avec enthousiasme.

— Dites, puisqu'on en est aux confidences, j'ai un conseil à vous demander.

— Je me débarrasse de ce truc, murmura Denise, et je reviens.

— Alors ? demanda-t-elle après avoir confié la couronne à son mari, qui l'avait jetée dans une cheminée.

— J'ai quelque chose dans ma chambre, d'assez...

— Compromettant ?

— Pas vraiment, non. Un objet spécial. Très précieux. Je ne voudrais pas qu'il tombe dans les mains des Allemands, vous comprenez. En fait, ce serait un crime qu'ils le récupèrent. Et comme ils commencent à piller tout ce qu'ils trouvent dans l'Hôtel...

Denise se pinça le nez.

— Je vois.

— Vous n'auriez pas idée d'une bonne planque ?

— Attendez que je réfléchisse... Je crois que oui. C'est encombrant, votre truc ?

Eugène grimaça.

— Un peu. Je vais vous montrer.

28

Où l'on soulève une erreur fréquente, dont les conséquences se révèlent surprenantes

Finalement, après deux semaines de silence, les Italiens l'avaient recontactée. Pélagie relut le mail qui venait de tomber dans sa boîte et ses mains devinrent moites. Ils lui indiquaient une nouvelle date pour l'entretien.

Respire, ma fille. Elle releva la tête et inspecta le petit bureau : elle était bien seule, Bruno était en rendez-vous. À toute vitesse, elle tapa quelques lignes, confirmant son intérêt pour le poste, et envoya. *Pourvu* que ça marche. *Pourvu, pourvu.* Elle referma la messagerie et se replongea dans le dossier confié la veille par le syndicat des céréaliers français. « Les valeurs nutritionnelles du blé français. » Dix-huit pages à traduire en russe. Le syndicat espérait acquérir des parts de marché au Kirghizistan. Bonne chance à eux, pensa Pélagie en cherchant un équivalent à «*farine panifiable*».

Elle atteignait le cinquante-huitième paragraphe et «*la richesse en protéines de nos blés durs favorable à la fabrication de pâtes de qualité*» lorsque Bruno poussa la porte du bureau.

— Pélagie.

Il avait l'air bizarre, un peu pâle et plus ébouriffé encore que d'ordinaire.

— Oui ?

— J'ai reçu votre mail. Vous me quittez ?

Deux heures plus tôt, dans le taxi qui l'emmenait chez son client, son téléphone avait bipé. Un mail. Distraitement, il l'avait ouvert.

> Messieurs,
> Merci de l'intérêt que vous témoignez à ma candidature.
> Je suis disponible pour vous rencontrer ce mardi,
> à 15 heures.

Le ciel lui était tombé sur la tête. Il perdait sa traductrice, son assistante, son bras droit. La perspective calamiteuse avait occupé son esprit durant tout le rendez-vous.

Merde, pensa Pélagie. Elle s'était trompée dans l'adresse mail et avait envoyé sa réponse à Bruno.

— Je... je...

Elle cherchait ses mots désespérément.

— Vous ne pouvez pas partir...

Et Pélagie éclata.

— Bien sûr que si ! J'en ai marre de traduire des notices de croisière et des plaquettes de séminaires pharmaceutiques. Je ne vais pas faire ça pendant trente ans ! Sans compter que j'abats le travail de trois personnes. Je ne suis pas une machine ! Et, oui, je pense que je vaux mieux que ça.

Effrayé par la violence de sa réaction, Bruno recula d'un pas. L'agence comptait trois personnes à l'époque où il avait embauché Pélagie. Quand Nadine était partie à Londres, il avait prévu de la remplacer mais les choses avaient traîné, il avait délégué quelques tâches à Pélagie, puis de plus en plus, et aujourd'hui elle effectuait le travail de deux personnes. Il s'en excusa.

Elle rectifia :

— Les choses ne traînent pas toutes seules, Bruno, c'est vous qui remettez toujours tout au lendemain, et c'est insupportable.

Il ne lui avait jamais entendu ce ton cassant. Ses oreilles devinrent toutes rouges.

Elle se rassit et se replongea dans son dossier céréalier. Livré à lui-même, Bruno fit un pas en avant, puis un autre en arrière, avant de prendre la direction de son bureau.

Pélagie avait repris son travail comme si de rien n'était. Intérieurement, elle tremblait comme une feuille. Pour la première fois, elle avait osé dire franchement ce qu'elle pensait à l'un de ses employeurs et le ciel était resté à sa place. Elle s'en voulait de ne pas avoir réagi plus tôt. Quelle idiote !

Caché derrière l'écran éteint de son ordinateur, Bruno regarda autour de lui, éperdu. Le bureau était rangé, Pélagie avait installé un rosier nain devant la fenêtre et acheté une petite table basse autour de laquelle il pouvait recevoir des clients. La machine à expresso était propre, il y avait toujours du sucre, et parfois même des chocolats. Tous les abonnements étaient à jour, les factures étaient payées sans qu'il voie jamais passer une relance. Dans le meuble-classeur, chaque dossier client était étiqueté en lettres capitales, bien lisibles; c'était sûrement elle aussi qui vidait les corbeilles à papier. Si elle partait, il était fichu.

*
* *

Gab dut patienter jusqu'au mercredi suivant pour retourner aux Invalides. Maurizio se chauffait au soleil devant l'entrée de l'hôpital, seul.

— Abdel t'attend.

Le vieil homme était assis dans son lit, sa chemise était bien repassée mais ses rides semblaient s'être creusées, ses yeux étaient plus sombres. Il sentait l'eau de Cologne. Quelques poils blancs, dans les plis du cou et aux coins du menton, avaient échappé au rasoir.

— Raconte-moi ta semaine, petit.

Gab raconta. La cour de récré, son copain Marcus qu'il avait été content de retrouver, le cours d'histoire sur Napoléon, les exercices d'anglais, un peu casse-pieds.

Abdel écoutait. J'ai de la chance, songea-t-il. J'ai de la chance d'avoir rencontré ce petit auquel je peux rendre un peu de ce que l'existence m'a donné. Quand Gab eut fini, il désigna en souriant la cannette de jus d'orange posée sur la table de nuit.

— Si tu as soif, c'est pour toi.

— Merci, dit Gab.

Après ce mois d'enquête, la fragilité de son « plan » lui apparaissait dans toute son ampleur, on ne part pas dans une chasse au trésor sans savoir où chercher, deux lignes dans un album, c'était trop peu, même s'il avait passé des jours et des jours à écrire dans son cahier en essayant de se mettre à la place de Charles :

Si j'étais lui, je cacherais ma médaille :
– dans l'église
– sous le tombeau de Napoléon
– dans une cave
– dans le trou d'une pierre (quelle pierre ?)
– au pied d'un arbre
...

Il avait compris qu'il ne pouvait pas creuser au pied de chaque arbre, ni fouiller dans l'église. Il avait renoncé à suivre la piste de l'Arc de Triomphe, le monument était trop éloigné des Invalides. Le visage tanné d'Abdel et ses yeux plissés l'encourageaient. Il se lança.

— Je crois que je vais devoir revoir mon plan, tu sais. C'est peut-être plus difficile de trouver une médaille qu'un dinosaure.

— C'est vrai, mais est-ce que tu es pressé ?

— Non. Mais je voudrais vraiment réussir. C'est nul de ne pas arriver à ses fins.

L'expression fit sourire le vieux spahi.

— Tu as plein d'autres mercredis devant toi pour y parvenir. Tu as déjà vu Vizir et le tombeau de Napoléon, sans parler d'endroits secrets que même le gouverneur ne connaît pas. Il me semble que tu as bien progressé.

— C'est vrai, dit le petit, mais j'ai encore du travail.

Un rayon de soleil éclaira la photo d'Abdel en uniforme et Gab sauta du coq à l'âne.

— C'était comment ta vie avant ?

— Avant quoi ?

— Avant…

Le petit hésita.

— Avant d'être blessé.

Le vieil homme serra ses deux mains l'une contre l'autre. Sa vie d'avant avait été si courte. Vingt et un ans. Il était passé presque par magie de l'enfance à la vieillesse. Entre les deux, une poignée d'années recouvertes de soleil et de sable. Il en gardait seulement des odeurs. Celles des chevaux, de la sueur et de la graisse du FM 24/29 qui imprégnaient tout, celles du gasoil et de la poussière mate comme de la craie au fond des camions, celle des toiles de tentes.

— Je crois que j'étais heureux.

Il fouilla dans ses souvenirs. Les chants de ses tantes, le sourire de sa mère. Les oranges qu'il mangeait au bord des champs avec ses frères. Oui, tout était bien. Son regard se posa sur Gab. Le petit le contemplait en silence.

— C'était très différent, dit le vieil homme. Chaque chose était à sa place. Ici aussi je suis à ma place, au milieu de mes frères.

— Pourquoi tu dis que c'est tes frères ?

— Parce que ce que nous avons vécu, nous sommes les seuls à le comprendre et à le partager. Comme dans une famille. Quand ta mère évoque un moment que vous êtes seuls à avoir connu, ton ami Marcus ne sait pas de quoi elle parle, vrai ?

Gab hocha la tête.

— Et tu sais que ta mère sera toujours là pour toi.

— Oui.

— Comme dans un régiment. Si un copain est blessé, on va le chercher. Il compte sur toi, et toi, tu comptes sur lui.

— Je comprends.

Abdel cherchait sa respiration.

— Est-ce que ta maman sait que tu viens nous voir ?

Gab baissa la tête.

— Peut-être qu'elle serait contente que tu lui en parles.

Le petit tortillait ses doigts autour de la cannette.

— Je ne sais pas. J'ai peur...
— Qu'elle te gronde ?
— Non. De perdre mon secret. Je voulais trouver le trésor de Napoléon aussi pour lui faire une surprise. Elle aurait été fière.
— Je comprends, dit Abdel.
Il savait maintenant à qui le petit ressemblait. À son petit frère. Gab avait les mêmes yeux couleur café brûlé, le même sourire, la même fossette dans la joue. Il s'appuya contre l'oreiller. Une quinte de toux le secoua brutalement et il réprima une grimace. Ses côtes le faisaient souffrir à chaque inspiration.
— Je crois que je vais dormir un peu. Maurizio est dans la cour, tu peux aller discuter avec lui. Il ne faut pas oublier ton projet.
Gab glissa la cannette vide dans son sac et descendit, la tête basse. Il n'avait pas osé reprendre son livre et il commençait à avoir très peur que le vieux militaire ne puisse plus l'accompagner dans leurs recherches. Il se sauva sans s'arrêter au Foyer.

Le soir, il demanda à sa mère :
— Quand papa est mort, tu savais que ça allait arriver ?
— Papa est mort dans un accident d'hélicoptère, personne ne peut prévoir ça. Et, heureusement, ça reste rare.
— Est-ce que dans certains cas on sait si quelqu'un va mourir ?

Déstabilisée, Pélagie chercha ses mots.

— Eh bien, on peut le savoir si la personne est très vieille ou qu'elle a une maladie grave mais, souvent, on ne le sait pas.

— Mais il y a bien des signes ? Est-ce que quelqu'un qui maigrit et qui a du mal à respirer va mourir ?

— C'est possible mais il peut avoir seulement une grippe. Pourquoi tu me demandes ça ?

— Je me pose la question, c'est tout.

Pélagie prit une inspiration et murmura doucement :

— Tu sais, Gab, papa était pilote. Un accident, ça faisait partie de son métier.

Des larmes s'étaient formées dans les yeux de l'enfant.

— Mais les soldats aussi, et ils ne meurent pas tous ! Certains vivent très vieux. Comme… comme le général de Gaulle.

— Oui, bien sûr, mais c'est un métier risqué. Et tout le monde meurt, ça fait partie de la vie.

— Pourquoi tu étais si triste alors ?

— Parce que j'étais bien avec lui. Tu comprends ?

Les mains serrées sur les cuisses, Gab hocha la tête.

29

Où la rébellion porte ses fruits

La voisine se tenait dans l'encadrement de la porte.

— Bonjour, je me demandais si vous aviez encore besoin de quelqu'un.

Sa brosse à cheveux à la main, Pélagie resta interloquée.

— Pour garder votre fils, vous savez. Ma nièce cherche des baby-sittings.

— Non merci, dit Pélagie.

— Ben si, vous aviez l'air bien embêtée, l'autre jour, alors je me suis dit...

Pélagie sentit la moutarde lui monter au nez.

— Je me suis débrouillée.

— Vous êtes sûre ? Parce qu'elle ne prend pas cher, et je sais que ça vous dépannerait.

— Je dois aller travailler, je vais être en retard. Au revoir.

Et elle referma la porte.

— Gab ! Tu es prêt ? On y va !

Debout dans la pénombre du palier, la voisine en resta muette d'indignation. Quel culot, pensa-t-elle. Bien la peine de vouloir aider les gens. Faudra plus qu'elle vienne me demander quoi que ce soit, elle ou son gosse.

Pélagie eut beau courir en sortant du métro, Bruno était arrivé au bureau avant elle.

— Venez prendre un café, Pélagie.

Elle le regarda se battre avec les capsules et finit par s'interposer :

— Laissez-moi faire.

Elle glissa les capsules dans le bon sens, puis rabattit la manette d'un geste sec.

— Merci, marmonna Bruno.

Il prit une inspiration :

— Je vous propose une augmentation.

Elle croisa les bras.

— J'ai réfléchi à ce que vous m'avez dit la semaine dernière, vous n'avez pas totalement tort...

Méfiante, Pélagie hésitait à répondre. Elle attendit la suite. Bruno s'était réfugié derrière la petite table basse et tripotait nerveusement les poches de son veston.

— La charge de travail a augmenté ; nous venons de signer un beau contrat. Je vous charge d'embaucher une assistante. Une fois que ce sera fait, vous aurez le temps de chercher de nouveaux clients. Des missions plus en adéquation avec vos centres d'intérêt et vos compétences.

Pélagie revit ses courses effrénées le soir, ses heures d'angoisse devant son écran en pensant à Gab à la maison, la petite figure de son fils assis sur le canapé, seul, le visage bleui par la lumière de la console ; elle ressentit la boule qui gonflait son estomac quand elle partait le matin, la crainte de mal faire qui grandissait et l'engloutissait peu à peu, la peur d'être trop inquiète, trop possessive, trop négligente, trop inconsciente, trop tout, et de n'être bonne à rien. Elle ne voulait plus vivre ça.

— Je veux terminer à 17 heures maximum, s'entendit-elle lancer. C'est ce que me propose l'autre entreprise.

— D'accord.

— Pas d'heures sup. Et une augmentation de salaire de 20 %.

Allons-y, demandons franchement. C'est l'occasion ou jamais.

— D'accord.

— Merci.

Elle se rassit. Bruno toussota, puis, sa tasse de café à la main, s'enfuit dans son bureau. J'aurais dû rajouter un paquet de guimauves, tiens, songea Pélagie. Juste pour voir s'il aurait dit oui.

Gab transpirait sur un exercice d'anglais quand sa mère rentra. Elle souriait.

— Mon poulet, j'ai une surprise.

— Un livre ?

— Non, un restau. On va s'offrir une pizza.
— Chouette!

Il avait déjà lâché son stylo, mais elle l'arrêta.

— Finis tes devoirs d'abord. Les pizzas nous attendront.

Deux heures plus tard, ils étaient installés chez Tonio. Ils avaient commandé un jus d'orange et un verre de rosé et Gab examinait la carte très sérieusement. Son cœur balançait entre la margherita et la trois-fromages. Les restaurants devraient imaginer des pizzas bi-goûts, comme les bonbons ou les Malabar, estima-t-il. Ce serait bien plus simple et on aurait le plaisir d'en manger deux pour le prix d'une. Il se décida à regrets pour la margherita.

Pélagie leva son verre.

— À mon augmentation et à nos soirées!
— Dommage que papa ne soit pas là pour fêter ça avec nous.
— Oui, dit Pélagie.

Elle sourit à son fils.

— En tout cas, on va pouvoir partir en Corse cet été. Au moins deux semaines, au bord de la mer, et on louera un bateau. Qu'est-ce que tu en penses?
— On pourra emmener un ami?
— Bonne idée!

La perspective de quinze jours de vacances au bord de la mer plairait sûrement à Marcus, songea Pélagie.

Pourvu que l'année prochaine je puisse emmener maman en Australie, pensa Gab. Et Abdel aussi, il serait trop content. Il avait eu un cheval, il adorerait sûrement les kangourous. Il croisa les doigts sous la nappe.

30

Où l'on remonte le temps sans machine mais avec du thé

Ce mardi-là, deux cartons attendaient Aurélie aux archives. La responsable du service les avait posés sur la paillasse ; un chercheur venait consulter des livres de sortie datant des années 1980 et elle n'avait pas une minute à elle.

— Les cartons étaient dans la réserve, je crois qu'il s'agit du legs d'un ancien poilu. Je te laisse regarder.

Aurélie ouvrit le premier ; elle y découvrit des cahiers d'écolier et des cartes d'état-major. Voilà qui pouvait intéresser la bibliothèque du musée. La plupart des cartes étaient en excellent état. Elle les classa par région, avant de les ranger. Les cahiers d'écolier étaient en réalité des recueils de chansons de soldats, écrites à la main et illustrées au crayon de couleur. Sans doute l'œuvre d'un militaire pour tuer le temps dans les tranchées. L'illustrateur était doué, les dessins drôles, proches des caricatures de Daumier. Bonne pioche, pensa Aurélie, encore de quoi ravir des amateurs du genre.

Le second carton cachait de gros carnets dodus. On lisait sur la couverture du premier :

*Journal
1918 – 1920*

Et, en dessous, un nom à l'encre pâlie tracé en lettres élégantes : « Eugène Beaupré. »

Aurélie le contempla avec gourmandise. Un journal intime ! Elle le posa sur la table. Une odeur de poussière suintait du papier jaune et épais. Elle demanderait à l'archiviste la permission de le sortir quelques jours du service, pour le lire au calme.

Aurélie habitait derrière la rue Cler, une minuscule maison en fond de cour. Elle rentra à pied, profitant du ciel bleu et des premières tiédeurs du soleil. Les documents posés bien à plat dans son panier de paille, elle rêvait déjà à sa lecture. Elle avait trouvé trois autres carnets appartenant à Eugène Beaupré, l'un daté de 1928 à 1932, un autre de 1940 à 1942, et un dernier courant sur les années 1944 et 1945.

Elle se prépara une tasse de thé et, après avoir soigneusement nettoyé le petit bar de sa cuisine, y posa les carnets de l'officier. Le cœur battant, elle ouvrit le premier.

« *25 octobre 1918*
Me voici tiré d'affaire, selon l'avis des chirurgiens. Je souffre moins, les doses de morphine ont été réduites. J'ai retrouvé ma lucidité et, comme le temps me semble désormais fort long, j'ai décidé de le tuer en tenant ce journal. J'ai commencé à réunir les chansons de notre régiment en les illustrant. Cette occupation a le mérite de faire travailler ma mémoire tout en m'empêchant de ressasser les drames vécus par mes camarades. Hier, j'ai appris que Jacques, mon brave Jacques, avait été interné. Il a tenté de jeter par la fenêtre un camarade de chambrée, persuadé qu'il s'agissait d'un espion allemand. Quelle tristesse. »

Une écriture fine et régulière couvrait des dizaines de pages. Eugène Beaupré y décrivait par le menu son quotidien, la vie à Paris et les malheurs de ses compagnons. Le 30 octobre, la gangrène gazeuse avait emporté un dénommé Roger, encore au front. Le 11 novembre, tout l'hôpital était sorti dans la cour et avait chanté la *Marseillaise* en pleurant. Mi-novembre, on avait retiré des vitrines du Bon Marché les papiers collants les protégeant des déflagrations ennemies. Le 24 décembre, il avait assisté à la messe de minuit dans l'église des soldats et inauguré sa nouvelle jambe de bois, «*semblable à ces pieds de bottier. Elle remplace avantageusement le triste pilon en pin fourni à mon arrivée*».

L'obscurité arracha Aurélie à sa lecture. La nuit était tombée sans qu'elle s'en aperçoive. Elle alluma la lumière et se replongea dans les mémoires d'Eugène. Blessé en mai 1918, le jeune officier avait été soigné à l'hôpital de Boulogne puis envoyé aux Invalides. Là, il s'était intéressé à l'architecture du monument et à son histoire; il s'indignait du désintérêt de la plupart de ses camarades pour le musée de l'artillerie et se désolait de la vétusté des salles communes. En cent ans, rien n'avait vraiment changé, avait pensé Aurélie.

Elle lut toute la nuit. À l'aube, elle était sonnée, les yeux rougis et la nuque crispée. Elle avait traversé deux guerres mondiales en quelques heures et suivi la naissance chaotique de la Quatrième République. Elle s'étira, se passa le visage sous l'eau et alluma la cafetière.

Au-delà des décennies les séparant, Eugène Beaupré lui semblait être un frère, peut-être à cause de sa profession d'antiquaire et de sa passion pour les œuvres d'art, peut-être aussi parce qu'ils partageaient un optimisme et une acceptation commune face aux aléas de la vie. Eugène Beaupré avait quitté les Invalides en 1920; il avait retrouvé son magasin rue du Faubourg-Saint-Antoine. Il s'était marié avec une Marguerite, morte plus tard de la tuberculose. Il était revenu aux Invalides à l'âge de cinquante ans, ses blessures s'étaient réveillées et le handicapaient trop pour qu'il vive seul chez lui.

Aurélie réfléchissait en tartinant de confiture d'abricot une tranche de pain. Un passage l'avait intriguée : en 1940, Eugène avait caché *quelque chose* aux Invalides. « *Le legs de Napoléon.* » Cet objet, qu'il ne décrivait pas, semblait en rapport avec un livre cité à plusieurs reprises, les *Mémoires d'un soldat de l'Empire*. Ce titre lui rappelait un vague souvenir, mais quoi ? Un livre vu dans la bibliothèque du musée ? Une discussion ? Quelqu'un, devant elle, avait récemment évoqué Napoléon.

Elle posa sa tartine pour se masser les tempes. Tout ceci était bien obscur. Elle avait la tête serrée dans un étau et l'impression d'étouffer sous ce flot de dates. Les différentes époques se mélangeaient, poilus, grognards, Napoléon et Leclerc de Hauteclocque. Le mieux était d'en discuter avec l'archiviste : elle connaissait peut-être l'ouvrage évoqué par Eugène Beaupré. Aurélie se promit de lui poser la question.

Elle rapporta les carnets d'Eugène Beaupré deux jours plus tard, à l'occasion de sa séance de rééducation. Consciente des aléas de sa mémoire, elle avait recopié les passages qui lui semblaient les plus importants mais l'archiviste n'avait jamais entendu parler des *Mémoires d'un soldat de l'Empire*.

— Il y a des montagnes de livres de ce genre, souvent assez rasoirs. Les gens n'ont pas attendu le XXIe siècle pour publier leurs souvenirs et chacun est persuadé d'avoir une vie palpitante.

Elle conseilla à Aurélie de se renseigner auprès des bibliothécaires du musée.

— Tu viens à la Saint-Jean ce week-end ? demanda-t-elle tout en se battant avec la relieuse à spirales.

— Bien sûr, dit Aurélie.

Tout le monde venait à la Saint-Jean.

31

Où l'on fait la fête sans en connaître l'origine (mais en sachant pourquoi)

La Saint-Jean était l'une des grandes fêtes de l'INI : les pensionnaires, les hospitalisés, les familles, les médecins, tout le monde participait, on se serrait autour de grandes tables installées dans la cour intérieure, les kinés faisaient griller des côtelettes et les infirmiers servaient la sangria. Deux bénévoles d'une association d'anciens combattants s'étaient chargés d'installer la sono. Maurizio avait insisté. « Grosse bringue, saucisses et chips à volonté, il faut absolument que tu viennes, Gab. »

Le petit était venu, il avait remis la veste offerte par les deux vieux soldats. Le légionnaire portait pour l'occasion une chemise à rayures violettes et noires et un foulard prune. Abdel avait tenu à descendre. Il parlait doucement à l'oreille d'une dame fripée comme un vieux livre. Assise sur une chaise pliante, elle bougeait seulement la tête mais ses yeux brillaient comme ceux d'une mésange. Une mésange à tête grise. Elle le dévisagea avec curiosité.

— Toi, je ne te connais pas, petit bonhomme ?

Gab avait appris sa leçon.

— Je suis un petit-cousin de Maurizio. Je m'appelle Gab.

— Que tu es mignon ! Tiens, prends un hot dog. Les saucisses sont très bonnes.

Sa mère lui avait dit qu'il ne fallait pas contrarier les personnes âgées. Il attrapa un petit pain débordant de sauce rouge et croqua dedans. La vieille dame avait raison, il était succulent, moelleux et plein de fromage fondu.

— Quand je suis revenue de Struthof, on m'a dit : Dieu n'existe pas pour avoir permis ça. Moi, tu vois, j'ai toujours été persuadée qu'il existe, sinon, aucun d'entre nous n'en serait revenu. Et on ne serait pas là, tous ensemble, à manger ces délicieuses saucisses.

Elle s'éloigna, appuyée sur une canne presque plus haute qu'elle.

— Qu'est-ce que c'est Struthof ? chuchota Gab.

— Un camp nazi. On y faisait des choses horribles. Lucie y a survécu.

— Elle a l'air d'une momie.

— Lucie est très vieille, elle a quatre-vingt-quinze ans.

Gab écarquilla les yeux et sa bouche cernée de ketchup forma un rond presque parfait. Il regarda

Lucie avec le même respect qu'il avait témoigné au tombeau de l'Empereur.

— Quatre-vingt-quinze, c'est presque cent ! Elle a un siècle ? Pour de vrai ?

— Oui, sourit Abdel.

— Elle a peut-être connu Napoléon ?

— Quand même pas ! Ni le numéro un ni le numéro trois.

Déçu, Gab enfourna une bouchée de hot dog. Il se dépêchait de le finir, pour demander à Maurizio s'il pouvait avoir une part de gâteau avant de partir. Il se rapprocha d'Abdel :

— Est-ce que tu as trouvé d'autres indices ?

Son regard anxieux toucha le vieil homme.

— Pas encore, Gab mais on va y arriver.

Il savait que Maurizio avait raison, cette quête était une utopie mais une partie de lui ne pouvait s'empêcher d'espérer que la fiction rattrape la réalité.

— J'ai une nouvelle piste, tu sais. Est-ce que Maurizio est toujours d'accord pour nous aider ?

— Bien sûr. Aie confiance, Gab.

Le vieux spahi resserra la couverture posée sur ses jambes. Malgré elle et un bon pull en laine, il frissonnait.

— Je n'ai plus l'âge de faire la fête avec les jeunes. Je vais remonter. Nous parlerons de ton nouveau plan mercredi prochain ?

Pour Gab aussi, il était l'heure de rentrer. Sa mère le croyait au cinéma avec Marcus mais la séance ne durerait pas toute la soirée. Tant pis pour le dessert. Les couloirs du métro, qu'il aimait tant observer d'habitude, lui parurent ternes et froids.

Pélagie coupait des pommes pour le crumble du dîner. Elle lui demanda si le film lui avait plu.
— Oui, marmonna-t-il.
— Il racontait quoi ?
— Tu ne peux pas comprendre, c'est compliqué.
Il passa devant Pélagie effarée et alla s'enfermer dans sa chambre. *Pourvu* que ce ne soit pas le début de l'adolescence. *Pourvu, pourvu.*
— Viens mettre la table ! cria-t-elle de la cuisine.
Du bout du couloir, une petite voix étouffée lui répondit :
— J'ai pas faim, j'ai mal au cœur.
Encore ces cochonneries de pop-corn, pesta Pélagie.

Une main invisible avait allumé les guirlandes électriques et le jardin intérieur de l'hôpital s'était transformé en guinguette. Pendant que Johnny chantait dans la sono, Norbert dansait avec la femme du médecin général et Corentin, avec une ergothérapeute. Maurizio se tâtait à inviter Lucile, une nouvelle aide-soignante. Blonde, les yeux noisette. Pas trop son genre mais tellement souriante qu'il lui pardonnait. C'était l'occasion ou jamais.
Assise sur une chaise métallique, Aurélie sirotait son deuxième verre de sangria. Elle avait

proposé à Gab de lui dessiner un papillon sur le front mais il avait refusé, arguant qu'il était trop grand. Elle avait été déçue.

L'archiviste vint la rejoindre.

— Aux Invalides et à saint Jean!

— Je me demande pourquoi on le fête, d'ailleurs.

L'archiviste gloussa.

— Aucune idée! Mais c'est une tradition, comme la Sainte-Barbe. Peut-être en référence à saint Jean de Dieu, le patron des soignants? Et on a décalé la date à l'autre Jean pour profiter du beau temps.

— Ça doit être ça, opina Aurélie. Heureusement qu'on n'essaye pas tous de sauter au-dessus du feu.

— Bah, les jambes de bois, ça brûle bien!

Le nez dans leur verre, elles pouffèrent, puis l'archiviste retrouva son sérieux.

— J'ai trouvé un autre carton après ton départ. Tu pourras regarder s'il contient la suite du journal qui te passionne.

Aurélie dut se maîtriser pour ne pas se lever et courir aux archives. Elle se contenta d'aller empiler les verres vides. La fête était terminée. Les kinés décrochaient les fanions, la femme du médecin-chef recouvrait les restes de tartes aux fraises, et le gouverneur se disait que, le lendemain, Tosca et sa petite famille trouveraient un déjeuner de roi en picorant les miettes tombées au milieu des graviers. La soirée avait été réussie. Son chef de cabinet, qui vivait sa première

Saint-Jean, lui avait confié qu'il n'aurait jamais imaginé une fête pareille. Maurizio, le légionnaire, que le général croyait sans famille, avait même invité un petit-cousin et l'enfant avait fait honneur aux frites et aux saucisses.

Pendant que les soignants aidaient les pensionnaires à remonter dans leurs chambres, Norbert réquisitionna Jules pour ranger les tréteaux et les tables dans la vieille boulangerie, derrière le jardin de l'Intendant. Ils ne seraient pas trop de trois bras pour faire les allers et retours.

Isabelle n'était pas venue à la fête : elle travaillait. Sa première journée. Adèle l'avait appelée la veille ; son habilleuse était grippée.

— Je sais que ce n'est pas ton métier, Isa, mais tu me connais bien, je préfère que ce soit toi qui la remplaces plutôt qu'une étudiante d'école de mode. Tu sais comment elles sont...

Oui, Isabelle savait. Les gamines passaient plus de temps à essayer de glisser leur CV au styliste qu'à habiller les modèles ; elles tiraient trop fort sur les coutures des vêtements, emmêlaient les boutons dans les mèches de cheveux, oubliaient de talquer les chaussures. Elle avait dit oui. Adèle s'était montrée trop gentille avec elle pour qu'elle refuse ce service ; d'ailleurs, elle soupçonnait la mannequin de l'avoir plutôt appelée pour lui rendre service à elle, Isabelle.

Elle ouvrit la porte de son appartement et alluma la lumière. L'ampoule lâcha un claquement sec.

Elle repoussa le battant et s'assit sur le canapé. Seule dans le noir. Un sentiment qu'elle avait ressenti toute la journée sur le plateau photo. Terrée sous une casquette noire, elle avait habillé et déshabillé Adèle comme un robot. Elle n'avait plus rien à dire à ces gens. Le créateur avait réclamé du Coca toutes les dix minutes, à croire qu'il se l'injectait en intraveineuse. Il ne l'avait pas reconnue, elle non plus, d'ailleurs, il avait pris un lifting et dix ans ; heureusement son nom était brodé sur les étiquettes des robes. Le photographe aboyait sur Adèle et appelait ses assistants en claquant des doigts sans les regarder, il avait choisi du rap pour ambiancer la séance de *shooting*, et les sons gutturaux étaient encore incrustés dans le cerveau d'Isabelle. Les rires artificiels, l'agitation inutile, toute cette énergie, cette fausse créativité et cet argent jetés en l'air pour une page de magazine lui donnaient envie de pleurer.

À tâtons, elle alla ouvrir la fenêtre et s'y accouda. L'air était doux et sentait la glycine. Elle respira doucement. L'image des cerisiers en fleur et l'odeur tiède des coquetiers en bois l'envahirent. Elle devait changer de monde. Elle allait changer de métier.

32

Où l'on apprécie l'intérêt des journaux intimes

La sonnerie de son téléphone réveilla Maurizio. Il le gardait à portée de main, sur sa table de nuit. Une voix surexcitée lui vrilla le tympan.
— *Che ?* marmonna-t-il en se frottant les yeux.
— J'arrive, rendez-vous au Foyer.
Aurélie avait déjà raccroché.
Le légionnaire s'installa en grognant dans son char. Il avait perdu l'habitude des réveils au clairon. Qu'est-ce que cette folle voulait, à 8 heures du matin ?
Un quart d'heure plus tard, Maurizio avait avalé deux cafés serrés et ne râlait plus. La découverte d'Aurélie justifiait de l'avoir arraché de son lit. Le lundi suivant la fête, la jeune femme s'était précipitée aux archives. Elle n'avait pas de séance de rééducation ce jour-là mais les souvenirs d'Eugène Beaupré l'obsédaient. Elle avait cru être victime

d'un mirage en trouvant un nouveau carnet et un livre au dos abîmé : *Mémoires d'un soldat de l'Empire*. Elle avait feuilleté rapidement les fascicules, relu les couvertures. Journal d'Eugène Beaupré, 1938-1940. Et les *Mémoires*. De la lecture et sans doute une nuit blanche en perspective.

Elle avait lu tout l'après-midi et une partie de la nuit.

— Et je sais, chuchota-t-elle en se penchant vers le légionnaire.

— Tu sais quoi ?

— Le trésor que vous cherchez avec le petit. Je sais ce que c'est.

Le soldat de l'Empire, qui était en réalité un médecin militaire, dévoilait dans ses mémoires le pot aux violettes.

— Aux roses, rectifia machinalement le caporal.

— Le pot aux roses, d'accord. C'est un tableau.

Maurizio en avala son chewing-gum.

— Mais l'histoire de Gab cite une médaille !

— Peut-être, mais le médecin de Napoléon, lui, parle d'un tableau...

Aurélie sortit son carnet, lut en silence ses notes et reprit :

— Il précise : un souvenir de la campagne d'Italie, offert par l'Empereur à l'un de ses grognards, lequel l'aurait ensuite confié à un jeune tambour.

Ce n'était pas tout. Après avoir lu les *Mémoires*, l'antiquaire Eugène Beaupré était parti en chasse du tableau. Il l'avait retrouvé dans le grenier d'une maison, à deux pas de l'Hôtel.

— Au 84 de la rue de Varenne. Là où tu m'as emmenée déjeuner! Après la chute de l'Empereur, Charles Faugère a quitté l'armée. Il est devenu commis chez un marchand de vin, puis aubergiste, et c'est là qu'il a caché le tableau en 1870, sans doute à cause de la guerre et de l'arrivée des Prussiens. Dans le grenier de son restaurant. Le tableau y a été oublié après sa mort. L'antiquaire a remonté sa piste, je ne sais par quel miracle. Il a consacré des années à ces recherches.

— Mais pourquoi Beaupré n'a rien dit à personne?

— On était en pleine guerre. À son tour, il a caché le tableau, pour éviter qu'il ne tombe aux mains des nazis.

La guerre terminée, personne n'avait rien su de son secret. Selon les registres des pensionnaires, l'antiquaire était mort en février 1945, fusillé par les Allemands. Ses notes et ses papiers avaient été poussés dans le grenier des Invalides, avec des milliers d'autres archives. Denise Morin, sa complice de l'époque, avait été déportée. À son retour, l'affaire lui était certainement sortie de l'esprit.

Noyé sous ce flot de paroles, Maurizio regrettait l'absence d'Abdel. Le vieux spahi était plus réfléchi que lui. Il se concentra sur l'essentiel.

— Et on sait où il est ce tableau?

— Dans la vieille boulangerie des Invalides, derrière une boiserie. C'est bizarre puisqu'elle a été transformée en crèche. Le tableau aurait dû être découvert au cours des travaux.

— Pas sûr... Une partie n'a pas encore été rénovée. *Ma*, espérons que depuis le temps le truc n'ait pas moisi.

Aurélie referma son petit carnet. Le récit l'avait épuisée.

— Tu veux un thé ?

C'était bien le moment de boire une tasse, pensa le légionnaire, alors qu'ils avaient tant à faire. Prévenir Abdel. Demander l'aide de Jules. Imaginer la surprise de Gab. Le gamin serait peut-être déçu, il espérait une médaille. Mais un tableau, c'était bien aussi.

La vieille boulangerie, ou « boulangerie d'essai », avait été construite à l'écart, pour préserver l'Hôtel proprement dit des risques d'incendie. Elle avait été fermée en 1930. Après diverses affectations, on l'avait transformée en crèche au début des années 2000. Le rez-de-chaussée accueillait les enfants du personnel de l'Hôtel, mais trois pièces étaient restées dans leur jus, bourrées de toiles d'araignées et de bric-à-brac. Les tréteaux et les planches utilisés pour le banquet de la Saint-Jean étaient rangés dans l'une de ces pièces abandonnées. Un lambris à la peinture lépreuse courait à mi-hauteur des cloisons lézardées.

Jules repoussa la porte, et des plaques de plâtre se détachèrent du mur.

— Eh merde.

Des morceaux de plâtre jonchaient le sol. Du pied, Jules les repoussa contre le mur et redressa l'un des tréteaux en métal. Un pied heurta la cloison ; cette fois, une plaque de la taille d'une paume tomba. Exaspéré, Jules jeta le tréteau en jurant. Ces murs étaient vraiment du gruyère. Un nouveau morceau de plâtre se détacha.

— On est en train de tout péter, grommela-t-il.

Maurizio haussa les épaules.

— De toute façon, c'est ce qu'on va faire : il faut voir ce qu'il y a derrière ce lambris. Arrache le bois. Mais en douceur, hé, vas-y mollo, *pianissimo*.

— On ne peut pas tout casser, dit Jules. Je vais commencer par la partie qui se détache à moitié.

Il avisa une pelle à poussière qui traînait par terre et la glissa entre le mur et la corniche pour faire levier. Avec un craquement sinistre, un pan de boiserie long de deux mètres s'arracha d'un coup et s'abattit sur les tommettes.

— Oh, bordel.

Une étoffe grisâtre était clouée à l'arrière des lattes de bois. Ébahi, Jules se laissa glisser sur le sol. Cette histoire de chasse au trésor lui avait semblé folle. Persuadé que Maurizio perdait la boule, il l'avait suivi pour ne pas le vexer mais sans y croire une seconde. Un tableau se cachait peut-être derrière le vieux tissu.

Ils se penchèrent sur les débris tombés au sol. Collées en haut à droite sur la toile, deux bandes en papier kraft formaient une croix. Maurizio les arracha d'un coup sec.

— Qu'est-ce que c'est ? demanda Jules, intrigué.
— Rien, un bout de vieux scotch.

Il fourra les morceaux de papier dans sa poche. Fasciné, le jeune marin examinait leur trouvaille. Maurizio prit la parole le premier.

— Je ne suis pas un expert, mais ce tissu est très ancien.
— Comment tu le sais, alors ?
— Regarde le tissage de la toile. Elle est très serrée mais irrégulière.

Jules restait perplexe. Il ne distinguait qu'un tissu beige et rigide.

— Je ne sais pas comment tu peux voir ça à l'œil nu.
— L'habitude de zieuter les filles, sourit le légionnaire. Et d'acheter des chemises de qualité. Tu devrais suivre mon exemple, ça aide à choper.

Jules leva les yeux au ciel ; d'une voix sérieuse, Maurizio reprit :

— Je crois qu'on devrait montrer notre trouvaille au gouverneur.
— Il va nous fumer ! Quand il saura qu'on a défoncé la pièce...
— Ce sera moins risqué que de planquer un tableau qui vaut peut-être des millions sous ton lit, petit ! Roule !
— Avant d'ameuter tout le monde, on devrait d'abord vérifier ce que c'est.

Maurizio hésita, puis hocha la tête. Jules partit au trot et revint avec une paire de tenailles cachées sous son blouson. Il les avait empruntées au gardien, qui faisait aussi fonction de factotum.

Il lui fallut une bonne demi-heure pour arracher la moitié des pointes qui maintenaient le tissu contre les planches. Foutue main droite HS, pestait-il en tirant maladroitement les clous rouillés et tordus. Des taches d'un noir verdâtre et d'autres d'un orange passé se dessinaient peu à peu sous le bois. La moitié gauche d'un visage apparut.

— Le *bambino* avait raison..., murmura Maurizio. Le petit tambour avait caché un trésor près du Dôme.

Le tableau était posé dans le bureau du gouverneur, sur la table ronde de Jérôme Bonaparte. Aurélie, appelée en consultation d'urgence, l'avait épousseté avec soin. Le général Gannat, le médecin général et Jules le fixaient comme s'il allait bouger.

— Extraordinaire, souffla le médecin général.

La toile mesurait environ un mètre cinquante de haut sur un peu moins de deux mètres de large. Elle était noircie de saleté mais on distinguait tout à fait la scène représentée. Trois joueurs de cartes étaient assis autour d'une table, dans une lumière violente. Une quatrième silhouette se dessinait tout à gauche du tableau, sans doute une servante, car elle portait un pichet. Elle regardait d'un air moqueur par-dessus l'épaule de l'un des personnages.

— C'est le Velázquez. Celui que Napoléon a rapporté d'Italie et qui a disparu en 1798.

Maurizio donna un grand coup de langue contre son chewing-gum.

— Déraille pas, Aurélie.

— Mais si, je vous jure. Regardez.

Elle sortit son smartphone, tapa frénétiquement sur l'écran et le tendit à Maurizio. Il vit un tableau assez moche représentant une femme tranchant la tête d'un homme avec un grand couteau et un air méchant.

— C'est pas Velázquez, c'est le Caravage.

— Oui, c'est ce que je disais. C'est un Velázquez.

— C'est un Caravage! cria l'Italien, exaspéré.

Aurélie baissa son téléphone et le dévisagea d'un air désapprobateur.

— Ne crie pas, Maurizio, c'est très désagréable, vraiment. Bon, où en étions-nous?

— Au Caravage que tu appelles Velázquez.

— Voilà. Celui présenté sur ce site s'est vendu plus de cent trente millions d'euros cette année.

Il lui arracha le téléphone des mains pour lire l'article. Cette fois, Aurélie ne s'était pas embrouillée.

— Quand même, siffla-t-il. Heureusement, le nôtre semble moins moche, parce que ça me ferait mal de voir une croûte pareille exposée au musée ou dans la salle à manger. Petit, tu n'aurais pas pu trouver un Delacroix? *Ma che*, c'est autre chose, un Delacroix! C'est plein de couleurs, ça pétille, ça sent le soleil et les épices!

Aurélie, qui regardait toujours le tableau, fit la moue.

— Ce n'est pas la *Descente de Croix* prise à Livourne en juillet 1796. C'est dommage.

— Je préfère, ç'aurait été sinistre. Là, au moins, c'est... vivant.

La servante les fixait de son air moqueur. Les visages des personnages étaient éclairés comme au théâtre, le fond sombre, l'arrière-plan presque inexistant – un simple mur – les faisaient presque jaillir de la toile.

— Je n'ose pas y croire, murmura le médecin général.

Le gouverneur frotta ses moustaches. Il avait l'impression d'être entré dans une dimension inconnue.

— Restons calmes. Ce n'est peut-être qu'une vieille croûte poussée là-bas après des travaux dans l'Hôtel.

Aurélie se pencha sur le tableau et secoua la tête.

— On retrouve trois éléments essentiels de l'écriture du Caravage : le travail de la lumière, souvent latéral, celui des drapés et les expressions des personnages.

Elle pointa le visage de la servante.

— Regardez ce regard sarcastique. Et ici, les rides du joueur le plus âgé, très marquées, cette méchanceté presque caricaturale.

L'Italien fixa la jeune femme avec un étonnement mâtiné de respect. Aurélie témoignait d'une assurance qu'il ne lui avait jamais connu. Elle mélangeait les noms propres, mais jamais les époques : ce qu'elle savait de l'art survivait au milieu des zones mortes de son cerveau. La jeune femme caressa du bout des doigts les trous laissés par les clous sur les bords du tableau.

— Évidemment, il faudrait faire expertiser la toile et analyser les pigments pour vérifier qu'ils proviennent de son atelier. Ce pourrait être un Finson.

— Un quoi ? demanda le médecin général.

— Un tableau de Louis Finson, un peintre et marchand d'art vivant à la même époque. Il a réalisé plusieurs copies du Caravage, dont il était proche.

Le gouverneur se redressa.

— J'appelle Courson de Villeperdue. Je vais le prier de venir discrètement avec le conservateur. En attendant, motus. Maurizio, j'attends que vous me racontiez cette histoire. Dans le détail.

Il observa de nouveau le tableau, tiraillé entre la joie et l'amertume. Au fond de lui, il était déjà persuadé de son authenticité. Une œuvre qui valait des millions. Le prix des travaux de la nouvelle unité de soins. Mais ce tableau appartenait à l'État, il serait impossible de le vendre. La seule chose que je pourrais faire, songea le général, c'est rendre hommage à ses inventeurs. Deux invalides. Quel clin d'œil du destin.

*
* *

Isabelle avait retrouvé le catalogue de l'exposition et l'avait posé sur la table basse. Les coordonnées du sculpteur étaient notées en petites lettres grasses, sous deux photos de ses œuvres. Il était temps de passer à autre chose. Elle déverrouilla son téléphone et composa le numéro de Yann Quérouac.

— Bonjour! Vous êtes bien sur le portable de Yann, rappelez-moi ou laissez-moi un message.

Elle n'était pas sûre d'avoir le courage de rappeler. Elle se lança d'une traite.

— Bonjour Yann, je vous ai rencontré à la vente de la CABAT. Je ne sais pas si vous vous en souvenez, vous m'aviez gentiment offert la photo de vos sculptures. Je me demandais si vous preniez des stagiaires. J'aimerais beaucoup que vous me montriez vos techniques. Vous pouvez me rappeler au numéro qui s'affiche.

Elle raccrocha avant d'être tentée d'effacer son message. Dix minutes plus tard, son téléphone sonna.

33

Où l'on court, mais pas assez vite

Maurizio avait jugé préférable de taire certains passages de l'aventure au gouverneur. La destruction des boiseries de la vieille boulangerie était un dégât collatéral suffisamment important pour limiter le récit de leurs tribulations au strict minimum ; pour la première fois de sa vie, il fut concis. Aurélie était tombée sur le journal d'un pensionnaire, elle avait lu cette affaire de tableau caché et lui en avait parlé. Sur un coup de tête, il avait voulu vérifier l'histoire et avait embarqué Jules comme bras armé. Le chien jaune n'y était pour rien, il s'était simplement montré serviable avec un ancien.

Il hésitait à parler du rôle d'Abdel et de Gab mais il trépignait d'impatience de révéler au vieux spahi le dernier épisode de leur enquête. Le trésor du petit existait, il avait même des photos à lui montrer. Dès qu'il put, il s'éclipsa du bureau du gouverneur et, les images du tableau bien au chaud dans son téléphone, fonça au premier étage, roulant à tombeau ouvert dans les couloirs. Il ouvrit à la volée la porte de la chambre d'Abdel et se dressa dans son fauteuil, le poing tendu en signe de victoire.

— On l'a! On a réussi!

Sa voix s'éteignit en voyant le visage d'Abdel. Les pupilles vides du vieux spahi fixaient le plafond. Le caporal se laissa retomber contre son dossier.

— *Che peccato*, souffla-t-il.

Abdel ne verrait pas le tableau miraculé. La gorge serrée, Maurizio contemplait son camarade, son regard figé, ses mains décharnées posées bien à plat le long de son corps, au-dessus du drap blanc. Au garde-à-vous.

Il avait bien senti Abdel partir, ces dernières semaines, devenir plus lent, plus silencieux, plus fragile, mais il ne pensait pas que l'au revoir serait si brutal. Ou il n'avait pas voulu y penser. Abdel ne se plaignait jamais. Il parlait juste de moins en moins, même avec Gab. Lui qui aimait tant déjeuner sur les nappes blanches, devant les grandes fenêtres, ne descendait plus à la salle à manger.

Doucement, Maurizio posa sa main sur le visage du vieil homme.

— Adieu, sergent.

Un livre était appuyé contre la lampe de chevet. *La Grande Aventure du petit tambour de Napoléon*. Il devrait annoncer les nouvelles au gamin. La bonne, et l'autre.

Ils étaient assis dans le jardin de l'Intendant et ils guettaient en silence l'arrivée de l'enfant. « On commence par le gai ou par le triste ? » avait demandé le légionnaire à Aurélie. Elle avait proposé de terminer sur la bonne nouvelle, ça le consolerait un peu, sûrement.

Dès qu'il passa le portail, ils reconnurent sa démarche sautillante. Sa casquette et son sac noir lui faisaient une silhouette de tortue. Il souriait, heureux de retrouver son royaume secret et de la surprise qu'il cachait dans son sac à dos. Une boîte pleine de biscuits, qu'il avait confectionnés en pensant tout particulièrement à Abdel. Des madeleines, parce que les sablés pouvaient être un peu durs à croquer quand on a de vieilles dents.

Mais, avant qu'il puisse ouvrir son sac, Maurizio lui tendit une grosse enveloppe en papier kraft qu'il gardait sur les genoux.

— Nous avons quelque chose à te donner.

Il avait oublié le conseil d'Aurélie. De toute façon, le petit saurait tout, le bon comme le mauvais, l'ordre n'avait pas vraiment d'importance.

Gab décolla le papier. Ses gestes étaient maladroits, comme s'il espérait ralentir le temps. L'enveloppe contenait son livre et la breloque en forme d'étoile à cinq branches. Son visage se figea.

— En souvenir, dit Maurizio. Elle t'appartient, tu sais. Et dans le livre il y a une lettre pour toi. Si tu veux, tu peux la lire plus tard.

L'enfant leva les yeux.

— Pourquoi ?

Aurélie prit sa respiration et s'accroupit devant lui.

— Une lettre d'Abdel. Il est mort avant-hier.

— Je sais, dit le petit.

— Tu le sais ? Mais...

— Sinon vous m'auriez emmené dans sa chambre et vous m'auriez donné la médaille ensemble.

Il regarda Maurizio.

— C'est normal, tout le monde meurt un jour, n'est-ce pas, Maurizio ?

— Oui, dit le vieux soldat.

Sa voix était un peu éraillée. Il se gratta la gorge.

— Oui, tout le monde meurt un jour.

— Vous lui ferez une belle cérémonie ? Comme pour l'Anglais ?

— Bien sûr.

Le bruit lointain des touristes, devant le dôme, s'était effacé. Le légionnaire, Aurélie et l'enfant étaient déjà réunis dans l'église, avec le vieux spahi. Maurizio toussota.

— Tu continueras à venir nous voir ?

L'enfant fronça les sourcils.

— Pourquoi j'arrêterais ?

Aurélie fouilla dans sa poche, n'y trouva pas de mouchoir et se frotta les yeux avec son écharpe. Gab la serra contre lui.

— Ne sois pas triste, Abdel a eu une belle vie, il me l'a dit.

— Je ne suis pas triste, j'ai une poussière dans l'œil.
— Tu me prends vraiment pour un bébé !

*
* *

« Cher Gab,
Je suis heureux de t'avoir rencontré et d'avoir partagé cette aventure avec toi. Napoléon a dit un jour : « Je gagne mes batailles avec les rêves de mes soldats. » Tu as beaucoup de rêves, tu peux gagner beaucoup de batailles. Tu es encore au tout début de ton chemin mais je sais que tu iras loin. Et garde en tête une autre devise : « Plus on se croit beau, mieux on se bat. » C'est celle de Maurizio, et il est de très bon conseil. Tu pourras toujours compter sur lui, c'est un ami, un vrai. Il nous a suivis jusqu'au bout de notre projet et je suis sûr qu'il continuera à t'accompagner. Sois heureux et prends soin de ta maman,

Ton ami Abdel. »

Gab replia la lettre. Il ouvrit le tiroir de sa table de nuit et la glissa sous la boîte où dormaient la fausse Légion d'honneur et le cahier de son projet. Les madeleines écrasées par le trajet étaient restées au fond de son sac. Il avait à peine regardé les photos du tableau montrées par Maurizio. Aurélie lui avait assuré que grâce à lui, ils avaient trouvé un chef-d'œuvre. Peu lui importait. La chasse était terminée et Abdel était parti avant d'avoir pu fêter leur victoire. Il éteignit la lampe, tira la couette au-dessus de sa tête et pleura.

34

Où l'on déguste des macarons et où l'on risque une avoinée

Le carton arriva dans une grande enveloppe crème au papier gonflé et doux comme du coton.

Le général Philippe Gannat,
gouverneur des Invalides,
Le Général Pierre de Courson de Villeperdue,
directeur du musée de l'Armée,
...

Cinq lignes de personnalités, dont le ministre de la Culture, avaient l'honneur d'inviter Gabriel Puisset à assister à l'installation du tableau *Les Trois Joueurs*, peint par le Caravage. Il pouvait venir accompagné de la personne de son choix.

Gab serra le carton contre sa poitrine et fit une cabriole.

— Qu'est-ce que c'est que ça ? demanda sa mère.

Il répondit sans faiblir :

— J'ai gagné un concours avec l'école. Il fallait dessiner un tableau du Caravage et les dix meilleurs étaient invités à l'expo. C'est trop super, on ira ensemble ? Et pas la peine de m'acheter une veste, Pierre m'en prêtera une, sa mère a une boutique de vêtements pour enfants, il en a des tonnes.

Il devenait un menteur de compétition. Intérieurement, il croisa les doigts pour que sa mère ne rencontre pas celle de son copain de sitôt. Il avait reculé, encore. Il savait qu'il devrait lui avouer toute l'histoire, elle serait fière de lui, sûrement, Maurizio aussi avait fini par tout avouer au gouverneur, mais ça pouvait attendre un peu. Juste un peu.

Dans le métro qui les emmenait jusqu'à la station Invalides, Gab tirait discrètement sur les manches de sa veste. Elles étaient devenues un peu trop courtes mais il avait tenu à porter le cadeau d'Abdel et Maurizio. La dernière fois qu'il l'avait mise, c'était pour l'enterrement du vieux spahi. Il faisait beau et la cathédrale Saint-Louis était pleine de soleil. Le cercueil était entré lentement, porté par des hommes en burnous, et c'était comme si Abdel entrait dans la lumière. Gab avait eu la gorge serrée. À la mort de son père, il n'y avait pas eu de cercueil. Juste une photo. Son corps s'était abîmé quelque part au large du cap Gris-Nez, disloqué dans la coque d'un Dragon.

Gab n'avait pas osé prendre la main de Maurizio. Il avait attrapé celle d'Aurélie.

— Est-ce qu'il y a un paradis pour les soldats ?
— Les Gaulois et les Vikings disaient que oui. Plus exactement, ils croyaient que les guerriers rejoignaient un paradis spécial.
— Je suis sûr qu'il y est.
— C'est probable, avait murmuré Aurélie.

Elle avait serré fort sa main et ils étaient restés blottis l'un contre l'autre durant toute la cérémonie. À un ou deux moments, il avait failli pleurer, alors il avait fermé les yeux et repensé à ses discussions avec Abdel. Quand le gouverneur avait donné le signal de la sonnerie aux Morts, un jeune militaire avait levé sa trompette. Il avait une main en forme de fourche, un peu comme le capitaine Crochet, mais il avait joué d'une seule traite sans trembler. Et puis, à la fin, ils avaient emmené Abdel en chantant *Les Africains*. Le chant de son régiment.

> « *Battez tambours,*
> *à nos amours,*
> *Pour le pays, pour la patrie,*
> *Mourir au loin.* »

Là, Gab avait un peu pleuré. Il avait essayé de se retenir mais les larmes étaient venues toutes seules et Aurélie avait pleuré avec lui. Elle lui avait aussi prêté ses mouchoirs.

Depuis, il était revenu voir Maurizio. Ils avaient renoncé à chercher la médaille, le livre s'était trompé de trésor, mais l'Italien lui racontait la vie de Napoléon. Aujourd'hui serait différent. C'était un jour à part, même si Abdel n'était pas là.

La grande salle du musée était pleine d'uniformes et de robes de créateurs. Deux gendarmes successifs et une hôtesse avaient vérifié leur invitation à l'entrée du musée. Gab était le seul enfant présent. Pélagie se sentait un peu empruntée.

— Où sont tes copains ? demanda-t-elle en scrutant les chignons gris et les képis qui parsemaient la pièce.

— Je ne sais pas, maman. Ils ont dû trouver ça ennuyant.

Au premier rang, de dos, il reconnut la chemise plissée et la mèche noire du vieux légionnaire. Aurélie était appuyée à son fauteuil et discutait avec un homme en costume. Elle fit un grand signe de la main à Gab.

— Tu connais cette dame ?

— Non, c'est sûrement parce que je suis l'un des gagnants.

Une voix le fit sursauter :

— Bonjour, Gab !

Le dentiste des Invalides le saluait en souriant avant de se tourner vers sa mère.

— Vous êtes la maman de Gab ? Enchanté, madame, je suis Norbert. Félicitations.

— Pélagie, dit machinalement Pélagie en tendant la main.

— Maurizio m'avait caché sa jolie cousine, je vais lui tirer les oreilles.

Avec un dernier sourire et une tape sur l'épaule de Gab, il s'éloigna. Pélagie suivit des yeux, perplexe, sa longue silhouette surmontée de tresses noires. Les joues du petit garçon étaient devenues écarlates. Il cherchait désespérément un moyen de détourner les pensées de sa mère lorsqu'un petit monsieur à grandes moustaches, les épaules étoilées et la poitrine couverte de médailles, s'arrêta devant lui.

— Et voilà notre petit bonhomme amateur de hot-dog, notre héros du jour. Quelle aventure ! Merci d'être venu. Madame, les enfants comme votre fils sont l'espoir de la patrie. Merci à tous les deux et à tout à l'heure.

Il tapota à son tour l'épaule de Gab et disparut, emporté par la vague d'uniformes galonnés.

Pélagie fronça les sourcils.

— Gab, tu peux m'expliquer pourquoi ce monsieur t'a remercié ? Tu l'as rencontré à un concours de dessin, lui aussi ?

Il déglutit. Pélagie n'avait pas fait plier son patron pour se laisser marcher sur les pieds par son fils de dix ans. Elle croisa les bras.

— Manifestement, tous ces gens te connaissent. Je ne bougerai pas d'ici avant d'avoir compris ce qui se passe.

Du coin de l'œil, Gab vit le fauteuil de Maurizio se rapprocher. Le légionnaire serait devant eux dans vingt secondes.

— OK, maman. Promets-moi de ne pas te fâcher.

— Je me fâcherai si je veux.

Il se tortilla d'un pied sur l'autre, inspira, compta jusqu'à trois et se lança :

— Tu te rappelles le livre que tu m'as offert au début des vacances ?

Elle fronça les sourcils.

— Une histoire à l'époque de Napoléon ?

— Oui. Je l'ai lu, et...

35

Où l'on rencontre le Saint-Esprit

Contrairement à Abdel, Maurizio n'aimait conserver que l'essentiel. Une fois par an, il effectuait un grand rangement de printemps dans sa chambre. Il triait les cartes reçues, ses chemisettes fatiguées et les magazines de moto que lui apportait l'une des bénévoles. Le tout formait une petite pile et partait à la poubelle. Ensuite, il époussetait ses médailles de concours de javelot, secouait le drapeau au-dessus de son lit, graissait ses ceinturons et notait les modèles à s'offrir dans les mois à venir pour compléter sa collection.

Un papier chiffonné, large comme trois doigts, avait glissé entre deux revues sur son bureau. Il le déplia. C'était le morceau de kraft collé derrière le tableau du Caravage. Le soir de la découverte, machinalement, Maurizio avait vidé ses poches et s'était couché. Comme d'habitude. Sauf qu'il ne s'agissait pas d'un jour ordinaire et la mort d'Abdel lui avait fait oublier le papier.

Jules fronça les sourcils et relut, cette fois à haute voix, la phrase écrite en capitales serrées : « *Le don de l'Empereur dort au cœur de la forêt, à deux pas à droite du Saint-Esprit.* »

— J'y comprends rien, dit le chien jaune. Il n'y a pas de forêt ici.

Maurizio lui arracha presque le papier de la main.

— Mais bien sûr que si ! La charpente de la cathédrale. On l'appelle la forêt, en référence à ses dizaines de poutres.

— Et le Saint-Esprit ?

— Autrefois, on lâchait une colombe dans la nef le jour de la Pentecôte. Une trappe existe toujours dans le toit, juste au-dessus de l'autel, le Padre[1] me l'a dit.

— Et alors ?

— On va aller voir. Enfin, toi.

Jules tordit le nez.

— J'ai aucune raison d'aller sous les toits.

— Et moi, tu me vois faire le guignol sous la charpente ? Tu crois que je vais m'acheter des ailes pendant la nuit ?

— Je ne sais pas, Maurizio. Demande à Aurélie, elle a des jambes.

---

1. Surnom donné aux aumôniers militaires ; ici, le curé de Saint-Louis des Invalides.

— On peut se débrouiller sans les bonnes femmes, grommela l'Italien. Tu vas y aller, *ragazzo*. On ne va quand même pas demander à Gab, hé !

— Pourquoi pas ? Ça lui ferait plaisir.

Le légionnaire donna un grand coup de poing sur l'accoudoir de son fauteuil.

— *Ma*, tu y as pensé, au chagrin du petit, s'il n'y a plus rien là-haut ? *Pazzo !* Il croira qu'on se fout encore de lui ! Il n'a pas assez souffert, peut-être ?

Ses yeux étaient devenus deux flaques noires et furieuses.

— Tu peux faire ça, tout de même, cracha-t-il, c'est pas le Tonkin à conquérir.

Jules avait répété non, et non. Il avait mieux à faire que le mariole sous le toit de la cathédrale Saint-Louis. Il avait entamé un bras de fer avec l'armée, pour rembarquer. Son état avait été jugé « *compatible avec une reprise du service* » mais il ne pourrait plus monter sur un bâtiment : pour être déployé, il fallait être valide. Lui refusait de reprendre du service dans un bureau. Hors de question. L'entretien avec la RH avait été houleux. On lui avait proposé de devenir formateur.

— Je n'ai pas la moindre envie de faire faire des exercices à la bleusaille. J'y connais rien !

— Vous apprendrez, vous suivrez un cursus adapté.

La proposition l'angoissa et plus il y pensait, plus il s'angoissait. Sur un porte-hélicoptères, il se sentait efficace. Former, ce serait un saut dans l'inconnu. Et s'il n'en était pas capable ? Et s'il avait oublié les gestes, les réflexes essentiels à transmettre ? S'il ne savait pas expliquer les manœuvres aux élèves ?

Maurizio était pire qu'une sangsue. Pendant que Jules tournait en rond dans sa tête, il l'assomma de textos. Dix jours et vingt-cinq messages plus tard, le jeune marin céda. Il rappela le légionnaire.

— Je vais aller fouiller dans ton grenier. Dis-moi comment on s'organise.

Pénétrer dans les combles de Saint-Louis était un privilège. L'affaire demanda un peu de négociation. Le légionnaire usa de toute sa force de conviction et Jules obtint de faire une visite guidée de la charpente avec l'un des pompiers qui se relayaient pour veiller sur le site. Ici encore plus qu'ailleurs, l'incendie était l'angoisse de tous : gouverneurs, médecins, ou fonctionnaires du service du patrimoine.

La mauvaise humeur de Jules s'évanouit lorsqu'il fut sous la charpente. En passant la porte des combles, il était entré dans un espace hors du temps, baignant dans une lumière tamisée et saturé d'odeurs de bois. Marchant à petits pas à travers la forêt de poutres, Jules avait le sentiment d'être suspendu dans un monde immobile. Ici, rien n'avait changé depuis des siècles. Il s'attendait presque à voir surgir Quasimodo ente deux solives.

Trouver la trappe de la colombe ne fut pas difficile : le pompier fut ravi de lui indiquer l'emplacement et lui fit une démonstration de l'ouverture. Repérer la bonne poutre était plus délicat. Jules se décala sur le côté, suivant prudemment les poutres centenaires qu'il examinait une à une.

Son intérêt étonna le pompier.

— Tu es menuisier ? Tu examines les chevilles ?

— Oui, mentit Jules qui ne distinguait pas un chêne d'un noyer.

Accroupi dans la pénombre, il tâtait avec une mine de connaisseur la deuxième poutre « *à droite du Saint-Esprit* ».

— Jamais vu un bois pareil. Magnifique.

Il était sincère.

— Tu m'étonnes, dit le pompier. C'est l'une des plus vieilles charpentes de Paris, entièrement d'origine. Tu vois le plancher ? Il a été posé pour un tournage, il y a quelques années. J'aurais pas aimé être à la place des gars qui ont monté le matos jusqu'ici.

— Moi non plus, confirma Jules en pensant aux dizaines de marches de l'escalier en colimaçon qu'ils venaient de grimper.

Ses doigts avaient glissé dans un trou de la poutre. À l'aveugle, il plongea la main, sentit un morceau de chiffon. Bien vu, Maurizio. Il se redressa.

— Et on peut voir les cloches ? demanda-t-il d'un air dégagé.

— J'ai mieux : je t'emmène marcher dans des pépites d'or.

Le pompier éclata de rire en voyant sa mine interloquée.

— Tu vas comprendre.

Par un lanternon, ils débouchèrent sur le toit, au pied de la coupole. Le vent et la pluie arrachaient chaque jour des particules d'or du dôme et elles tombaient dans les rigoles, expliqua le guide. Jules observa, émerveillé, les paillettes brillantes qui flottaient autour de ses bottes, puis releva la tête : tout au bout, contre l'horizon, la tour Eiffel se dressait en face de lui. Il en eut le souffle coupé.

— C'est beau, hein, sourit le jeune pompier.

— Oui, murmura Jules.

Là, entre terre et ciel, debout dans ces vagues de pierre, il retrouvait l'immensité des ponts d'envol.

Maurizio et Jules étaient assis dans la chambre du légionnaire. La petite bourse en tissu était posée entre eux et ils fixaient, fascinés, une étoile en métal à cinq branches. Maurizio souriait si fort que son visage ressemblait à un masque de théâtre.

— Au moins, on sait quoi en faire. Pas besoin de déranger le gouverneur, cette fois.

Incrédule, Jules releva les yeux.

— Tu penses à...

— Allez, on la range en attendant la prochaine visite du petit.

— On ne peut pas faire ça, chuchota Jules.

Maurizio haussa les épaules.

— Personne n'en saura rien. Des Légions d'honneur ayant appartenu à Napoléon, c'est comme ses bicornes, il y en a plein les musées. Des gosses dont le rêve devient réalité, c'est moins courant.

8 décembre 1940
Journal d'Eugène Beaupré

*129 rue de Grenelle,
Paris*

« *Les Invalides évacuées de leurs pensionnaires sont d'une tristesse infinie. On en vient à regretter le bruit des béquilles et des assiettes au réfectoire, Dieu sait pourtant si j'aime déjeuner en paix. Nous sommes une poignée d'ombres, errant dans ce grand corps vide. Je me suis proposé de rester avec le couple de gardiens, et le gouverneur a accepté mon offre, mon état nécessitant peu de soins.*
Cette solitude m'a permis de percer enfin le secret de ce petit tambour. Je n'imaginais pas le trouver à deux pas d'ici, après vingt longues années de recherches et d'explorations dans tout Paris. Le vieux Guillaume lui avait confié le tableau rapporté d'Italie par Napoléon... et Charles Faugère

*l'a conservé toutes ces années, préférant travailler et vivre chichement que se séparer de cette précieuse relique.
Je m'en sens à mon tour responsable: il m'est impensable de rompre ce lien tissé par Charles Faugère, j'espère que d'autres après moi l'entretiendront. Tout conservateur pousserait des cris d'effroi en voyant ce chef-d'œuvre de la peinture baroque caché entre deux chemises au fond d'un placard, mais il est au moins en sécurité, en attendant des jours meilleurs. Nous lui offrirons alors la place qu'il mérite.
Quant à la décoration, sa valeur est incalculable: c'est celle de la fidélité et du courage d'un enfant de douze ans. Je sais que les Allemands ne la trouveront pas. Je l'ai abritée dans l'endroit le plus secret et le mieux préservé de France. »*

« *Évidemment on marche sur un fil,*
chaque destin est bancal;
et l'existence est fragile comme une vertèbre cervicale.
On t'a pas vraiment menti
C'est vrai que parfois tu vas saigner
Mais dans chaque putain de vie
Y a tellement de choses à gagner »

Grand Corps Malade,
extrait de la chanson *Je dors sur mes deux oreilles.*

Postface

Ma première visite aux Invalides remonte au printemps 2018. J'allais y retrouver une amie hospitalisée. Je n'en connaissais alors que le fameux dôme doré et deux ou trois symboles... Je savais que Napoléon y était enterré et que les Invalides étaient un hôpital militaire, mais je n'imaginais pas une seule seconde que des hommes y vivaient ni que l'hôpital était toujours dans les murs de ce monument titanesque.

Ce fut une découverte incroyable. «*Je crois que c'est le lieu le plus remarquable de la Terre*», écrivait Montesquieu en 1721. Pour les blessés des attentats du Bataclan, les Invalides, malgré leur lino usé et leur anachronisme, sont «*un lieu doux, un lieu où l'on dispense le plus important, de l'affection*», disent-ils tous. Et cette bienveillance, cette douceur, cette volonté de prendre soin, touche tous ceux qui y entrent, qu'ils soient blessés, visiteurs ou soignants.

Des témoignages et documentaires existent sur les Invalides, quelques beaux livres et ouvrages historiques également, mais je me rendais compte en parlant de ce lieu autour de moi que la présence d'invalides aux Invalides était encore largement méconnue.

Une idée est née : raconter cet endroit incroyable, à préserver. Ultramoderne à sa conception, anachronique aujourd'hui, mais toujours avant-gardiste, toute l'humanité y est incarnée. Quel que soit son parcours, son âge, son sexe, sa couleur de peau, on s'y reconstruit grâce à une solidarité qui traverse les générations et les classes sociales. Les Invalides sont la preuve que le temps et le respect pansent les plaies, même les plus horribles.

L'Institution nationale des Invalides est la plus belle expression de la fraternité républicaine et les rois, les empereurs, les présidents l'ont bien compris : quels que soient leurs opinions politiques et l'état des finances du pays, tous l'ont préservée. Par son accueil dans ce lieu exceptionnel, la patrie offre, sans exigence de retour, le meilleur à ses enfants les plus faibles.

Merci, du fond du cœur, à tous les pensionnaires d'être et d'avoir été. Leurs fragilités révèlent leurs forces.

Merci à tous les soignants, ceux des Invalides et ceux d'ailleurs, qui réparent les corps et les cœurs.

Ce roman est un hommage et une prière : prenez soin des invalides.

Ce qui est réel

L'histoire du Tambour d'Arcole

Son nom est gravé sur l'Arc de Triomphe au côté de ceux des officiers de la Grande Armée. Au soir de la bataille, dans la nuit du 15 au 16 novembre 1796, trois jeunes tambours, dont André Estienne, sont séparés de leur régiment. Perdus, isolés, ils avancent dans l'obscurité, et tombent tous les trois dans l'eau de la rivière. Emportés par le courant, ils s'accrochent désespérément à leurs tambours comme à des bouées, puis parviennent à regagner l'autre rive. Ils se retrouvent ainsi chez l'ennemi, séparés les uns des autres. Apeuré, le jeune Estienne de Cadenet commence à battre de son tambour et à sonner le seul air qu'il connaisse: *La Charge*. Les deux autres l'entendent et lui répondent. Les Autrichiens, croyant être encerclés, amorcent alors une retraite. Napoléon s'aperçoit de la tournure des événements ; il donne l'assaut et franchit le pont.

Pour récompenser les jeunes tambours de leur bravoure, Napoléon leur décernera à chacun les baguettes d'argent, les décorations n'étant pas encore autorisées à cette époque. Gravées à son nom, les baguettes d'André Estienne sont exposées au musée de la Légion d'honneur. Il recevra le 15 juillet 1804 la Légion d'honneur, nouvellement créée. Il mourra en 1837 à l'âge de soixante ans. Je me suis inspirée de son parcours pour créer le personnage de Charles Faugère.

Le petit Charles Faugère

Si l'histoire racontée ici est fictive, Charles Faugère a bien existé. Né en 1801, il s'engagea comme tambour en 1814 dans le 1er régiment d'infanterie. Il disparaît des registres militaires le 3 juillet 1815. Son nom, comme des millions d'autres, figure dans la base du ministère de la Défense, « Mémoire des hommes », qui répertorie tous les soldats engagés dans des conflits depuis le XVIIe siècle.

La disparition d'un tableau du Caravage durant la campagne d'Italie

Un Léonard de Vinci est également dans la nature, ainsi que des tableaux de maîtres espagnols, italiens, hollandais... Soit près de deux cents chefs-d'œuvre. N'hésitez donc pas à fouiller dans vos greniers ou vos caves, on ne sait jamais.

La bataille de Fleurus, ou bataille de Ligny

Les Cent Jours

Le retour des cendres de Napoléon

L'élection de Victor Hugo au fauteuil 14 de l'Académie française

Nadar et sa société de ballons militaires

La remise des cendres de l'Aiglon

J'admets avoir pris quelques licences avec le vécu de Napoléon et les états d'âme de Victor Hugo mais l'essentiel est vrai. Ney s'est un peu embrouillé les pinceaux, Napoléon a gagné (pas pour longtemps), Hugo détestait son prédécesseur et l'a assassiné dans son discours.

Quasi oubliée aujourd'hui, la guerre de 1870 façonna profondément la littérature de l'époque. Elle traumatisa les Parisiens et le rattachement de l'Alsace et la Lorraine à l'Allemagne restera une plaie ouverte jusqu'en 1918.

Denise Morin a bel et bien enlevé les fleurs du Führer au nez et à la barbe des Allemands, le soir de la remise des cendres de Napoléon II. Elle constitua ensuite avec son mari un réseau de résistance qui cacha dans les Invalides des pilotes de la RAF. Dénoncée, ainsi que son mari, elle fut déportée.

La vie aux Invalides

Le bâtiment des Invalides accueille le centre des pensionnaires et le centre de réadaptation post-traumatique, qui poursuivent la mission confiée il y trois cent cinquante ans par Louis XIV. Bien sûr, on n'y colle pas de diamant sur les dents des blessés... mais on y crée des prothèses sur mesure, les hospitalisés sont entourés par des kinés, des ergothérapeutes, des médecins... et les équipes soignantes redoublent d'ingéniosité pour s'adapter à chaque situation.

Le Foyer est l'un des pivots de l'Institution.

Une unité de soins psy est en création.

Le gouverneur des Invalides

Avec ou sans moustaches, il est, selon le Journal officiel, « nommé pour représenter le président de la République, protecteur tutélaire de l'Institution auprès des pensionnaires et blessés militaires hospitalisés aux Invalides, il use de toute son influence pour que leur soit témoignée, en toutes circonstances, la reconnaissance de la patrie. » Jusqu'en 1992, le gouverneur était nommé à vie et il était enterré dans le caveau des gouverneurs, sous l'église Saint-Louis. Il est aujourd'hui nommé pour cinq ans.

Bibliographie

S'accrocher à une étoile, Anne-Marie Grué-Gélinet, éditions Le Cherche-Midi, 2020.
Histoire des Invalides, Anne Muratori-Philip, éditions Perrin, 2001.
Les Invalides du Consulat et de l'Empire, Guy Carrieu, 2014.
Napoléon, André Castelot, éditions Perrin, 1968.

Remerciements

Ce livre, plus qu'aucun autre, est une aventure née de rencontres et d'amitiés. Merci, du fond du cœur :

Au général Christophe de Saint-Chamas, gouverneur des Invalides, au médecin général Michel Guisset, au capitaine Anne, au lieutenant-colonel Bruno, à Henri, Anne-Marie, Joseph et Stéphane pour leur accueil et nos échanges.

Au capitaine Gannat, qui n'est pas général mais qui, il y a bien longtemps, m'a ouvert la porte du monde militaire. Il mérite bien cette élévation.

À Maeve, Chloé, Éléonore, Sophie, Jérémy, Cécilia et au chaleureux lieutenant-colonel D pour leur aide et leur soutien.

À Agnès et à Chloé pour leur patience, à Stéphanie pour sa confiance.

À mon mari et mes enfants pour tout, et particulièrement à Camille.

Vous pouvez retrouver la bande-son originale du roman, composée par Alain Grange, sur la page Facebook de l'auteure.

Également dans la collection « Eyrolles Poche »

Quand la reine chante les abeilles dansent, Véronique Maciejak

Marie aimerait être une mère qui assure : calme et disponible, ferme et bienveillante... Mais depuis qu'elle a décidé de quitter son travail pour se consacrer à sa famille, rien ne va. Épuisée et débordée par les contraintes du quotidien, Marie frôle le burn-out parental. Or peut-elle se plaindre, elle qui a choisi d'être « au foyer » ? Et existe-t-il une recette pour devenir un parent parfait ? Un formidable roman-coach, dédié à tous les parents ! On y découvre, avec Marie, un lieu unique qui nous enseigne l'essentiel : être heureux pour rendre les autres heureux...

Starling, Mélanie Taquet

À trente et un ans, Emma vit comme un étourneau solitaire. Pourtant, un soir, elle accepte de suivre Chiara, sa meilleure amie, à une soirée au pub. Elle est alors loin de se douter que Bilal, fantôme d'une relation interdite, va refaire une entrée fracassante dans sa vie et tout bouleverser sur son passage. Avec humour et émotion, entre Londres, Prague et Paris, Emma entame une quête de soi.

Souviens-toi que tu m'aimes, Catherine-Rose Barbieri

Lorsqu'Héloïse rencontre James dans ce wagon du TGV Lyon-Paris, le coup de foudre est réciproque. Mais ce qui aurait pu être le début d'une belle idylle en reste là. Deux ans et demi plus tard, Héloïse et James se retrouvent par hasard en Écosse. Si Héloïse n'a rien oublié, James, en revanche, ne se souvient pas d'elle...

Réponds-moi, Mélanie Taquet

Florence et Nicolas se sont aimés passionnément lorsqu'ils étaient jeunes adultes, avant qu'elle ne décide de rompre sans donner d'explication. Quelques années plus tard, ils se croisent dans les rues de Montpellier. Débute alors une longue correspondance : entre confidences et non-dits, Florence et Nicolas explorent les eaux floues qui séparent l'amour et l'amitié.

Le bonheur est un papillon, Marilyse Trécourt

21 avril 2015. Thomas, 38 ans, s'aventure dans la maison de son enfance, désormais abandonnée. Sa grand-mère défunte lui apparaît alors et lui propose de revivre les vingt dernières années de sa vie. Thomas accepte. Projeté dans son passé, il a 18 ans de nouveau, et tous ses souvenirs en tête. Mais le 21 avril 2015, il doit choisir : retourner à son ancienne vie, ou bien rester dans la nouvelle ?

Du chaos naissent les étoiles, Marilyse Trécourt

« Vous devez sauver la vie de trois inconnus en moins de quinze jours. Sinon, ce sera le néant. » Voici la prédiction que reçoit Juliette. Libraire passionnée, la jeune femme pense avoir affaire à une illuminée. Mais une première personne lui lance un cri de détresse : « Sauvez-moi ! ». Commence alors une course contre le destin, qui remet en cause toutes les croyances de Juliette.

Il est temps de vivre la vie que tu t'es imaginée, Christine Michaud

Corinne vient de perdre sa grand-mère Frannie, personnage exubérant et indépendant. Elle décide de partir en Floride où elle videra la maison qu'occupait son aïeule. Dans cet État haut en couleurs, la journaliste hyperactive accepte de se laisser guider par les amis originaux de sa grand-mère. Ce qui devait n'être qu'un court séjour se transforme alors en véritable quête de soi.

Égarer la tristesse, Marion McGuinness

À trente et un ans, Élise vit recluse dans son chagrin. Son mari vient de mourir, alors qu'elle était enceinte de leur premier enfant. Depuis ce jour, son fils est la seule chose qui la tient en vie, ou presque. Pourtant, quand sa vieille voisine Manou lui tend les clés de sa maison sur la côte atlantique, Élise consent à y séjourner. À Pornic, un colocataire inattendu s'invite à la villa, avec lequel la jeune femme est contrainte de cohabiter.

Merci d'avoir choisi ce livre Eyrolles.
Nous espérons que sa lecture vous a intéressé(e) et inspiré(e).

Nous serions ravis de rester en contact avec vous
et de pouvoir vous proposer d'autres idées de livres
à découvrir, des nouveautés, des conseils, des événements
avec nos auteurs ou des jeux-concours.

Intéressé(e) ? Inscrivez-vous à notre lettre d'information.

Pour cela, rendez-vous à l'adresse go.eyrolles.com/newsletter
ou flashez ce QR code (votre adresse électronique sera
à l'usage unique des éditions Eyrolles pour vous envoyer
les informations demandées) :

Vous êtes présent(e) sur les réseaux sociaux ?
Rejoignez-nous pour suivre d'encore plus près nos actualités :

Eyrolles Bien-être

eyrolles_romans

Merci pour votre confiance.
L'équipe Eyrolles

Composition et mise en pages
Patrick Leleux PAO

Imprimé en France par CPI Brodard & Taupin
en juin 2022
Dépôt légal : juillet 2022
N° d'impression : 3048377

Cet ouvrage est imprimé sur du papier bouffant
Novel 56 g, papier issu de forêts gérées durablement.